稲荷町グルメロード

行成 薫

角川春樹事務所

本書はハルキ文庫の書き下ろしです。

本作品はフィクションであり、登場する人物、団体名など架空のものであり、現実のものとは関係ありません。

稲荷町グルメロード
目次

稲荷町ゾンビロード

1

レトロな内装の喫茶店、窓際のゆったりとしたソファ席。わたしは背もたれに体重をすべて預けると、ばさりと顔にかかった髪をかき上げて、体中の負のエネルギーを集めて固めて丸めたかのような重いため息を吐き出した。わたしはなにゆえこんなところにいるのだろう。なんのために。うん、これはきっと夢だな夢。たぶん、めちゃくちゃリアルな夢を見てるんだ。なんだ、夢か。そうだよね。

夢なわけないじゃん！

自己暗示というとてつもなく強引なやり方で現実逃避を試みたものの、それはあっさりと失敗に終わった。声にならない声がため息と一緒に口から漏れて、静かな空気に散って消えていく。わたしは肩を落としながら、鞄から真新しいファイルを取り出した。ファイルはいわゆるクリアホルダーというやつで、透明のビニールシートにＡ４サイズの資料を挟み込めるようになっているものだ。

ファイルを開くと、一ヵ月かけて作ったプレゼン資料が出てきた。一枚目は、資料としてはよくあるデザイン。『稲荷町グルメロード・プロジェクト（仮）』と、妙に誇らしげに資料の題名が書いてある。ちょっとフォントを大きくして、斜体なんかにしちゃって。空白部分に雰囲気(ふんいき)だけのよくわからない画像素材を入れちゃったりして。下の方には、「作成者／御名掛幸菜(みなかけゆきな)」という名前が入っている。

誰の名前？

わたしのだ。

資料を作り終えた時は嬉々(きき)として自分の名前を入れたのだけれど、今思えばどうしてこんなものを作ったのかと、バカみたいに浮かれていた自分を呪いたくなる。ため息は、魂(たましい)とか精神エネルギーといった出ていってはいけないものも一緒に外へ漏らしているらしく、吐けば吐くほど体から力が抜けて、頭の重さに抗(あらが)えなくなっていく。なるほど、意気消沈した人が下を向くのはため息のせいなんだ、と、わたしは変に納得した。

「いらっしゃいませ」

びっくりするほど渋い声で、初老の男性が声をかけてきた。そうだった、ここは喫茶店なのだ。お客さんが席につけば、店員が当然注文を取りに来る。わたしは無理矢理笑顔を作り、「普通の客」を装(よそお)うことにした。男性は、特に「無理してますよね？」などとツッコむようなこともせず、滑(なめ)らかな手つきで水の入ったコップと革表紙のメニューをテーブルに置いた。

店の男性——他に店員はいないから、店長かもしれない——は、トラッドスタイルに決めた見事なシルバーヘアに、口をくるりと取り囲む髭(ひげ)がダンディなおじさまだ。年齢的にはおじいさまなのかもしれないけれど、背筋も腰もぴしっとしていて、だらしなくお腹が出っ張っているようなこともなく、体形も表情も引き締まっている。ワイシャツに黒のベスト、首元には蝶ネクタイ。「店長」というよりは、「マスター」と呼びたくなる。
マスターが置いていった革表紙の小さなメニューを手に取る。表紙には、金色の筆記体で〝Carpe Diem〟という店名が刻まれていた。『カルペ・ディエム』と読むのだろうか。表紙を開くと、「当店ではしばし時を忘れ、心を解放してお過ごしください」というメッセージが記されている。なんてこじゃれた……、と、ちょっと笑ってしまう。
お店は「カフェ」というより「純喫茶」と言った方がしっくりくる感じで、コーヒーメニューの充実っぷりと比較して、フードメニューの品数はあまり多くない。一ページ目のど頭、当店のおすすめ的なポジションには、「オリジナルブレンド」という文字が堂々と書かれていた。

『オリジナルブレンド――時価』

時価？　と、思わず二度見する。時価という言葉くらいは、いくらなんでもわたしだって知っている。でも、実際にお店でこの言葉に出会ったのは初めてのことだった。高級寿司店ならまだしも、東京から三時間、地方の寂れた商店街の中にある、客がわたしの他に一人しかいない喫茶店で、人生初の「時価」にお目にかかることになるとは思わなかった。

「お客様」

「は、はい！」

メニューを持ちながらこちこちに固まっているわたしを見かねたのか、マスターがやってきて、また耳に心地よい低音ボイスを響かせる。

「当店ははじめてですか」

「あ、はい、そうです」

「そうですか。でしたら、ブレンドコーヒーがお勧（すす）めです」

「その、この、時価、と書いてあるやつ」

「ええ。当店のブレンドは私がお客様のご印象に合わせてブレンドするものですから、お客様ごとにお値段が変わるのです」

「ああ、なるほど、そういう、システムで」

マスター越しに、カウンターに目をやる。そういえば、カウンター奥の棚（たな）には、種類や焙煎（ばいせん）具合の違うコーヒー豆が入ったガラス容器がずらりと並んでいる。マスターの説明によれば、マスターがその日に選別して焙煎した豆を客の表情や雰囲気に合わせてブレンドし、挽（ひ）き具合を調節してからハンドドリップしてくれるそうだ。ブレンドする豆によって値段が上下するけれども、基本的に千円を超えることはない、と聞いて、ようやくほっとする。

「少々お時間を頂きますので、もしお急ぎでしたら別の物を」

豆のブレンドから開始するのだから、注文してすぐに出てくるものではなさそうだ。しばらくは、時を忘れ、心を解放して待たなければならないわけで、他の物を選ぼうか、と思ったものの、「マスターが客を見てブレンドする」という言葉がどうにも気になった。

ショットバーなんかで、「お連れ様のイメージで」とかいいつつオリジナルカクテルが出てくる、という話は聞いたことがあるけれど、喫茶店で「わたしのイメージでコーヒーを淹れてください」と注文をするなんて話はさすがに聞いたことがない。興味をそそられたということもあるけれど、もう一つ、気になった理由がある。今日のわたしは、人からどう見えているのだろう、ということ。

社会の壁を前にして、惨めにうちひしがれているわたし。

真顔のまま一切表情を変えないマスターに向かって、わたしは半ば衝動的に「じゃあブレンドで」と答えてしまった。どれくらい時間がかかるかはわからないけれど、まあそれでもいいか、と思うことにした。少し気持ちを整理しないと、歩き出せる気がしないから。

2

――ねえ、ちょっと、ユッキーナ！

「え？」

「聞いてんの？　まつりの話」

　学生たちの賑やかな声が響くキャンパス内のカフェテリア。わたしの前で、ぷりぷりとしているのは、友達の浅市まつりだ。本日の日替わりパスタをフォークに巻きつけたまま、空いている手で頬杖をついてわたしを白い目で見ている。

「ごめん、ちょっと考え事」

「もうなに一人でボケっとしてんの。恋でもした？」

「全然そんなんじゃないよ。まつりじゃないんだからさ」

「なんそれ、まつりが恋多き女みたいな」

「恋多き女でしょ。妄想だけど」

　ファッション誌で特集されそうな「モテ女子コーデ」をそのまま現実に引っ張り出したような格好をしているまつりだが、年がら年中「恋が――」などとうるさいわりに引っ込み思案の人見知りなので、現実世界での恋愛には恵まれていない。まつりが「恋バナ」と称して語るのは、だいたいが二次元の男子とのどうでもいい妄想話でしかないので、聞いている最中に脳が別のことを考え出してしまう。今もそうだった。

　勉学よりもコンパに明け暮れるきらきらとした人たちを横目に、わたしはカフェテリアの気持ちのいい窓際とは反対側にある壁側の隅っこに一人で陣取り、スマホを片手にお昼ごはんを食べていた。でも、穏(おだ)やかなランチタイムは、だいたいいつもまつりによって破壊されることになる。

「じゃあ、何考えてたわけ？」

「いや、もう三年生かあ、ってさ」

「そりゃ三年生だけど」

わたしは意外と真面目(まじめ)な学生で、一年時二年時と必修科目をひとつも落とすことなく、先日つつがなく大学三年生に進級した。四年間の大学生活もあっという間に半分が終わったことになる。年が明けるとほどなく就職活動がスタートして、気がつくと卒業、社会人だ。まだあと二年あるじゃん、というまつりの言葉もわかるのだけれど、これまでの二年間のあっという間っぷりを考えると、これからの二年間もきっと一瞬で過ぎ去っていくのだろうな、と、不安で仕方がなくなる。

「今から将来の心配？　意識高ーい」

「今は、将来の心配するにはわりと適時だと思うんだけど」

「なんとなーく生きてても、なんとかなるもんだよ、人生なんてさ」

「ポジティブが過ぎる」

「無駄にネガティブよりいいじゃん」

「まつりはさ、将来やりたいこととかある？」

やりたいこと？　と、まつりは半笑いで首を傾げた。

「イケメンリッチな王子様と結婚して、のんびり専業主婦やれたら最高」

「まず、三次元の男と会話できるようになってから言いなよ、そういうことは」

「うっさいな。夢を語るくらいよくない？」

「もうさ、夢ってか、ぼちぼち現実になっちゃうじゃん？　わたしたちがずっと将来とか言ってきたものは」

「ユッキーナはなんかあるわけ？　やりたいこと」

わたしもまつりも、パスタを巻いたフォークを持ったまま、しばし動きを止めた。将来やりたいこと、はて、と頭の中から答えを引っ張り出そうとするものの、何ひとつとして出てこない。無だ。わたしの頭は虚無に支配されている。

「なんも、ないかな」

「えらそうに言っといて、なんもないんじゃん」

「自分でもびっくりする」

「まあ、大学生で将来やりたいことがはっきりある方が珍しいんじゃない？」

そうなのかなあ、と、ランチタイムでわいわいとするカフェテリアを見回す。将来の夢がある人はすでにインターンシップに参加していたり、資格取得コースを履修していたりする。時に、意識高い系、などと揶揄されることもあるが、そうやって明確に自分の進むべき道を見出している人は、わたしには少し羨ましく思える。

もちろん、そんなこと知らん、と言わんばかりに遊び回っている子たちもいるけれど、そういう子たちはわたしと違って殊の外要領がいい。案外、就職活動モードになると、すぐに派手なインナーカラーを入れていた髪を黒髪セミロングに戻し、清純派です、という顔で面接を受けに行き、即座に内定をもらって帰ってくるのだ。ずるい。

「ねえ、でもさ、まつりはどうする？」

「どうするって？」

「就活。わたし、最近不安でさ」

「あーね」

「面接とか、いろいろ聞かれるじゃん。志望動機はなんですか」

「オンシャのシャフーにひかれて」

まつりは女子アナのように整った声で答えた後、で、シャフーって何？　と頭の悪さを惜しげもなくさらけ出した。

「大学生活で、まつりさんが最も力を入れたことは何ですか」

「朝起きること」

「ねえ、ガチで落ちるよ、そんなこと言ったら」

「しょうがないじゃん。頑張ったことなんかないし。ユッキーナは？」

わたしがこれまでの二年間でしたことはなんだろう、と、頭の中で大学生活をプレイバックしてみる。そこそこ偏差値の高い大学に現役合格して、成績も悪くない。授業も真面目に出ているし、何か問題も起こしたことはない。でも、そんなのなんのアピールにもならない気がする。同じ条件の人なら、文字通りごまんといる。趣味らしい趣味もないし、特技らしい特技もない。バイトはそれなりに頑張っているけれど、仕事内容はホテルのレストランのホール。オーダーを取る、料理のサーブ、お会計。直接就職に役立つものではなさそうだ。

「ヤバいんだよね。胸張って言えるようなこと、なんもない」

自分に武器が何もないということには薄々気づいていたけれど、かといって何をしなければいけないのかもわからなかった。そういう不安がずっと続いて、三年生になるといてもたってもいられなくなってくる。最近は、そのせいで夜も寝つきが悪い。

「大丈夫だって。面接のときは盛っちゃえばいいんだからさ」

「なんか気が引けるじゃん、嘘(うそ)つくのは」

「じゃあ、どうすんの」

「だから、何かしなきゃと思って探してる。ボランティア活動とか、インターンとか」

「適当に楽そうなのに参加して、ボランティア活動に命かけました！　とか盛れば？」

そういう不純な動機でボランティアに参加したくないよ、とわたしがため息をつくと、まつりは「やらない善よりやる偽善」と言い放った。「社風」も知らないくせに、こういう余計な言葉だけはよく知っている。

最近のわたしは、暇(ひま)さえあれば「就職活動を有利にするための社会奉仕系活動はないものか」と、スマホ片手に眉間(みけん)にしわを寄せている。調べてみると、そこそこいろいろあるものだ。災害復興支援、国際交流、スポーツイベントの運営。でも、なんかやっぱりぴんと来ないし、興味がないものには気持ちが乗っていかない。

わたしには無理かなあ、と思いつつ惰性で画面をスクロールしていると、あるワードが飛び込んできて、手が止まった。同時に、あ、と、声を出してしまっていたらしい。まつりが、なになに、なんかあった？　と向かい側から身を乗り出してくる。

「いや、その、知ってる地名が出てきたからさ」

「え、いいじゃん。どこ？」

「あおば市」

「どこそれ。聞いたこともないんだけど」

東京から少し離れた田舎町。そこは父の出身地で、今も祖父母の家があるので年に一、二回は遊びに行っている。縁があるような、ないような。微妙な距離感の場所だ。

「おじいちゃんちがあるとこ」

「へえ。どんな話？」

「なんか、商店街関係みたいなんだけど」

「商店街？　ゴミ拾いのボランティアとか？」

「ううん、ちょっと違うっぽい」

検索で引っかかったワードからリンク先に飛ぶと、「求む！　若き感性！」という、若干昭和臭いタイトルのページが開いた。どうも、お客さんが減った商店街の活性化のために、市が「アドバイザー」を募集しているようだ。面白いのは、「若者限定」としているところだ。十八歳以上なら大学生でも応募できて、上限は二十五歳まで。要するに、若い人の感性で寂れた商店街を活性化しよう、みたいな話なんだろう。

これならちょっと縁もあるところだし、思い入れゼロのところよりは前向きに考えられるかもしれない、と思って、応募要項に目を走らせる。が、数行読んだところで、わたしの口から「んがっ」という変な声が漏れた。まつりがまた、なになに、と言いながら、ついに隣の椅子に移動してきて、一緒にスマホの画面を覗き込んだ。

――報酬・年額二千五百万円

にせんごひゃくまん、と、まつりと顔を見合わせる。

「ねえ、ユッキーナ」

「うん」

「ちょっとまって、ヤバくない？　これ」

「ヤバいと思う」

「これ、やったほうがいい。やるべき。やりなよ」

「いやでもさ」

「採用されたら、二人で海外行って豪遊できるし」

「なにタカる気まんまんになってんの」

でも、ちょっとそっとのアイデア募集くらいの企画で、二千五百万円なんていう大金がもらえるわけがない。よくよく募集要項を読んでみると、「アドバイザー」は市の「まちづくり振興課」と連携し、若者目線で商店街のトータルプロデュースと既存店舗の経営改善を任される、と書いてある。二千五百万円という金額はアイデアの賞金というわけではなくて、契約期間中の交通費、滞在費、諸経費込みの総額のようだ。さすがに、まるっと全部自分のお小遣いになるわけではない。

「でも、ほんとにもらえたらすごいよね」

「すごいなんてもんじゃないって。普通に就職したってさ、どうせウチらなんて初任給が手取り十七万とかなんだから。二千五百万稼ぐのに何年かかるかわかんないもん」

まつりの言葉に、思わずごくんと唾を飲み込む。別にお金に困っているわけじゃないし、身の丈以上のお金が欲しいわけでもないけれど、二千五百万と言われるとさすがに心が揺れる。そろそろ夏物の服も買わないといけないし、たまにはプチプラじゃなくてデパコスも使ってみたい。まつりと二人で海外旅行に行ってそれなりに贅沢をしても、ごっそり余るだろう。そしたら――。

「や、やってみようかな」

「いいじゃん。ユッキーナは頭いいし、レポート作るの上手いしさ。なんか、ワンチャンあるんじゃないかって気がする」

「そ、そうかな」

「よし、決まり。頑張るんだよユッキーナ。そして豪華海外旅行にまつりを連れてって」

「ねえ、まつりだってやったらいいじゃん」

「そんなの無理に決まってる」

「なんでよー」

だって、生まれてから一度も商店街なんて行ったことないもん、と、まつりは笑った。

3

「では、準備ができましたら、どうぞ」

わたしの前に黒いワイヤレスマイクが置かれて、ごとりと音を立てた。わたしは緊張で小刻(こきざ)みに震える手でマイクを持つ。

「ええと、東京から来ました、御名掛幸菜です。大学三年生、二十歳です」

拍手(はくしゅ)が起こるわけでも、何かリアクションが返ってくることもなく、ただただ、音もなくわたしに周囲の視線が集中する。まるで、ダーツの的(まと)にでもなったような気分だ。

結局、わたしは「アドバイザー」の募集に応募してしまった。

まつりに「二千五百万円」と半ば洗脳の如く煽られたわたしは、一念発起して応募を決めた。正直に言えば、大金の魔力にやられてしまったのである。

「アドバイザー」の一次審査は、プロフィールと小論文での書類審査だった。急いで資料を用意してWEBから送ると、なんと二週間も待たずに一次審査通過の連絡が来た。二次最終審査は、一次通過から一ヵ月後。商店街のある「あおば市」の市役所まで出向き、市の担当者さんたちの前でプレゼンテーションを行わなければならない。

ちょっと急すぎじゃない？　と思いつつも、わたしはゴールデンウィークと授業の空き時間を潰し、図書室にこもって必死こいてプレゼン資料を仕上げ、東京から新幹線とローカル線を乗り継いで三時間以上かかる田舎町までやってきた、というわけだ。

正月でも夏休みでもないのに孫がやってきた、と、祖父母は大変な歓迎のしようだったけれど、わたしはそれどころではなかった。祖父母宅に到着するなり、プレゼンの練習を何度も行い、既定の十五分ぴったりで全部説明できるように調整。おじいちゃんの前で実際にシミュレーションもして、いくつかアドバイスももらった。資料はたくさんイラストや写真を使ってわかりやすくまとめることができたと思うし、おじいちゃんが絶賛してくれたことで、最後まで足りなかった自信もついた。

二次審査前日のわたしは、ちょっとハイになっていた。二千五百万円はもとより、自分のアイデアが採用されて、商店街が盛り上がっていくのを想像するとわくわくする。人に喜んでもらって、なおかつお金も手に入る。そんな素晴らしいことがあるだろうか。アドバイザーを一年務めれば、就活も自信をもって乗り越えられるに違いない。そんなバラ色の未来を思い描きながら、わたしは、ようし、明日はやったんぞ、などと意気込み、久しぶりに畳の部屋に敷かれた布団に潜り込んで就寝したのであった。

そして当日。

二次審査の参加者はわずか五名。今日のプレゼン後、その場で二次審査通過者、つまりは「アドバイザー」が正式に決定する。競争率は高くないし、わたし以外は全員男性だ。審査員は市の職員さんの他に、なんとあおば市の市長さんも来ていた。市長さんは女性だ。これは有利に働くかもしれない、とわたしは心の中でこぶしを握った。

けれど、そんな考えが甘かったということを、わたしはすぐに思い知ることになる。

一番目の発表者の男性は二十四歳の社会人で、いかにもビジネスマンという感じの人だった。男性の口からは、「中長期目標」だとか「店舗稼働率」だとか、わたしのボキャブラリーにはない専門的な単語がポンポン出てくる。折れ線グラフや細かい数値の並んだ表を次々に提示して説明し、最後は自分に任せてもらえれば必ず商店街を蘇らせてみせる、と言い切った。

次の人も、具体的なデータや事例を根拠にして、「大人な感じ」のプレゼンをした。ここに来て、わたしもようやく状況を理解した。この二次審査は、若者によるぼやっとしたアイデア発表会などではなかったのだ。めちゃくちゃ本気の「ビジネス」の場であって、お店の経営とか、利益の出し方とか、そういう知識がない人間が紛れ込むような場所ではなかった。

司会の若い女性職員さんの「次、御名掛さん、お願いします」という抑揚のない声で、わたしは逃げ場を失った。事前に提出してあった資料が、プロジェクターでスクリーンにでかでかと映しだされる。「作成者／御名掛幸菜」という名前を見ると、恥ずかしさで手が震えた。頭はパニック状態で、今朝まで練習してきた内容など、全部吹き飛んでいる。わたしは手汗のすごい手でマイクを握り直したものの、最初の一声から声が震えて、どうしようもなくなっていた。

「わたしが、提案するのは……、〝稲荷町グルメロード・プロジェクト〟です。簡単に説明をすると、飲食店をやりたいという人を、募集して、商店街にお店を開いてもらって、〝グルメ〟をキーワードにお客さんにきてもらおう、という作戦です。なぜ〝グルメ〟かというと——」

心が爆音を立てて折れそうになる。わたしの前の二人に比べたら、まるで小学生が社会の授業で発表する「ぼくのかんがえたすごいしょうてんがい」みたいなレベルでしかない。実現性などこれっぽっちも考えていないし、過去の事例も、収益予想グラフなんてものもない。ネットで調べた「商店街衰退の原因」をつらつら説明して、なんの根拠もなく、こんなアイデアでなんとかなるんじゃないですかね？　と言っているだけにすぎなかった。

「商店街のシンボルである竹熊稲荷神社に祀られている神様は食べ物の神様だそうで……、その、稲荷町は、歴史的にもグルメととても……縁があると思います」

正面に座っていた、白髪頭の職員さんが、ふん、と鼻で笑ったように見えた。わたしのプレゼンのレベルがあまりにも低すぎて、失笑されたのだろう。よく見れば、審査の職員さんたちは全員興味なさそうに下を向いている。市長さんだけが、わたしを見ながらにこにこ微笑んでくれていた。それがなかったら、途中でプレゼンを投げ出してしまったかもしれない。

「あおば市は、両親が生まれ育った街です。わたしのアイデアで商店街が蘇って、元のように賑やかな場所になったらいいなと思います。それが、わたしの夢です」

最後に、この土地との薄い関係性をさもご縁があるかのように大げさなアピールをし、取ってつけたような「夢」というセリフでもってわたしはプレゼンを締めた。緊張のあまり話そうと思っていたことをいくつか飛ばして、予定の時間を二分も余らせてしまっていた。

司会の職員さんが、「質問はありますか」と呼びかける。職員さんは、誰も手を上げなかった。もう一度、「質問はございませんか」と司会の方が全員に確認をする。もういい、早く終わらせてほしい。わたしが下を向いていると、「じゃあ一つだけ」という女性の声が聞こえてきた。市長さんだ。

「若者らしい発想で、とても興味深い提案だったと思います。私も、おいしいもの大好きですし、グルメというキーワードはとても訴求力があるわね」

「はい、あの、ありがとうございます」

「一つだけ、質問したいんですけど」

柔らかいながらも凛とした声に、わたしは妙に緊張した。一体何を聞かれるのだろう。胸の鼓動がどんどん速くなっていく。

「はい」

「あなたは、実際に稲荷町商店街をご覧になったかしら」

その質問に、わたしは言葉を失った。

プレゼン用の資料を作るにあたって、わたしは稲荷町商店街のことは結構調べたつもりではいた。歴史とか、いつからお客さんが来なくなったのか、とか。でも、さすがに資料を作るために東京から新幹線に乗って商店街を見に行く時間はなくて——。

いや、そうじゃない。

わたしは、商店街を実際見てみよう、などとは考えもしなかった。

授業やバイトもあったし、お金もかかるしで、商店街を見るためだけにこの街まで来ることはできなかったかもしれない。でも、「やりたくてもできなかった」と、「やろうともしなかった」とでは、まったく違う。

いえ、なかなか時間が取れず、と、言い訳染みた理由をぼそぼそと並べながら、わたしは「見ていません」と答えた。現場も見ずに何が提案できるんですか？　と笑われるかと身構えたものの、市長さんは笑顔を崩すことはなく、そうですか、とうなずいた。

「ならよかったわ。質問は以上です」

市長が司会に目を向けると、司会が「ありがとうございました」とすぐに締め、またあまり抑揚のない声で「次、瀧山さんお願いします」と告げて、わたしのプレゼンを完全に終わらせた。わたしは、「ならよかった」とはいったいどういうことだろう、と思いながら、自分の席にすごすごと戻るしかなかった。

4

横断歩道を渡ると、ネットで見ていたアーケードが近づいてくる。入口には、「サンロードあおば・稲荷町商店街」とポップな字体でロゴが描かれたアーチ看板。完全に一昔前のセンスで、レトロというほど古くもないけれど、今っぽいデザインとは言い難い、という中途半端さだ。

二次審査が終わって、合格者はその場で発表された。わたしは、アドバイザーに選ばれなかった。当然だとは思うけれど、それでも、結構苦労したのになんにもならなかったという喪失感、わたしは社会に出たところで何もできないんじゃないかという不安感、そしてお腹の奥にいやなもやもや感が残った。

——あなたは、実際に稲荷町商店街をご覧になったかしら。

温厚そうな市長さんがにこにこしながら言ったその一言が、お腹のもやもやの中心にある気がした。いまさらとは思いながらも、わたしは夕食を用意して待ってくれているであろうおじいちゃんおばあちゃんに「少し遅くなる」と連絡を入れて、「サンロードあおば」こと稲荷町商店街の入口にやってきた。時刻はもう夕方、西の空がほんのりと赤く染まってきていた。

稲荷町商店街は、少し変わった構造の商店街だ。看板のある入口からは、しばらくアーケードのある区画が続く。方角で言うと南北に向かうこの道は、江戸時代に南の港から北の高台にあるお城まで魚を運んでいくための「魚屋街道」沿いに店が集まったのが始まりだそうだ。四十年ほど前、近くに片側二車線の幹線道路が開通してからは歩行者天国になって、今の商店街の形ができあがった。

旧・魚屋街道沿いの「B街区」を百五十メートルほど進むと、アーケードから出て、円形の広場に辿り着く。中央には商店街のシンボルとして噴水が設置されているのだけれど、今日は残念ながら水は出ていなかった。今日は、というか、たぶんもうずっと使われていないのだろう。本来水が満ちているはずの池の部分には、随分ごみや砂が溜まっている。

噴水広場を東の方向に左折すると、二百メートルほどの「A街区」が続く。こちらの道は元々、商店街の先にある竹熊稲荷神社の参道だったらしい。A街区はアーケードのない石畳の道で、道の先には神社の鳥居が見える。道の両脇の建物も、アーケード内より古い感じに見えた。

市長さんの言葉から想像するに、実際に自分の目で見る商店街はネットで調べたイメージとは違っていて、わたしのプレゼンは的外れなものだったのかもしれない、と考えたのだけれど、商店街を歩けば歩くほど、お腹のもやもやはより濃くなっていく。なぜかって、実際の商店街も、わたしがイメージしていた「閑散(かんさん)とした商店街」そのものだったからだ。「シャッター商店街」という言葉はもちろんわたしも知っている。そして、稲荷町商店街をそう呼んでいるWEBサイトもいくつか見かけた。それは誇張でも悪口でもないんだな、と、目の前の光景を見て思った。両側に並ぶお店も、ほとんどがシャッターを下ろしている。閉店時間がめちゃくちゃ早いというわけじゃない。もう、営業自体をやめてしまっていて、お店の人もいないのだ。

ようやく、左手に営業しているお店が見えた。どうやら酒屋さんらしい。「花邑酒店」という看板が出ているものの、「邑」をなんと読むのかがわからない。二十歳になってお酒を飲めるようになったことだし、ちょっと買い物がてらお店の名前でも聞いてみようかと思ったけれど、店の入口で気持ちが萎(な)えた。店内は酒の瓶(びん)がずらりと並んだ薄暗(うすぐら)い空間で、独特の空気を醸(かも)し出している。お店の人と思われる少し腰の曲がったおじさんが、入るか入るまいかとうろうろしているわたしを険しい表情でぎろりとにらむ。よそ者が何の用だ、と思っているのだろうか。その冷たい視線にも負けず、「おじさんこんにちは！」などと言いながら店に入っていけるほど、わたしはフレンドリーな性格じゃなかった。

酒屋さんに入ることを諦めて、わたしは元来た道を引き返すことにした。商店街を歩いてみれば市長さんの言葉の意味がわかるかと思ったけれど、やっぱりよくわからなかった。もう諦めて帰ろう、と思うと、どっと疲れが体にのしかかってくる。いつものスニーカーじゃない、履き慣れない革靴のせいで、踵がめちゃくちゃ痛い。どこかで休んでいきたいな、と思ったのだけれど、生憎、商店街には見慣れたチェーンのカフェもファミレスも、ファストフード店さえもない。少し歩けばなんかひとつくらいあるでしょ、という、都会に毒されたわたしの考えなど、この街では通用しなかった。

噴水広場に戻ってアーケードの下をとぼとぼ歩いていると、やたらレトロな看板が通りに出ているのを見つけた。ＬＥＤどころか蛍光灯ですらない黄色い光の電球がちりばめられた、昭和臭がすごい看板だ。お店の名前は流れるような筆記体で、これもまたぱっと見では読めない。ただ、隅っこに書かれた「喫茶」という漢字で、あ、カフェなんだ、ということだけはわかった。

お店は人一人通るのがやっとという細い階段を上った先、二階にあるようだ。一階のお店は、もちろんシャッターが閉まっている。異世界に誘われそうな雰囲気の薄暗い階段を前に、わたしはお店に入るべきか、ちょっと痛い出費ではあるけれどバスではなくタクシーを拾っておじいちゃんおばあちゃんの家に帰るべきか、しばし迷った。靴擦れは痛い。でも、得体のしれないお店に入るのも怖い。

「よし、入る」

そう決めたのは、半ば意地のようなものだったかもしれない。もはや「商店街のことを何も知らなかったくせに」などと笑われることもないけれど、わたしはどうしても言い訳がしたかった。せめて、コーヒー一杯分くらいの時間をここで過ごして、「商店街は今こんな感じだった」という話を、東京に持ち帰る権利を手にしたい。

大げさかもしれないけれど、わたしはわたしなりに意を決して、なんか若干傾いている階段を上った。段差を一段上がるごとに、みしみしと音を立てるのがまた不気味だ。

5

鼻をくすぐる鮮烈なコーヒーの香りで、わたしははっと我に返った。見ると、マスターがミルでコーヒー豆を挽いているところだ。「コーヒーの香り」としか表現しようのない、なんともいえないいい匂い。わたしは少し肩の力を抜いて、ソファに深く腰かけた。

怪しげな階段を上った先にあった喫茶店は、わたしが想像していた以上に古めかしいお店ではあったけれども、想像していた以上に居心地がよかった。「時価」のブレンドコーヒーという奇妙なルールに戸惑いつつも、足の痛みと疲れは少し楽になってきている。

まるで時間が止まってしまったかのようなこの場所にいると、いろいろ考えたこともないことを考えてしまう。わたしは今まで、自分の意志で人生を歩んできたわけじゃなくて、ただただ時間に転がされて生きてきたのかな、とか。

時間は、後ろからカーペットをめくり上げるように迫ってきて、わたしは巻き込まれないように前に前に歩き続けている。子供の頃はそれでも走り続けていられたけれど、中学生になったくらいから急に走るのがしんどくなった。少し休みたいと思っても、テストだとか受験だとかが次々迫ってくる。高校の三年間は自分の身の置き所もわからないまま、光の速さで過ぎ去っていった。大学に入ってようやく自分の生きるペースを取り戻せたかと思えば、もう就職の心配をしなきゃならない。社会に出たら、さらに時間に追われることになるんだろう。前を向いている暇もなく、いつも後ろを見て迫りくる時に驚き、下を向いてひたすら走るしかない。

わたし、いったいなんのために生きてるんだろう。

大げさかな、と思うけど、ついそんな言葉が頭に浮かんだ。

「いらっしゃいませ」

「ブレンドをお願いします」

マスターのバリトンボイスが穏やかに響いて、新たなお客さんを迎え入れる。わたしが来た時にいたお客さんが出て行って、入れ替わるような形で誰かが店に入ってきた。新しいお客さんは店の常連なのか、躊躇することなく「時価」のブレンドを注文した。

「あれ？」

席を選ぼうとしていたお客さんの足音が、わたしの横で止まる。ため息の重さでがっくり下を向いていた顔を上げると、見たことのある顔がそこにあって、少し混乱した。こんなところで知り合いに会うはずはないけれど、わたしは確かにこの人を知っている。あれ、誰だっけ、と止まりかけていた頭を回転させると、ようやく記憶の中の顔と一致した。

「偶然だね」

「あ、はい」

「一人？」

「え！　あ、そ、そうです」

にこやかな笑みを浮かべながらするりとわたしの向かい側の席に座ったのは、「アドバイザー」の二次審査会場にいた男の人だ。いやちょっと待て、何故そこに座るのか、と慌てたけれども、男の人はまったく気にする様子もなく、横に荷物を置いて、ふう、と一息つく。それがあまりにも自然で、わたしは、この人と待ち合わせでもしていたかもしれない、という錯覚を覚えるほどだった。

彼のことはよく覚えている。スーツ姿の男性ばかりが集まる中、唯一、わたしと同じようなカジュアルな格好をしていたからだ。ジャケットは羽織っているものの、その下は薄いハイネックのカットソーで、九分丈のすらっとした黒いパンツにローファーというこなれ感のあるスタイル。何より印象に残っているのは、その涼しげな表情だった。目鼻立ちのくっきりした中性的な顔立ちで、今もそうだけれども、きゅっとしまった口元に常に微笑みを絶やさない。緊張感に包まれていた二次審査会場でも、一人だけ秋の高原にでもいるかのようなさわやかさを醸し出していた。

そして、この人こそ、二次審査合格者だ。

名前は、確か――。

「瀧山クリス」

クリスはわたしの思考を読み取ったかのように名前を名乗りながら、小さな紙片を取り出した。わたしにはまだあまりなじみのない、名刺だ。表面には「瀧山クリス」という表記と、「Christopher Lord Takiyama」という英語表記、そして「株式会社スリーハピネス代表」という肩書がついていた。年齢はわたしより少し年上の二十五歳。でも、その若さですでに起業しているのだ。コンサルティング会社で働いている参加者は他にもいたけれど、自分の会社を持っている人は、彼以外にはいなかった。つくづく、なんの知識もない大学生など場違いだったのだな、と思い知らされる。

「え？」

「改めて、自己紹介。よろしくね」

「社員はまだ僕一人だけどね」

「でも、会社を作るなんて、すごいですね」

「作るだけなら結構簡単なんだよ」

「お名前、クリストファー、ってことは、ハーフの方なんですか」

「一応ね。母がフィリピン人なんだけど、生まれも育ちも日本だから僕は日本語しかしゃべれない」

人生の中でおそらく何度も聞かれてきたはずの質問にも嫌な顔をすることなく、クリスはさらりと答えた。なるほど、顔立ちも少しエキゾチックというか、顔のパーツの輪郭が くっきりとしている感じがする。背はさほど高くないけれど、スタイルはしゅっとしていて、イケメンの部類に入るだろう。

「わたしは、その――」

「知ってる。御名掛幸菜。幸菜でいい？」

「あ、ええと」

「僕が言うのもアレだけど、印象に残る名前だったからね」

名前を呼ばれると、急に恥ずかしさが込み上げてきて、顔が赤くなっていくのが自分でもわかった。どこかのわけわからない女子大生、くらいに思っていてくれればよかったのに、名前を覚えられてしまったということは、クリスの記憶にわたしのへっぽこプレゼンが刻み込まれてしまったということだ。どうせなら、名前ごと全部忘れて欲しい。

「あの、決まったんですよね、アドバイザー」

「ああ、うん。そうだね。就任式はまた後日、って」

「すごいですね。歳はそんなに変わらないのにな、って、わたしちょっと反省しました」

クリスはわたしの目を見ながら、にっ、と口角を上げた。

「でも、僕と同じことを考えてた」

そう言いながら、クリスはテーブルの上に置きっぱなしにしていたわたしのプレゼン資料を手に取り、ぺらぺらとめくる。今となっては見られるのがこの上なく恥ずかしいのだけれど、やめてください、とひったくるわけにもいかないので、ひたすら恥ずかしさを我慢するしかない。

わたしの次だったクリスのプレゼンは、偶然にもわたしと同じく、商店街に飲食店を呼び込み、一種のアミューズメントパーク化する、というアイデアだった。ただ、発想の出発点は一緒でも、具体性や実現性がまったく違っていた。東京での店舗プロデュースの経験もあり、自ら会社を立ち上げてフリーで活動しながら、いろいろな業種の人たちとの交流もあるそうで、そういったプロフェッショナルの協力を得ることもできるという。計画や目標もきちんと立てていて、わたしのような机上の空論娘とはちょっと次元が違った。

「僕も、商店街を昔のように再生するのは難しいと思ってたんだ。電器屋さんとか、婦人服屋さんとか、昔あったお店を復活させても、今はニーズがないから」

「そうですよね」

「でも、飲食店だったらニーズに普遍性がある」

「かもしれない、ですね」

「同じことを考えている人がいて、嬉しくて」

「いやいや、わたしはもう、ただの夢物語でしかなかったですし」

わたしがまたうつむきそうになったところに、マスターがまったく無理のない動作でするりと割り込んできて、ソーサーに乗ったコーヒーカップをわたしの前に置く。陶器のカップなのに、かちゃりという音が一切しない完璧な置き方に少し感動する。

運ばれてきたコーヒーは、ほのかな湯気を纏いながら、深い褐色の水面をゆらゆらと揺らめかせていた。コーヒーと一緒に砂糖とミルクが置かれたけれど、わたしは褐色なのに透き通って見える不思議な色を濁らせたくないな、と思った。顔を少し上げてクリスを見ると、会話の途中だったにもかかわらず、「どうぞ」とにこやかに微笑んだ。

マスターが「今日のわたし」をイメージしてブレンドしたというコーヒー。注文をしてから、産地や焙煎具合の異なる豆を何種類かチョイスして、ミルで挽く。カウンターに置いてあるレトロなデザインのドリッパーで、丁寧にハンドドリップ。マスターがお湯を注いだ瞬間、店内にふわっとコーヒーの香りが広がった。苦い記憶の泥沼から現実世界に引っ張り戻してくれたのは、その香りだ。香りが漂うのは一瞬で、やがて幻のように消えてしまう。でも、どこかに行ったわけじゃない。カップの中に凝縮されて、わたしの目の前に差し出されている。

おそるおそる、という感じでカップを持ち上げて口をつけた瞬間、わたしは思わず目を見開いてしまった。口の中でコーヒー豆が爆発して、爆風が鼻を通って抜けていくような香りの勢いに驚いたのだ。いつも飲んでいるカフェのコーヒーだって十分おいしいけれど、このお店の「ブレンド」は別格だった。

鮮烈な香りの大爆発の後には、深い深い苦みが忍び寄ってくる。でも、苦味はわたしを嫌な気分にさせることなくすっと通り過ぎて、ささやかな酸味と柔らかい甘みだけが舌に残った。マスターがどういう思いをこの一杯に込めたのかはわからないけれど、わたしはなんだか、「人生、そんなこともあるさ」と肩を叩かれているような気分になった。胸がきゅんとして、涙が出そうになるのを堪(こら)える。

「ここのブレンドは、おいしいよね」

「びっくりしました、すごく」

「でも、このままじゃ、この味も消えてしまうかもしれない。というか、いずれそうなる。後継者はいないらしいよ」

「もったいない」

「そうなんだよね。僕もそう思う」

また、店内に豆を焙煎する香りが満ちていく。マスターが、クリスの「ブレンド」を淹れているのだろう。わたしには香りだけでどこ産の豆かを嗅(か)ぎ分けるような能力はないけれど、さっきまで漂っていた「わたしの」香りとはまったく違うことだけはわかる。

「そういえば」

「あ、は、はい」

「幸菜は、どうしてここへ？」

色素の薄いクリスの瞳には、きっとわたしが映っている。涼しげだけれども金属のように芯のある声が、わたしの体を通り抜けていく。なぜだろう。わたしはプレゼンの時とは違った胸の高鳴りを感じて、思わずコーヒー味の息を呑んだ。

6

喫茶店『カルペ・ディエム』の外に出ると、辺りはもうずいぶん暗くなっていた。アーケードの中からは見えないけれど、太陽は西の空にほとんど沈んでしまったのだろう。わたしがここに来たときはすでにほとんど人を見かけなかったけれど、夜の訪れとともにいよいよ誰もいなくなった。辛うじて開いていたお店もシャッターを閉め、わたしは感じたことのない静けさの中にいた。

あれから、わたしは喫茶店でクリスとしばらく話していた。別にこれといった話はしていないけれど、くだらない世間話であっという間に二時間が経っていた。贅沢な時間の使い方をしたことに後悔はないけれど、店から出ると急に現実へと引き戻された感じがする。

わたしが、ふらふらとこの商店街に来た理由。

「どうしてここへ？」というクリスの問いに、わたしは「市長さんの最後の言葉が気になって」と正直に打ち明けてみた。クリスなら賢そうだし、もしかしたら答えをくれるかもしれないと思ったのだが、当てが外れた。クリスはあっさりと別の話題に移ってしまったのだ。クリスの話は興味深いものではあったけれど、わたしはやっぱり、市長さんの「ならよかったわ」という一言が胸につかえて、会話に身が入らなかった。

外が暗くなって、『カルペ・ディエム』の閉店時間が近づいた頃、わたしたちは店を出た。じゃあこれで、と別れの挨拶をしようとする前に、クリスが「よし、じゃあ行こう」とすたすた歩き出した。わたしは、えっ、と狼狽えながら、なんとかクリスの後について、「どこへ？」という当たり前のことを聞いた。

「市長さんの言葉の意味が知りたいんでしょ、幸菜は」

きっと今頃、おじいちゃんとおばあちゃんが夕食を用意してわたしの帰りを待っている。わたしはごはんを食べながら「いやあ、全然だめだった」と苦笑いし、明日の夕方には東京に帰るつもりでいる。自宅に帰って両親にも同じことを言って、週明けには学校でまつりにも同じことを言って。思い出したくもない恥ずかしさは、半月もすればわたしの中から流れ出て、時折、夜寝る時なんかに思い出すくらいになるはずだ。就活に向けて、また何かチャレンジは必要かもしれないけれど、この件はもう終わったのだ。

それなのにわたしは、まるで魔法か催眠術にでもかけられたかのように、スマホを手にしていた。孫との夕食を心待ちにしていたであろうおばあちゃんの落胆の声を聞いて胸がしくしくしたけれど、「今日はたぶん遅くなる」と告げた。わたしは前をすたすた歩くクリスに駆け寄り、横に並ぶ。クリスはちらりとわたしを見ると、柔らかく微笑んだ。

「幸菜はさ、この商店街が地元の人になんて呼ばれてるか、知ってる？」

「え？　いや、その、そこまでは」

「ゾンビロード、だってさ」

「ぞ、ゾンビ？」

「何年か前に、ゾンビ映画のロケ地になったらしいんだ。有名な映画じゃなくって、言っちゃ悪いけど、低予算のB級映画で。突然、世界に未知のウイルスが蔓延（まんえん）して、人類がどんどんゾンビになっていく話」

どっかで聞いたことのある設定だ、と、わたしは苦笑いをする。

「スケールが大きいような、小さいような」

「ロケ地にここが選ばれた理由が、交通整理なんかしなくても全然人がいないから、だったんだってさ。監督（かんとく）は大喜びだったらしいよ。予算が結構浮いた、って」

「なんか、失礼な話ですね」

でも――、と、わたしは言いかけた言葉を呑み込んだ。でも、わかる気がする。暗がりの中、申し訳程度の街灯が照らし出す商店街の風景は、「これが世界の終わり」と言われても納得してしまいそうだ。商店街の向こう、街灯の光の届かない暗闇（くらやみ）からわらわらとゾンビが現れたとしても、わたしは驚かないかもしれない。いやさすがに驚くとは思うけれど、なんでこんなところにゾンビが！　嘘でしょ！　とはきっと思わない。なんなら、ほんとに出てきそうな気さえする。

「ゾンビって、要するに〝動く死体〟でしょ？　だから、もう死んでるんだ。なのに、安らかに死ぬことができずに人の血や肉を求めて歩き回る。つまりさ、この商店街もそういう存在だって思われてるってことだよね。だから、ゾンビロード」

ゾンビロードか、と、わたしは誰もいない歩行者天国に目をやった。「天国」とは名ばかりの暗い道。もしクリスがいなかったら、わたしは夜の墓地の中を一人で歩くような恐怖を感じていたかもしれない。

「なんかまあ、わからないこともないですけど」

「でも、ここにゾンビはいないんだ」

「そりゃ、そうでしょうけど」

「そうそう、幸菜はお酒飲める？」

「お酒？　一応その、年齢的にはＯＫなんですけど」

「じゃあ大丈夫だ。着いた。ここだよ」

人っ子一人いない「Ａ街区」を歩いていたクリスが、足を止める。目の前にあったのは、わたしがさっき入店を断念した酒屋さんだ。でも、店の扉こそうっすら開いているものの、看板の光はもう消えているし、店内も照明がほとんど落とされていて、どう見ても営業は終わっている。お客さんはおろか、店の人の姿さえどこにもない。

その営業終了後と思しきお店に、クリスはずかずかと入っていく。ねえちょっと、いいんですか、と、わたしが追いすがりながら声をかけても、意に介する様子もない。クリスは誰もいない店内に入ると、淡い光を放つ冷蔵ケースに近寄り、扉を開けた。中には、ビールやら日本酒の瓶やらが並んでいる。

「今日はどれがいいかな。幸菜はどれにする？」

「どれにするって、勝手に持っていく気ですか？」

「大丈夫。ここには誰もいないんだ」

「いや、そういうことじゃなくて」

「僕はあんまり日本酒は詳しくないけど、たぶんこれがいいんじゃないかな」

クリスが日本酒の瓶を一本取り出して、はい、とわたしに手渡してくる。思わず受け取ってしまったけれど、このままお酒を持って店から出てしまったら立派な窃盗犯ではないか。おろおろするわたしを尻目に、クリスはもう一本お酒を取り出し、さらに店の奥へと歩いていく。行く手には、小さな暖簾で目隠しされたドアがあった。開けると、お店の裏の細い路地に出る。これじゃ完全に泥棒じゃないですか、と、わたしはいよいよ焦ってしまい、クリスの服の裾を引っ張った。

大丈夫、と繰り返すクリスに引きずられるようにして外に出ると、タバコを吸っている老人に出くわして、心臓が喉からぶっ飛んでいきそうなほど驚いた。店の裏には灰皿スタンドと安っぽいベンチが置いてあって、ご老人はそこで一服していたようだ。わたしたちを見るなり「泥棒！」と叫ぶかと思ったけれど、ご老人は前歯の抜けた口をにっと広げながら、「よう、ニイチャン」と笑うだけだった。

店の裏手には、時代劇にでも出て来そうな蔵が建っていた。うっすらとした街灯の明かりに照らされた白壁が綺麗だ。蔵の正面の分厚い両開きの扉は、片側だけ開放されている。入口にはなぜか暖簾が出ていて、「花むら」という字が見て取れた。あ、「邑」は「むら」って読むんだ、とわたしはようやく理解する。

「ここは昔、造り酒屋さんだったんだ」

「造り酒屋？」

「自分のところでお酒を造って売る酒屋のこと。でも、今は酒造りはやってなくて、酒の卸しと小売りをやってる。この蔵は酒造りをしてた頃の名残」

クリスの説明を聞きながら、わたしはある違和感を覚えていた。真っ暗で、人っ子一人いない夜の商店街の裏通りなのに、どこからか賑やかな人の声がする。どうやら、声は蔵の中から聞こえてきている。

こんばんは、と、慣れた様子でクリスが暖簾をくぐる。わたしも、慌てて後に続く。入ってすぐのところにバーカウンターのようなものがあって、その内側に年配の女性がいた。高めの椅子に座り、カウンターに頬杖をついている。どうやら、お酒も飲んでいるようだ。

「あら、随分久しぶりじゃねえ」

「この前来てからまだ一週間しか経ってないですよ」

「隣は、お連れさん？　あら、彼女ができたん？」

「違いますよ」

「じゃあ、ナンパして連れてきたんじゃねえ。やるわねえ」

「違いますって」

目の前の光景に、わたしは圧倒されていた。天井が吹き抜けのようにすこんと抜けた蔵の中に、二十人ほどの人が集まって談笑している。土を固めただけの床にお酒のケースと木の板で作られたテーブルが並んでいて、集まった人々が立ったままお酒を飲んでいる。とんでもない異世界に紛れ込んだような気分になって、わたしは思わずクリスに体を寄せた。

「立ち飲み、屋さん……、ですかね」

「惜しい。ちょっと違う」

「違う？」

「ここは、角打ち」

かくうち？　と、聞きなれない言葉にわたしは首を捻る。

クリスの説明によれば、ここは要するにコンビニなんかのイートインみたいなものらしい。店で買ったお酒を飲めるスペースを作っているだけで、料理を提供したり、お酒を作ったりという「サービス」は行わない。だから居酒屋さんのような「飲食店」とは違うそうだ。

お酒は酒屋の店内から持って来て蔵の中のおかみさんにお金を払い、コップだけ借りて勝手に飲む。おつまみはカウンターにおいてある市販の駄菓子や缶詰を買うだけだ。クリスが、店内から持ってきたお酒二本とおつまみをいくつか買ってくれた。

「カウンターにいるのが、おかみさんの花邑美寿々さん。で、あっちの隅っこで真っ赤な顔をしてるのが、店主の大七さん」

クリスに言われるがまま、さほど広くない立ち飲みスペースに目をやると、ビールケースをひっくり返した椅子に座って、お酒を片手に真っ赤な顔をして陽気に笑っている店主さんが見えた。喫茶店に行く前、わたしが外から店を覗いた時にいた、しかめっ面のおじさんだ。さっきはあんなにむっつりして怖そうだったのに、今は単なる酔っ払いだ。

お客さんはみんな年配の人ばかりで、おそらくは商店街か、その近所に住んでいる人たちだろう。方言混じりでわいわいと会話を楽しんでいる。わたしたちは完全なるよそ者であるにもかかわらず、クリスはなんの戸惑いも見せずにそのお客さんの輪の中へと入っていく。クリスが「こんばんは」と挨拶をすると、すでにお酒が回っていた先客たちが、一斉に笑顔で出迎えた。まるで液体が混ざりあうように、クリスはいとも簡単に馴染んでしまっている。

「おい、色男、どうだ、決まったんじゃろ？」

「はい、僕がアドバイザーをやることになりました」

拍手が沸き起こる。クリスの隣にいた酔っ払いの男性が、クリスの肩をばしばし叩きながら、ようし、明日から働け、などと慣れた様子で大声を出している。

「ずっとここで働くんか」

「とりあえず、四年契約になるみたいです」

「四年か。じゃあ一億円じゃな。よっ、一億円の男」

周囲が盛り上がる中、わたしは驚きのあまりクリスの横顔を凝視してしまった。アドバイザーの年間報酬が二千五百万円、四年で一億円だ。クリスが平然としているのに、なぜかわたしが動揺してしまう。知らなかったとはいえ、こんな大金が動く世界に飛び込もうとしていたのかと思うと、ぞっとする。

「で、なんじゃ、隣におるべっぴんさんは兄ちゃんのコレか?」

一番威勢のいいおじいさんが小指を立てながらわたしを見ると、場にいた全員の視線が一気に集まってきた。わたしは慌てて、違います違います、と首と手を高速振動させて否定しなければならなかった。

「幸菜は仲間ですよ。東京の大学生で、僕と一緒にこの商店街を盛り上げてくれます」

「えっ、ちょっと、何を――」

いやそんな話は聞いていない、と言い始めることすらできずに、わたしはハイテンションな老人たちの輪の中に引き込まれ、四方八方から拍手喝采(かっさい)を浴びていた。わけもわからないままガラスコップに入ったお酒を持たされ、「乾杯!」の音頭(おんど)に合わせて人生初の日本酒を飲む羽目(はめ)になった。最初の一口で喉から胃の辺りまでかっと熱くなったけれど、フルーツのような甘みも感じて、意外に飲めないこともない。

そこからの一時間は、わたしの人生において一番のカオス、すなわち混沌の時間だった。わたしとクリスの前の簡易テーブルにはあちこちからおつまみが集まってきて、酔っ払ったご老人たちが入れ替わり立ち替わり、やれあれも飲め、やれこれも食えと大騒ぎ。わたしは、流されるままコップを片手に缶詰をつまみ、気がつくと楽しくなってきて、わけもわからないままけらけらと笑っていた。

最初は慣れない味だった日本酒も、酔って感覚がおかしくなってきているのか、だんだんおいしく思えてきた。おい、イケるねべっぴんさん、などとおだてられたら悪い気もせず、またずらりと並んだ見たこともない缶詰やら瓶詰のおつまみがどれも本当においしい。

クリスの好物は牡蠣の燻製の缶詰だそうで、わたしがいたく気に入ったのはレモンと蜂蜜に漬け込まれたクリームチーズの瓶詰だった。その他にも、スーパーやコンビニでは見かけない珍しいおつまみがわんさか集まってきて、危険なほどお酒が進んでしまう。

酔っていない人が存在しない空間での会話はとにかく脈絡がなくて話に入っていくのが大変だったけれど、どうやら、話題は昔話だということはわかった。わたしが生まれるより何十年も前、この商店街が賑わっていた頃の話が聞こえてくる。

わたしが事前に調べたところによると、この辺りが「稲荷町商店街」と呼ばれるようになったのは戦後だそうだ。「サンロードあおば」という愛称ができたのは、二十年ほど前。ちょうどわたしが生まれた頃だ。この辺りのいくつかの町が合併して「あおば市」という新しい市が誕生したのを機に、アーケードや噴水広場を整備し、愛称をつけたようだ。

でも、その頃すでに、稲荷町商店街の衰退は始まっていた。

稲荷町商店街周辺は街道沿いにあって交通の便のいい地域だったので、昭和の高度成長期には工場がたくさん建てられてとても賑わっていた。近隣に住居を構えた工場労働者やその家族がメインのお客で、商店街は、毎日人でごった返すくらいの全盛期を迎える。けれど、市町村が合併してあおば市が誕生した後、都市計画が見直されて、たくさんあった工場は市街地の外に新しく造られた工業地域に移されてしまったのだ。

さらに追い打ちをかけたのが、郊外型の大規模商業施設の増加だった。あおば市が誕生した頃に法律の改正があって、それまでは規制されていた広大な敷地面積を持つ商業施設が建設できるようになった。当時の市長は、商店街の人々の反対を押し切ってショッピングモールのような大規模施設を積極的に誘致した。結果、市の税収は大幅に上がったけれど、稲荷町商店街はお客さんをごっそり失ってすっかり寂れ、アーケードや噴水などの改築にかかったお金だけがのしかかるという最悪の状況に陥ってしまった。その頃から、シャッター商店街化が加速しだしたらしい。

「あの頃は、とにかくみんな忙しくての」

当時、近くにあった工場で働いていたというおじいさんが、前歯の抜けた口をにっかり開きながら、思い出を語り出した。さっき外でタバコを吸っていた人だ。『花むら』の常連さんの中でも、かなりの古参メンバーだそうだ。

「もうな、朝から晩まで仕事があるもんでな、酒を飲む暇もねえんよ」

「飲む暇ないなんて言うけどねえ、この人、毎日ここに来てたんよ」

カウンターからおかみさんが口を挟んで、豪快に笑う。

「もう、毎日仕事で休みもねえからの。そんなもん、酒でも飲まんとやっとられんじゃろ。だから、いつも昼休憩のベルが鳴ったら、握り飯頬張りながらここまで走って来て、おい、酒よこせ！　つってな。休憩も二十分しかねえもんでな。コップ三杯安酒ひっかけたら、金を放り投げてまた走って工場に戻るんじゃわ」

「勤務中にお酒なんか飲んで、お仕事は大丈夫だったんですか」

「そらぁな、三杯一気飲みして走って戻るもんじゃから、酒が回る回る。午後イチはよく、ふらふらして工場長にドヤされたもんじゃわ」

ご老人は武勇伝を語りながら大笑いしているけれど、今だったらきっと大問題になるだろう。よくも悪くもおおらかな時代だったんだな、と、話を聞きながら苦笑した。

あの頃はどこもかしこも賑やかでよかったわねえ、と、おかみさんが少し遠い目をする。

ここにいるご年配の皆さんも、当時は働き盛りの年頃だったのだ。作業服を着た人たちがここに飛び込んできて、コップ酒をぐびぐび飲む姿が目に浮かんでは消える。

「おう、お嬢ちゃんももう一杯飲みねえ」

いや、さすがにこんな勢いで飲んだらヤバいです、と答える間もなく、一時間かけてようやくコップ三分の一くらいに減らしたお酒が、表面張力で液体がプルンプルンするくらいまで注ぎ足される。これを三杯一気飲みして走って仕事に戻るとかありえん、と、わたしは回る頭を押さえながら、自分でもわかるほどお酒臭いため息をついた。

7

いつ果てるとも知れない立ちっぱなしの宴の途中、わたしはお手洗いを借りるべく、一旦輪の中から離れた。美寿々さんから、お手洗いは店舗の中にあると教えてもらって、蔵の外に出る。タバコを吸う人たちを横目に裏口から酒屋の店内に入ると、開いている正面入口から、商店街のメインストリートが見えた。蔵の中の賑わいが嘘のように、不気味な空気を漂わせる「ゾンビロード」がそこにある。少し怖くなっていそいそと用を足し、わたしは生きている人が存在する世界を求めて、また蔵の中に戻った。

相変わらず、酔っ払いたちは大騒ぎをしている。その中心に、クリスがいた。不思議な光景だな、と思う。エキゾチックな顔立ちのイケメンハーフは、この世界の中では明らかに異物のように見えるのに、なんの違和感もなく混ざり合い、溶け合っている。地元の人たちとこれだけの関係性を作るのに、クリスはどれだけ前から商店街を訪れているのだろう。

「あら、大丈夫じゃろか。顔が真っ赤ねえ。お水でも飲む?」

美寿々さんがカウンター下の小さな冷蔵庫からペットボトルの水を取り出し、わたしに差し出してくれた。慌てて財布からお金を出そうとすると、「一億円の男にツケておくから」と笑われた。キャップを開けて飲む前に、冷えたボトルを頰に当てる。火照った頰に、ひやりとした感触が気持ちいい。

「クリスは、ここによく来てるんですか？」

「よくなんてもんじゃないわね。少し前まではほとんど毎日来てたんだもの。もう半年くらい経つんじゃないかねえ」

「え、半年も？」

「最近は、アドバイザーになるために東京の家を引き払ってこっちに部屋借りて住みだしたって言うもんでね、うちの客はみんなあの子を応援しちゃってねえ」

そりゃ審査も通るわけだ、と、わたしは思い切り納得する。でも、クリスはどうして、この商店街にそこまで情熱を傾けるのだろう。やっぱり、お金のためだろうか。それとも、何かほかに理由があるんだろうか。

「お嬢さんも、あの子みたいにアドバイザー目指して来たんじゃろ？」

「いや、わたしは、その――」

「やっぱり、お金がよかったから？」

「実は、正直に言っちゃうと、そうです」

おかみさんが軽く笑い飛ばしてくれたので、わたしは我欲にまみれた最低人間のようになることなく、つるりと本音を吐き出すことができた。金に目が眩んできたのか、などと蔑まれたら、わたしはいたたまれなくなっていただろう。

「でも、学生さんがあんな大金、なんに使うん？」

「それが、今思えばなんに使っていいか、よくわからなくて」

　地獄耳のお客さんが、少し離れたところから「男なら、全額ボートで一発勝負じゃろ！」とヤジる。美寿々さんは、しょうがない酔っ払いめ、という顔で、「どうみても女の子じゃろ」と返した。

「お嬢さんは派手に散財しそうな性格には見えんねえ」

「そうですね。普段はそんなにお金なんか使わないので」

　わたしは、二千五百万円という大金を受け取った自分を想像する。お高めのコスメを買って、まつりと海外行って、家族とおいしいものでも食べて。散財と言っても、それくらいしか思いつかない。どう考えても、そんな大金はわたしにとってはトゥーマッチで、そのお金に見合った使い方なんかできそうにないのに。

「まあ、あったらあっただけいいもんよ、お金は」

「わたし、たぶん、怖かったんだと思うんです」

「怖かった？」

「もうすぐ就活もはじまるし、社会に出ていかなきゃいけないのに、これといった特技とか才能もなくて、わたしほんとに生きていけるんだろうかって。でも、お金をいっぱいもらえたら、余裕ができて、何かやりたいことを見つけたりとか、就活も自信をもって迎えられたりとか、前を向いて進めるんじゃないかって、そんなこと考えちゃったのかな」

しゃべりながら、わたしは自分自身の気持ちがようやくわかった気がする。わたしは、社会に出るのが怖かった。今までは両親の庇護の下で何不自由なく暮らしてきて、ただ時間に追われながらなんとなく生きていた。でも、社会に出てしまえば、わたしはわたしの力で生きていかなきゃならない。そんな不安の中にいるわたしがどうしても欲しかったものは、進むべき「道」を探す余裕だったんだ。暗闇の中、どこに進んでいいのかわからないまま走り続けるのは、わたしにとっては不安でしかなくて、怖かった。

「でも、こうして実際に商店街の方たちを見ていると、なんだか、すごく申し訳ない気持ちになってきて」

「申し訳ない？」

「わたし、自分のことしか考えてなかった、って」

普通にしゃべってるつもりだったのに、お酒のせいか、いつもよりも心の揺れが大きい。言葉を選んでいるうちに、胸がぎゅっとなって、急に涙が出そうになった。

けれどお酒の魔力がわたしよりも強力に作用していたのか、なぜか美寿々さんが先にぽろぽろ涙をこぼし出し、わたしもつられて涙が堪え切れなくなり、初対面の二人が一緒になって涙を流しながら、妙におかしくなって笑いあう、という珍妙な光景が出来上がった。

おかみさんからティッシュをもらってなんとか涙を止め、ちょっとだけ気まずい空気を誤魔化すように、わたしはクリスを見た。相変わらず賑やかな混沌の中、クリスがわたしに目を向けていた。視線が交わると、穏やかに口角を上げて優しく微笑む。これもお酒の魔力によるものかもしれないけれど、その笑顔がすっと胸の中に入ってきて、じわっとした熱に変わっていった。

「気にすることないんよ、そんなこと」

「でも、やっぱり、よくなかったと思います」

「私なんかは、こうしてね、若い子が飲みに来てくれるだけでも嬉しいんよ。見つけてもらった気がしてね。ウチの店も、商店街も、もう社会には不要なもんになったんじゃろか、って思うと、さびしいもんでね」

ふと、美寿々さんは寂しげな目で、クリスと輪になって騒ぐお客さんたちに目をやった。

「大丈夫ですよ」

「大丈夫？」

「四年後には、賑やかで忙しい商店街になってると思います。彼が、きっと」

美寿々さんはわたしに顔を向けてふわっと微笑み、「だといいけど」とまた一口、お酒を口に含んだ。

「お嬢さん、あんた、いい子じゃねえ」

「え、全然、そんなことないんですけど」

「今日はね、せっかくじゃからいっぱい飲んでって」

おかみさんが、「お代は一億円の男にツケておくから」と言いながら、わたしがようやく再び残り三分の一くらいまで減らしたコップにどぼどぼとお酒を注ぎ足す。いやもうち

ょっと、ぼちぼち目が回って来てるんです、と断る間もなく、わたしのコップのお酒は、
またも表面張力プルンプルンになっていた。

8

どうしたことだろう。まっすぐ歩こうとすると、体が傾いて、足がもつれる。今すぐに
でも布団にもぐりこみたいのだけど、目の前に布団はない。前を向いているはずなのに、
シャッターの閉まった商店街が、わたしを中心にぐるぐる回転している気がする。天動説
とか、ガリレオ・ガリレイとかなんとか。一体、わたしの体はどうしてしまったんだ。
もちろん、理由はわかり切っている。飲み過ぎだ。
前歯のないおじいさんがまだ「工場勤めのおじさん」だった頃、毎日昼に一気飲みして
いたというコップ三杯分の日本酒で、わたしは完全なる酔っ払いになっていた。話には聞
いていた泥酔状態になったのが人生で初めてで、どうしていいのかわからない。怖い。ア
ルコール怖い。そして眠い。
ととと、と、体を支えられずに転びそうになったわたしの体は、すんでのところで転倒
を免れた。かくんかくんする首を力の方に向けると、そこには、まるで酔った様子のない
クリスがいて、わたしの腕を摑んでくれていた。
「ごめんなさい」

「随分酔ったね」

あんたのせいだよ、と多少イラっとはしたけれども、わたしは抗弁する気力もなく、クリスに誘導されるまま、水のない噴水広場のベンチに腰掛けた。『花むら』を出る時に持たされたペットボトルの水をぐびぐびと飲むけれど、一向に世界は回転を止めない。

「ねえ、わたし」

「ん？」

「なんでお酒飲んだんでしたっけ」

クリスが噴き出し、わたしの横に並んで腰かけた。今日会ったばかりの、どこの誰とも知らない男性にくっつくのははしたない限りなのだけれど、もうどうにも頭の重さを自分で支えきれなくて、わたしは、終電で爆睡（ばくすい）する人の如くクリスの肩に寄りかかった。

「知りたかったんでしょ？　市長さんの言葉の意味を」

「そうだった。でも、お酒飲んだら、よくわからなくなって」

「今日、見たものを思い出すといいよ」

「びっくりするくらい、おいしいコーヒー」

「それから？」

「酒屋さんの蔵の角打ち」

「どんなとこだった？」

「おじいさんやおばあさんが、お酒飲んで大騒ぎ。とても賑やか」

「なら、もうわかったでしょ」

静かな夜に、クリスの声がよく通る。誰もいない、薄暗い商店街だけれど、今はゾンビが出て来そうな不気味さは感じなかった。寄りかかったクリスは、香水か柔軟剤か、なんだかいい匂いがする。なんだか少し悔しくなったけれど、心地よいな、とも思っていた。

「わかったような、わからないような」

「お酒が抜けたら、たぶんわかるよ」

そうですかねえー、と、わたしは口と鼻から同時にアルコール混じりの息を吐き出す。正直言って、今は何も考えられる気がしないし、考えたくもない。

「その――、クリスさんは」

「クリスでいいよ」

「その、クリスは、どうしてアドバイザーに？」

クリスはわたしの頭をそっと持ち上げて肩を外すと、立ち上がってすたすたと歩き出した。わたしは、置いていかれたらさすがに怖い、と、ふらつく体をなんとか起こして、よたよたとクリスの後を追った。これではまるで、わたしがゾンビだ。

何メートルもいかないうちに、クリスは足を止めた。そして、歩行者天国の真ん中から、あるお店に体を向けた。もちろん、シャッターは閉まっている。朝になっても、昼になっても開きそうにはない。頼りない街灯の光に照らし出された建物は古びていて、シャッターに描かれている店名は、随分色褪せて消えかかっていた。なんとか読めたのは、「三」

「幸」という漢字。それから、「菜館」という字。シャッターの店名の下には、「うまい、安い、盛りがいい」というキャッチコピーのようなものも残っていた。なるほど、三つの幸せか、と、昭和のセンスにほっこりする。今でいうところの、町中華みたいなお店だったんだろうか。

「僕は、この商店街に借りがあるからね」

「借り？」

「昔、この辺りに住んでたことがあってね。その時に、大事なものをもらった」

「それで、商店街を再生して、お返しを？」

「そう。幸菜にも、手伝って欲しいんだ」

「手伝う？」

「僕は、商店街にお客さんをいっぱい呼んで、みんなに幸せになってもらいたい」

「そういえば、さっき、わたしも仲間とかなんとか、勝手に」

「興味はあるでしょ？」

「興味、あるのかわからないですけど」

「幸菜が本当にお金のためにアドバイザーになろうとしただけだったら、審査に落ちた時点で、もうここに来る必要なんかなかった。でも、幸菜はここにきて、そしてそこに僕がいた。同じ商店街の未来を描いた二人が」

少し芝居(しばい)がかった感じで、クリスが両手を広げる。その姿が絵になっていて、わたしは思わず見とれてしまった。

「どう？　運命的だと思わない？」

運命、と、そのどうしようもなくクサい言葉を、わたしはなぜか大真面目に受け取った。運命なんてものが、この世界にあるんだろうか。ないかもしれない。でも、あると信じている人の方がきっと、人生は楽しいんじゃないかと思った。

「運命って言うか、都合のいい偶然、みたいなことじゃないですかね」

「じゃあ、それでもいいや」

「運命って、言い出しっぺなんですから、もうちょいこだわってくれても」

「まあ、学校もあるだろうしね、東京からじゃ遠いし、無理にとは言わない。でも、もし協力してくれるなら、東京からの交通費と、少しだけどお給料は出すよ」

「え、そんなことできるんですか」

「インターンだと思えば、悪くないでしょ。お小遣いを稼ぎながら、実績が積める。就活でも有利になると思うけど」

さっき、美寿々さんと話していたのが聞こえていたのか、と、少し恥ずかしくなったけれど、クリスの提案は、確かに魅力的だ。

「でも、わたしにできますかね、そんな」

クリスが、突然店の方向からわたしに向き直って、両手をわたしの肩に置いた。わたしは、少し背の高いクリスの顔を見上げる。でも、それほど遠くない。踵を浮かせたら、ちょうど目線が合うくらいの距離だ。

「幸菜だけだった」

「わたしだけ？」

「プレゼンの中で、夢、って言葉を使ったのは」

「あれは、そんなに深い意味は──」

「僕も、忘れてたんだ。でも、それがたぶん、一番大事なんじゃないかと思った。アイデアも、プランも、その先に夢がなかったら、目標を失ってしまう」

「夢──、って」

「もちろん、お客さんでいっぱいの、稲荷町グルメロード」


──稲荷町グルメロード。

わたしの中にするんと入ってきた言葉をどう処理していいのかはわからない。でも、その一言で、わたしの目の前に賑やかな人の波がわっと広がった。楽しげな笑い声、笑顔。威勢（いせい）のいい呼び込み、音楽、足音。現実のゾンビロードの静けさは変わらないままだけれど、一瞬見えた光景が消えた後、わたしの体の芯には熱いものが残っていた。一体なんだろう。夢、という、かたちのあやふやな何か。わたしは人生で初めて感じる熱さに、すごく戸惑っていた。

「もし、面白そうって思ってくれたら、一週間後にまたここに来て」

「一週間後？」

ここに、と言われても、明日の朝には忘れているんじゃないかと心配になる。色褪せた昔の中華屋さんのシャッターを見て、ほんの少し残っている理性に刷り込んでおく。うまい、安い、盛りがいい。でも、頭に意識が行き過ぎたせいか、足元がふらついて、前のめりに倒れそうになった。わ、ヤバ、と、思った瞬間、目の前、息がかかりそうなほどの距離に、クリスの顔が近づいていた。

わたしは、反射的に目を閉じた。そのまま、クリスの体温が近づいてきて、唇（くちびる）に熱が伝わってきて——。


とはならなかった。

一瞬固まったわたしが再び目を開けると、クリスはまたすたすたと先に歩き出していた。わたしは「ちょっと待って」と情けない声を上げながら、またゾンビのようにクリスの後を追う。

9

発車を知らせる音楽が鳴り、新幹線が滑るように動き出す。周囲から一斉に缶ビールを開ける音が聞こえるけれど、わたしは当分お酒など飲みたくない。

昨日一日は、普段の生活とはあまりにも違いすぎて、本当に現実だったのだろうかと疑いたくなる。準備に一ヵ月もかけたプレゼンは爆死、悔しかったのかなんなのか、商店街に行ってみたら偶然クリスと出会い、日本酒をしこたま飲んで酔っ払い――。

結局、深夜までお酒を飲んだわたしは、クリスにタクシーを呼んでもらい、日が変わる頃にようやく祖父母宅に到着した。心配して寝ずに待っていてくれたおばあちゃんにろくなお礼も言わず布団に直行し、お昼前まで爆睡。起きてみたら、全身倦怠感と頭の重さでぐったりしていて、朝ごはんはおろか、お昼も食べる気がしなかった。

昨日の出来事を正直に話すと、おばあちゃんは孫娘の痴態に目を丸くし、おじいちゃんは大笑いしてくれた。そして、「また来週来るんじゃろ?」と、わたしのおでこをつついた。来週か、と、淹れてもらった温かいお茶を飲みながら、クリスの顔を思い浮かべていた。あれは、本気で言ったのだろうか。それとも、酔っ払ったわたしをからかっただけだろうか。

市長さんが言っていた、「ならよかったわ」の意味。クリスは明確な答えを言わなかったけれど、確かな答えを与えてくれた。新幹線のシートに体を預け、眠い目をこすり、回らない頭を懸命（けんめい）に回して、わたしは昨日見たものをもう一度振り返る。

　びっくりするほどおいしかったコーヒーと、きりっとしたマスター。

　ひっそりとした商店街の裏にある、賑やかなお酒の場。

「ゾンビロード」には、クリスの言った通り、ゾンビなどいなかった。そこにいたのは、生き生きとした人間だ。稲荷町商店街は、死んでいるわけじゃなかった。商店街として瀕（ひん）死（し）の状態であるのは間違いないかもしれないけれど、そこにはお店を営（いとな）む人、そのお店に集（つど）う人たちがいる。商店街は、まだ生きて、息をしている。

　思えば、わたしを含め、アドバイザーの二次審査に参加した人がみんな、プレゼンの中で使っていた言葉がある。「商店街を蘇らせる」という言葉だ。あまり深く考えずに使っていたけれど、「蘇らせる」という言葉は、一旦死んでしまった人や物を生き返らせる、という意味だ。もう死んでしまった稲荷町商店街を、新しく生き返らせる。わたしにとっては違和感のない表現だけれど、商店街の人が聞いたらどう思うだろう。自分たちは死んでいるのか、と悲しくなってしまうかもしれない。

　クリスは、「蘇らせる」という言葉を使っていなかった。

　商店街が生きていること、今もそこに人々の営みがあることを、クリスは知っていた。

実際に商店街を見て、そこにいる人々と触れ合ってみれば、稲荷町商店街はゾンビなんかじゃないということがわかっただろう。だから市長さんは、わたしに「実際に商店街を見たのか？」と聞いたのかもしれない。実際に見て、「この商店街は死んでいる」と感じたのか、ということを確認したんだ。わたしが、見に行ってはいないと答えたので、「ならよかった」と言った。

新幹線の車窓から、外の景色を見る。西日で赤く染まった風景がゆっくりと流れていく。ゆっくりに見えるけれど、わたしはものすごいスピードであおば市から遠ざかっている。東京に戻るのは夜になるだろう。家に帰って、ごはんを食べて、お風呂に入って眠ったら、もう日常が戻ってくる。昼頃に大学へ行って授業を二コマ受け、夕方からバイトをして。スマホにメッセージが届く。まつりからだ。授業の前にランチをしよう、というお誘い。まつりのことだから、二次審査のことを根掘り葉掘り聞きたがるだろう。どこまで話そうかな、などと考えていると、妙にほっとする。

一億円の男・瀧山クリスは、きっと四年の間に稲荷町商店街を再生させるだろう。わたしなんかがいなくても。

彼と会うことはもうない。酔った勢いで変な関係にならずによかった、と思った。遠くから、活気あふれる商店街へと再生する稲荷町商店街を見守っていよう。その頃わたしは、どんなところで働いていて、どんな人生を送っているのだろう。

一億円の男（1）

「何も、こんなところに事務所を作らなくても、庁舎内に席を作ってあげたのに」

まだ乱雑な、「アドバイザー」の事務所。建物も築五十年という年季の入りようで、整理と掃除が大変そうだ。僕一人でやったらどれくらいかかるだろうか。

これからの四年間、稲荷町商店街再生計画の拠点となる事務所は、元は呉服屋さんだった。商店街・B街区の中ほどにある。間口が広いのが気に入った。僕のお気に入りの喫茶店、『カルペ・ディエム』は隣の隣だ。

建物の持ち主であった元呉服店のオーナーの女性は、残念ながら、昨年亡くなったそうだ。土地と建物を受け継いだ親族の方を『花むら』の美寿々さん経由で紹介してもらい、格安の賃料で借り受けることができた。とはいえ、事務所開設にかかる費用は、報酬の二千五百万円から当てなければならない。無駄遣いは禁物だ。

「市役所の中にいたんじゃ、商店街が見えないですからね」

「それはそうかもしれないけれど、ちゃんと市と連携は取ってもらわないと」

「わかってます」

僕が外に事務所を構えると伝えると、なんと市長自らが顔を出してくれた。それだけ、若者を起用した商店街の振興策は市長にとって重要なのだろう。成功すればこぞってメディアが取り上げ、市長の名は全国に知れ渡るに違いない。けれど、失敗すれば――。

「どう、自信は」

「わかりませんが、全力は尽くします」

「わかりません、じゃ困るのよ」

「わかってますけど、こればっかりはやってみないとわからないですからね」

「前市長派の連中は、私が転ぶのを手ぐすね引いて待ってるの。あなたならわかってくれるでしょう？」

「ええ、なんとなくは」

「あなたが選ばれたのは、こういう世の理がちゃんとわかっている人だから。世の中、きれいごとだけでは動かせないし、あなたにも覚悟してもらわないといけない」

「市長さんも、覚悟されたわけですよね」

若木戸はるか市長は、まだ当選したばかりの新しい市長だ。元は地元テレビ局のアナウンサーで、その抜群の知名度を生かし、利権で固められた前市長派の牙城を崩して当選した。あおば市初の女性市長で、市民からの期待値は高い。その若木戸市長が掲げた公約の一つが、市内の商店街再生だ。

そんな大事な事業を「二十五歳以下の若者に任せる」という奇策は、明らかにメディア受けを意識したものだ。実際、僕は全権を与えられるわけじゃない。やろうとしていることは逐一「まちづくり振興課」に報告し、会議を経て、決裁を仰がなければならない。言ってしまえば、ほんの少し自由に動ける操り人形、といったところだろうか。

それでも、僕が前面に出ることで、世間からの注目度は上がるだろう。実力があるからじゃない。若いからだ。世の中の人は、わかりやすいストーリーが好きだ。特に、若者が偉業に挑む、という構図はウケがいい。市長はマスコミ出身だけあって、どういうことをすれば世間に派手なアピールができるかよくわかっている。

ただ、話題性というものは、諸刃の剣でもある。そこは、市長も理解しているだろう。国政に出ることを目指している野心家の市長は、任期の四年間で、徹底的に勝負をかける覚悟をしたらしい。政治家として高みに昇るか、市民の反感を買って政治生命を失うか。

「私、賭け事は好きじゃないけれど、この件は、あなたに賭けるしかないわね」

「あんまりプレッシャーかけないでくださいよ。泣きますよ」

冗談を言っても、ピリピリとした空気は緩まない。

「そろそろ行くわね。とりあえず、週一で庁舎に来て、成果報告はしてください」

「わかりました」

若木戸市長はそう言い残すと、秘書を連れて外に出ていった。たまたま居合わせた人が、「あ、市長さん」と声をかけると、一瞬のうちに「はるかスマイル」を作り、気さくに手を振る。さすがだな、と感心する。

市長を見送ると、もう夕方になっていた。事務所の入口から、アーケード街に目を遣る。

「さすがに、来ないかな」

僕の待ち人は姿を見せないまま、約束の日は終わろうとしている。商店街の再生には、どうしても僕に足りない部分を埋めてくれる存在が必要だ。彼女なら、きっと。そう思ったけれど、まあ、いきなりだったし仕方ないか、と、無茶を言った自分を笑った。でも、もしかしたら、という期待はあって、デスクは二つ用意したけれど。

ふと、人の気配を感じて、何気なく顔を上げる。事務所の外、あまり人通りのないはずのゾンビロードに、ぽつんとたたずむ人がいる。グレーのパーカーを着てリュックを背負い、向かいの店をじっと見ている。そうだった、彼女は「うまい、安い、盛りがいい」とブツブツ繰り返していたんだった。

外に出て、そっと後ろから近づく。わっ、とか言って驚かしてやろうか、といたずら心がむくむくと湧いてきたけれど、そんなことで嫌われでもしたら悲しいから、普通に声をかけることにした。


——遅かったね。

空のカーテン

1

「ねえ、クリス」

「なに？」

暇すぎない？　と、わたしは古めかしいデスクに肘を突きながらそう言った。たぶん、このセリフを口にするのはここ三日で二十回目くらいだ。がらんとした空間にはデスクが二つ。わたしとクリスの席が向かい合わせになっていて、それ以外は大して書類の入っていないキャビネットが一つ。元々、この建物は着物を売っていたみたいで、商店街のアーケード通りに面した出入口はガラス張りで外からも中からも丸見えだ。でも、通りを歩く人などほとんどいないし、入口ドアを開けて入ってくる人も皆無だ。

「まあ、ぼちぼちね」

「その言葉、たぶん十五回くらい聞いてる」

妙な偶然が重なって、わたしは稲荷町商店街の再生事業に関わることになった。〝一億円の男〟こと、瀧山クリスのアシスタントとして。

わたし自身、まさか自分がこんな大胆な決断をすることになるとは思いもしなかったけれど、商店街でのあの夜の出来事は、どうしようもなくわたしの心に残ってしまっていた。わたしなんかが人の役に立つならやってみたい、と思ったということもある。クリスの話を聞いたまつりが、「四年で一億稼ぐイケメンがいるのなら、喰らいついて放すな」と鼻息を荒くしたのも、多少は影響しているかもしれない。

でも、一番の決め手は、両親が理解を示してくれたことだった。これは、わたしにしてみるとかなり思いがけないことだ。堅実に、真面目に、が価値観の両親が、あきらかに「普通」からはみ出すようなことを認めるはずがない、絶対反対するに違いない、と思っていたのだけれど、意外や意外、「大学の勉強と両立できるならやってみれば？」という答えが返ってきた。正直に言うと、わたしは両親に止められることで、迷う気持ちを吹っ切ろうと考えていたのだ。だって、お父さんもお母さんもだめだって言うんだし、しょうがないじゃん、と、自分に言い訳して、商店街のことも、クリスに誘われたことも全部胸の奥にしまうつもりだったのに、当てが外れた。

実際、大学生活との両立が可能か考えてみる。卒業に必要な単位はほぼ取り終えていて、今年はかなり時間的な余裕がある。必修科目とゼミは木曜日と金曜日に集中していたので、土日から週の前半は、バイトさえ辞めてしまえばフリーになる。木・金は大学で授業を受け、金曜日の夕方から新幹線に飛び乗ってあおば市の祖父母の家に転がり込み、土曜日から水曜日までクリスを手伝い、また実家に戻って大学へ、という方法なら、稲荷町商店街と東京との往復生活ができてしまう。クリスは往復の交通費も負担してくれるという。ホテルのバイトを辞めてもいいか、とバイトリーダーに聞くと、悲しいかな、ホールくらいならなんとかなる、という答えが返ってきた。つまり、障壁は何もなくなってしまったのである。ここまでくると引っ込みがつかなくなり、わたしは再び稲荷町商店街にやってきて、クリスと一緒に商店街再生を目指すことになったのだった。

とはいえ、根性なしのわたしが長距離移動を含む休みなしの生活にどれくらい耐えられるのだろうか、というのはちょっと不安ではあったのだけれど、それはまったくの取り越し苦労だった。なにしろ、ここ三日、仕事らしい仕事など一つもなく、ちまちまと事務所の片づけを手伝うくらいだ。クッソ暇で死にそうになっている。やることがないのでクリスと雑談ばかりしているうちに少しだけ打ち解けて、タメ口で話すことができるようになったのが今のところ唯一の成果だ。

クリスは『花むら』のお客さんの紹介で閉店した着物屋さんから旧店舗を借り受け、活動拠点となる事務所を立ち上げた。本当は、「アドバイザー」は市役所に席をもらって、市の担当者さんの下で働くことになるはずだったのだけれど、クリスはそれを断ったそうだ。今は、まず既存店の売り上げを向上させるために、商店街のお店からの相談を待っているところだ。もちろん、ネットなどで新規出店したいお店も募集しはじめているけれど、お客さんのいない商店街に店を出したい、なんて言う人はなかなかいない。まずは少しでも、商店街にお客さんを呼べるようにしていかないといけない。

「このまま、誰も来なかったらどうしよう」

「大丈夫。そのうち、誰か来るよ」

「楽観的」

「そんなことない。確信だよ」

「こんな状況なのに？」

「みんな怖がってるだけさ」

「怖がってる？」

「そりゃね、僕みたいな若いよそ者がいきなりアドバイザーです、なんて言ったって、どうなるかわかったもんじゃないからね。様子見をしたいって気持ちはわかる。それに、何か動くことで今までの日常が変わってしまったらと思うと、怖いんだろうと思うよ」

「でもさあ、皆さんこのままでいいのかなあ。ほんとに、引くほどお客さんこないし、ゾンビ映画のロケに使われるような有様なのに」

それ、と、クリスが少し身を乗り出す。

「みんな、現状に満足しているわけじゃないと思う。だから、必ず、勇気を出してここに来る人が現れる」

「ほんとに？」

「絶対だ。その時は勝負だよ。どんな相談が来るかわからないけど、絶対に成功させる。一つの成功事例が出れば、後に続く人が必ず出てくるから。売り上げが伸びたお店がいくつか出てくれれば、次々に相談が来るようになるさ。商店街の人たちが本気で再生しようって考えるようになったら、新しくお店を出したいって人も集まってくる」

クリスの言葉に、わたしは少し緊張する。もし、その「最初の一人」を逃してしまったら、クリスの計画は崩れ去ってしまうかもしれない。そう思うと、いつ誰がくるかわからないし、片時も気が抜けない。

「でも」

「ん？」

「やっぱり、ここに来るには、かなり勇気が必要なんじゃないかって」

「どうして？　殺風景だから？」

ううん、とわたしは首を横に振る。

「……会長さんが、ね」

「ああ、そうだね」

まあ大丈夫さ、と、クリスは笑ったが、わたしには大丈夫な気がしなかった。その理由を語るには、わたしのアシスタント生活初日の出来事を思い出さなければならない。

2

わたしがクリスの手伝いを本格的にスタートさせたのは、クリスとの再会から一週間ほど経った、今週月曜日のことだ。初日の仕事は、市の「商店街再生事業」の説明会のお手伝いだった。商店街にほど近い公民館に商店主のみなさんを集め、市の担当者さんが事業についての説明を行う会、という、読んで字の如く、そのままの会だ。市からは「まちづくり振興課」の課長さん以下、数名の職員さんが来ていて、クリスは、「まちづくり若者アドバイザー」という微妙な肩書つきで紹介されることになっていた。

わたしの仕事は、言ってしまえば雑用だった。受付をしたり、クリスのために会議のメモを取ったり。まあ、今のわたしが手伝えることなんてそれくらいしかないから、不満は一切ない。ただ、説明会前にぼそりとクリスが呟いたことが、気がかりでならなかった。

――今日は、覚悟しといて。

――たぶん、荒れるよ。

荒れる？　と、わたしが聞き返しても、クリスは微笑むだけだ。ただの説明会がそんなに荒れるものだろうか。話だって、商店街の人々に悪い内容は何もない。お客さんがたくさん来て儲かるように市が支援しますよ、というものなのだ。

けれど、その一時間後、説明会会場は本当に修羅場と化していた。

クリスの予言は大当たりで、会場に集まった三十人ほどの商店街の人たちは、総立ちで大声を上げていた。「ふざけるな！」だとか、「横暴だ！」「殺す気か！」などと、さして広くもない部屋に怒号が飛び交う。うん、これは間違いなく荒れている。わたしの想像の十倍くらいの荒れ模様だった。

わたしたち「市側」は、長机を前にして一列横並びで座っていたけれど、参加者たちの怒りの矛先は、どうやら中央に座る職員さんに向けられていた。白髪頭の短髪に眼鏡をかけたやせ型の男性で、「まちづくり振興課」課長の井毛田喜久さんという方だ。二次審査の時に、わたしのプレゼンで失笑していた人である。なんというか、独特のテンションの低さがある人で、よく言えばクール、悪く言えば冷徹、という印象だ。なんとしても商店街を立て直すぞ、という意気込みはあまり感じられず、事実を淡々と伝える、「いかにもお役所の人」という感じがする。

騒動の火種は、今思えば説明会の序盤からくすぶっていた。井毛田課長の話を聞く商店街の方々はみな一様に眉間にしわを寄せ、敵でも見るかのような顔つきだった。特に険しい顔をしていたのは、商店街側の最前列中央に座っていた男性だ。席の前には、「稲荷町商店街振興会会長・福田豊」というネームプレートが立てられていた。がっちりしていていかめしい顔つきの方で、明らかに、その目は敵意を伴って井毛田課長に向けられていた。

騒動の発端は、井毛田課長のある発言だった。商店街の活性化のためには、「店舗稼働率」を上げなければならない。そのために、市長が稲荷町商店街を含めた、市内の商店街における空き家の調査を強化する方向で話を進めている、というものだ。だから、市の補助を受けて、早めに商店街のお店の経営状態を改善してください、という文脈だったのだけれど、ほとんどの人がそこまで聞かずに立ち上がってしまった。

「あんたらは、商店街を消し去る気なのか！」

振興会の福田会長が、席を立って井毛田課長に詰め寄ると、市側と商店街側で一触即発の空気が漂った。会長は何人かの人になだめられて自席に戻ったものの、あわや、本当に拳を振り上げて殴りかかりそうな勢いだった。

その後は、もはや収拾がつかなくなって説明会どころではなくなり、誰一人として聞いていないにもかかわらず、井毛田課長が一方的に説明の文章を読み上げていって、一通り読み終えたところで打ち切る、という事態になった。もちろん、商店街のみなさんが納得するわけもなく、クリスやわたしもさんざんな目に遭った。わたしなどは混乱して泣いてしまう始末で、さらに「泣くな！」「泣きたいのはこっちだ！」などときつめに罵倒されて号泣してしまい、大波乱の初日を終えたのだった。

そんなこんなで、「稲荷町商店街再生事業」は肝心の商店街振興会のみなさんから完全にそっぽを向かれ、しょっぱなから派手につまずいた。その結果が、わたしの陥っているヒマ地獄だ。さすがに、商店街の代表者である振興会の会長さんが激怒している状態では、アドバイザーに相談に来る店主さんは出てこないんじゃないかと思われた。

「会長さんは、なんであんなに怒ってたのかな」

「仲が悪いからね、振興課の人と」

「なんで？」

「二十年前、集客のために商店街をアーケード通りにしよう、と勧めたのが、あの課長さんらしいんだ。なのに、当時の市長がショッピングモールとか大型店舗をばんばん誘致したから、結局、集客は上がらなくて、商店街の人たちに負担金だけがずっとのしかかってきたからね。いずれアーケードの改修もしなきゃいけなくなるけど、補助金も出ない。みんな、市を信用してないんだ」

なるほどね、と、わたしはうなずく。

誰も訪れない事務所で、わたしはまたデスクにぐにゃりと両手を投げ出した。クリスは文庫本を読みつつヒマな時間を過ごすだけで、だらけるアシスタントを叱ろうとはしない。

「空き家の調査っていうのはどういうこと？」

「ちょっと説明が難しいんだけどさ」

クリスの話によると、商店街のお店は二階部分が店主の住むスペースになっていることが多くて、その場合は「店舗兼住宅」という扱いになるそうだ。となると、土地や建物にかかる固定資産税が住宅扱いになって、かなり安くなる。でも、今や人が住んでいないところや、そもそも持ち主さえあやふやな建物もあって、市長さんは、実態に即しているかをチェックした上で、住居として使われていない土地や建物には、商業地としての本来の税金を課そうとしているのだそうだ。そうなると、土地や建物を持っている人にかかる税金が跳ね上がる。土地や建物を貸して家賃を取るか、誰かに売るかしないと大損することになってしまう。

「そんなことしたら、皆さん、経済的に大変だと思うんだけど」

「それが、そういうことじゃないんだよ」

「どういうこと？」

「幸菜はたぶん、大きな勘違いを一つしてる」

「勘違い」

「こう思ってるんじゃないか。お客さんが来なくなったから店が立ち行かなくなって次々と閉店し、商店街の人はみんな貧しくなり、生活に困っている」

えっ、と、わたしは体を起こし、文庫本から目を離さないクリスを見た。

「違う、の？」

「違うよ。この商店街ではさ、今、ほとんど誰も困っていないんだ」

「ちょっと待って、意味がわからない」

「でも、その困っていないことがシャッター商店街の元凶なんだよ」

クリスの説明はこうだった。

営業していないお店の店主や土地のオーナーは、今や大部分が老人だ。土地を貸している人たちは商店街の他にも土地を持っている上に、今まで貯蓄してきた預貯金があったりで、老後の生活はあまり心配がない。お店を閉じてしまった店主も年齢的に年金生活に入っていて、働かなくても細々と暮らしていけている人が大半だそうだ。つまり、困窮するほどお金に困っている人は少ない。歳も取ったし、それなりに蓄えもあって別に生活にも困っていないから引退した、ということだ。

　さらに、高齢の店主の子供世代は大半が都市部に働きに出ていて、店を続けようにも継ぐ人がいない。じゃあ、他の誰かに店舗を貸せばいいのだけれど、稲荷町商店街のような交通の便のあまりよくない場所だと、家賃は他よりも安くしないといけなくなる。その上、お店を貸すために古い建物を取り壊したりリノベーションなどしてしまうと、そこは「住宅」とはみなされなくなって税金が跳ね上がり、貸して得られる賃料では元が取れない。じゃあ、実際に住居として使えばいいのだけど、自分が二階で生活している下で、他人に店をやられるというのは精神的に落ち着かない。だったら、建物はシャッターを閉めてそのままにしておいて、「住宅」という体で、倉庫にでもしてしまった方が負担も軽くて合理的、と考える人が多いようだ。

「じゃあ、わたしたちなんか、余計なお世話ってこと？」

「一部の人にはね。でも、そうもいかない人がいる」

「誰？」

「市長さ」

「市長さん？」

「そう。市長は商店街活性化を公約にして当選したから、ちゃんと実現しないといけない。それに、こういう商店街がちゃんと機能すれば固定資産税も取れるし、年金生活者のおじいさんおばあさんがお店で働いて稼いでくれれば住民税も取れる。雇用が生まれれば、若い人が大都市に流出していくのも防げる。市の税収を上げるためには、腐らせておくわけにはいかないってわけ」

「それで、無理矢理動かすためにわざと税金を上げることに？」

「前は出来なかったけど、法律が変わって、空き家を自治体が調べて、人が住んでないとか持ち主がメンテしてないってわかったら、建て直せ、って言えるようになったんだ」

「でも、建て直したら」

「そう。居住実態がないから、税金が上がる。それを放置してたら損だから、オーナーは新しい人に土地を売るか、店をやってくれる人を探さないといけなくなる」

「ああ、なるほど、そういう」

「商店街を立て直さないと利益が出ないから、みんな、必死にならなきゃいけない。店を閉めて、二階の居住スペースでのんびり暮らしている人も、あるいは、店を開けないなら出ていけ、と言われかねないからね」

「ええ、そんなことに？」

「そう。そんなことになったら、商店街の人たちは大変でしょ。みんな市長が嫌いになる。

市長が次期も選挙に出るなら、数の多い老人票は大事だ。だから、商店街の老人たちを怒らせるようなことは普通出来ない」

「なのに？」

「若木戸市長は、それを断行することにしたんだ。商店街事業の指定地域内では、店舗兼住宅の優遇を外して税金を元に戻す。居住実態のない〝空き家〟は、ちゃんと商業利用できるように整備を命令する」

そういうことか、と、わたしはようやく全体像を理解した。市長がそういう方針でいますよ、と井毛田課長が言ったものだから、説明会会場は修羅場になってしまったというわけか。

「じゃあ、市長さんは」

「そう。稲荷町だけじゃない。市内すべての同じような商店街の住人に喧嘩(けんか)を売ることになるね」

「ケンカ」

「でも、批判は覚悟してるのさ。その代わり、商店街を立て直して土地の価値を上げて、住人たちが満足できるようにする。お客さんを呼び込んで、市の税収も上げる」

「そんなにうまいこといくかな」

「いかなかったら、市長は次の選挙で落選確定だからね。だから、絶対に結果を出さなくちゃいけない。四年以内に」

「四年？」

「僕のアドバイザーとしての契約年数は、市長の任期と一緒だよ。市長は、僕らに自分の政治生命を懸けたってわけ」

クリスにね、と、わたしは責任から逃れるべく訂正する。

「責任重大じゃない？」

「責任重大だよ」

「じゃあもう、こっちからお店にさ、どんどん話を聞きに行くとかしないと」

「いや、まだだ」

「まだ？」

「若い僕らの言うことを聞いてもらうには、こっちから頭を下げに行っちゃだめだ。下に見られたら、みんな話を聞いてくれなくなる。お医者さんが新規の患者さんを獲得するために営業しないのと同じでさ」

うーん、と唸りながら、わたしはまたデスクに突っ伏してアゴを乗せる。そんなこと言ったって、あの調子じゃ誰も来ないだろうし、時間は刻々と過ぎていく。

「今は我慢の時間だよ。近いうちに、必ず誰か来るからさ」

そう言いながら、クリスは席を立ち、「マスターのとこに行ってくる」と笑った。『カルペ・ディエム』にコーヒーを飲みにいったら、たぶんたっぷり三十分は帰ってこない。わたしは、ええー、また？　と不満の声を上げ、口を尖らせる。

3

「どうぞ」

クリスの「予言」通りに最初の相談者が事務所に現れたのは、わたしが思っていた以上に早かった。クリスがふらりと外に出て行ってから、ほんの十分ほど後のことだ。突然のことにわたしは心臓をばくばくさせながら、スマホでクリスに「人が来た！」とメッセージを送り、相談者さんを応接スペースに案内した。アドバイザーはすぐ帰ってきますので、などと言いつつ、時間稼ぎにコーヒーなど淹れてみる。

相談に来たのは、この商店街には珍しい、二十代後半くらいの男性だった。なんとなくではあるのだけど、第一印象は「軽そう」だった。服装とか、応接スペースのソファに座る時の動きとか、声をかけた時の受け答えとか、そういう細かいものすべてをひっくるめたたたずまいが、なんともヘラヘラしているのだ。

「ねえ、お姉さん」

「あ、はい」

「その、アドバイザーの人が来るまで、ちょっと話しようよ」

「え、あ、はい」

最初の一人目が来た時は、勝負だ。クリスのその言葉が思い浮かんで、わたしは気を引き締める。ここで失礼でもして怒らせてしまったら、クリスの計画が崩壊してしまうかもしれない。わたしは緊張しながらも、ホテルのレストランのバイトで磨いた笑顔を作り、相談者さんの向かい側に座る。

「お姉さん、名前は？」

「あ、ええと、御名掛です」

「なんか、武家みたいな名字だな。下の名前は？」

わたしは少し警戒しつつも、「幸菜です」と答えた。

話を聞くと、相談者さんはA街区にある老舗和菓子店『稲荷町若梅』の社長さんだそうで、安倍川久さんというお名前だ。ヒサシでいいから、などと言われたけれども、それは気が引けるので「ヒサシさん」と呼ぶことにした。

相談内容を聞いてみると、和菓子屋の売り上げが落ちている上に客層も高齢化しているので、もう少し若い年代にも和菓子を買ってもらえるような方法を相談しに来た、といういたって真面目なものだ。けれど、本当に真面目に相談に来たのだろうか、と思うほど、会話は本題に向いていかない。聞かれるのは、わたしのプライベートなことばかりだ。

「ねえ、幸菜ちゃんは東京から来たんでしょ？　やっぱなんかオシャレだよね」

「え、わたしがですか」

「うん。この辺はほら、年寄りしかいないでしょ。だから、たまにキミみたいな若い、かわいい子が来てくれると、やっぱ嬉しいよね」

いやいやいやいや、と、わたしは首を横に振る。

「わたしなんて、大学の中だと地味もいいとこで」

「マジ？　キミよりオシャレな子がごろごろいんの？」

「そりゃもう、そこら中に」

ヒサシさんは、東京すげえな、などと言いながら歯を見せて笑う。

「なんかさ、イマドキの若い子って、和菓子なんか食わないっしょ？」

「まあ、うーん、食べないことはないですけど、食べる機会は他のスイーツよりかは少ないかもしれないですね」

「うちなんかさ、客がババアばっかりだからさ、もうほんとつまんねえんだよね。もっとモテる仕事がしてえんだよ、俺は」

ため息をつきつつ、ヒサシさんが暴言を吐く。でも、若者アドバイザーという立場は、こういう若い人の正直な意見を聞くためにあるのかもしれない。こんなこと、あの振興会の会長さんには絶対に言えないだろうし。

「ねえ、ちょっとさ、幸菜ちゃん、協力してくんないかな」

「協力？」

「女の子がどんなスイーツなら好きになるか、いろいろ話を聞かせて欲しいんだよ」

「あ、はい、それくらいは――」

「じゃあほら、タダでってわけにもいかないから、どっかメシでも食いに行こうよ。奢(おご)るえ、いやそれは、と、答えに窮しているのをわかっていないのか、それともあえて言っているのか、ヒサシさんは、どこそこの何が旨い、などと勝手に話を進めようとする。一人目の相談者がめちゃくちゃ大事だということはわかっているけれど、これ以上、わたし一人で相手するのはさすがに無理だ。

もう、何してんのクリス！　とスマホに目を落としたとき、ようやく聞き覚えのある声が耳に飛び込んできた。

「それ、いいですね。僕もご一緒していいですか？」

ヒサシさんの後ろに、いつの間にか戻ってきたクリスが立って、またあの天使のような、それでいて悪魔のような微笑みを浮かべている。それまでわたしを圧倒するほど饒舌にしゃべっていたヒサシさんの口がぴたりと止まり、苦虫をがりがり嚙み砕いたような表情になった。

「いいけど、誰？」

「あ、僕、アドバイザーの瀧山クリスと申します」

クリスがわたしの隣に陣取って名刺を差し出すと、ヒサシさんは完全に不貞腐れた顔をしながら受け取った。その横顔がなんだかすねた子供のようで、わたしは思わず、かっこわる、と笑う。

うーん、と手を口に当てて唸ったまま、クリスが黙々とファイルを見ている。わたしは横から、その様子をぼんやりと見守ることしかできない。

4

A街区、稲荷神社からほど近い『稲荷町若梅』さんは、老舗の和菓子屋さんだ。創業は先々代の頃で、五十年近く前。現在の稲荷町商店街の中でも最古参のお店の一つだ。『稲荷町若梅』さんは、京都の老舗和菓子店『若梅』の流れを汲むお店で、元のお店の創業となると、江戸時代の中期だそうだ。当時の天皇家にもお菓子を献上していたという名店で、わたしが想像していたような、素朴ないちご大福とかどら焼きが並ぶ庶民的なお店とはちょっと違っていた。

小さな入口からお店に入ると、味気ない、殺風景な光景が広がっている。接客スペースは建物全体の大きさと比べるとごくわずかで、さらにその半分はガラスケースが占領している。にもかかわらず、ガラスケースに並べられている生菓子はほとんど種類がなく、あとは棚に焼き菓子が並んでいるくらいだ。店内BGMもないし、電灯も薄暗いし、お客さんなんてほぼ来ないお店で店番をしているおばさんも表情が暗い。

花邑酒店でも思ったけれど、こういった商店街で生き残っているお店は、常連さんが必ずついている。むしろ、ほぼ常連さんしか相手にしないから、新規のお客さんを招き入れようという雰囲気がなくなっているようにも見えた。それで成立しているし、なんとか新しいお客さんを呼び込もうと思ったところで通りには誰も歩いていないのだし、結局、常連さんの相手をするしかない、という流れになっていくんだろう。

ヒサシさんの案内でお店のレジ裏を通り、奥に入れてもらう。そこは、広い調理場になっていた。ステンレスのテーブルとか、お菓子に使う木の型枠、十円玉みたいな色の大きなボウルなんかが整然と並んでいる。ただ、人の姿はない。和菓子を作る職人さんたちは早朝から仕事に取りかかり、夕方前には仕事を終えて家に帰るのだという。夕方過ぎの店内は、店番の女性一人を残してほとんど誰もいないようだ。でも、まだ小豆の甘い香りがふわりと漂っていた。

調理場を抜けると、その奥には狭い事務スペースがある。和菓子屋さんの静謐な和のイメージとはかけ離れたところで、やたら古めかしいパソコンが一台と昭和のデザインの電話が置かれたデスク、本当に整理されているのかあやしい書類があちこちに詰め込まれた棚が空間を占拠している。わたしとクリスはその事務スペースの小さな椅子に肩を寄せ合うような格好で座って、お店の帳簿などを見せて頂いていた。もちろん、わたしが見たところで何が何やらさっぱりわからない。真剣に見ているのは、知識と資格があるクリスだ。

「随分いい材料をお使いなんですね」

「そうだろ？　なにしろ、厳選した良質な材料を使って、全部ベテラン職人の手作業で作ってるからな、うちは」

ヒサシさんはそう言ってふんぞり返っているが、なんだか違和感がある。自分のお店を誇っているように見えて、どこか冷ややかというか、他人事のような物言いだ。

「ただ、売り上げと比較すると、この原価率は無茶をし過ぎだと思います」

「しょうがねえんだよ。売り上げが落ちてるからって材料の質まで落としたら、その瞬間常連も全員いなくなるんだから。即死だぜ、そうなったら」

「商品ごとの売り上げも整理されてますか？」

「ああ、それはこっち」

ありとあらゆる書類が乱雑に詰め込まれた棚から、ヒサシさんはファイルを一冊引っ張り出し、半ば投げるようにしてクリスに渡した。クリスが、ファイルをぺらぺらとめくりながら、鋭い視線を走らせる。

「ほとんど売れていない商品もあるみたいですし、売れ筋商品を絞って原材料のロスを減らしてみてはどうですか」

「そりゃ、無理だな」

「無理？」

「いいか、和菓子ってのは、季節ごとに商品ラインナップを替えるんだ」

「それはその、春に桜餅、夏に水ようかん、みたいな？」

わたしが口を挟むと、ヒサシさんは鼻で笑って、そうじゃねえ、と首を横に振った。

「まず、旧暦十二ヵ月を二週ずつ二十四節に分割する。聞いたことあるだろ？　立春とか大寒とか、ああいうやつな。その二十四節ごとに、うちで出す上生菓子は替わるんだ」

ヒサシさんの言う「上生菓子」というのは、色をつけた餡を練り合わせて作る、「練り切り」を主に指しているそうだけれど、その名前を聞いてもまだわたしにはぴんと来なかった。クリスから、お茶と一緒に出てくるかわいいやつ、と聞いて、ようやく、ああ、とうなずく。高校の時、茶道部の子が部活の時間に食べていて、「部活でお菓子食べるとかずるくない？」と思っていたあれだ。

「それだけじゃない。節句だとか雑節てのもあって、その時期は特別な菓子を作ることになる。毎年、どの時期に何を作るかってのは、創業当時から全部決まってる」

どうやら、洋菓子店が春に「いちごフェア」をやったり、秋に「栗まつり」をやるのとはわけが違う。『若梅』においては、二十四節それぞれの時期に作るお菓子が厳密に決められていて、そのラインナップもレシピも創業時から一切変えていないそうだ。それは京都の本家から受け継がれたもので、いわばお店のアイデンティティのようなものであるらしい。

「でもまあ、売り上げは右肩下がりだし、原価は抑えられないしでジリ貧状態なのはお兄さんの言う通り。だいたい常連もな、基本的には年寄りばっかりなんだよ。今の若い子が、抹茶だの煎茶だの家で飲むか？　俺の代には常連も全員くたばるだろうし、今働いてる職人も半分くらいは手先が満足に動かなくなってるだろうよ。そうなったら、どうすんだって話でさ」

言葉は汚いけれど、ヒサシさんの言うことは理解できないわけじゃなかった。現に、わたしはちゃんとした抹茶など一度も飲んだことないし、友達とお茶をするならカフェに行く。和菓子を口にする機会となると、親が知り合いから最中とかどら焼きなんかをもらって来た時くらいで、自分から伝統的な和菓子を食べに行く、なんて習慣はまったくない。和風カフェみたいなところで、「黒蜜きなこあんみつ」とか「クリーム白玉ぜんざい」的なものを注文することはたまにあるし、周囲の女子はみんな抹茶スイーツなんかは大好きだけれど、そういうカジュアルな「和スイーツ」と『若梅』の「伝統和菓子」は、完全に別のジャンルだと思った方がよさそうだ。

「それで、僕たちのところに相談を」

「今までもな、市だの商工会だのの経営相談みたいなのを受けようとしたことあるんだよ。でも、老舗が経営相談なんてするのはカッコ悪い、みたいなことをみんな言いやがる。今のまま、どうやってこの後何十年も俺が和菓子屋で食っていきゃいいんだよって」

「よくわかりますよ」

「なあ、あんたはどうすりゃいいと思う？」

「やり方としては、二つしかないかなと思います」

「二つ？」

「一つは、今の商品を若い世代の人にも買ってもらって、売り上げを倍増させる」

「そんなことできたら苦労してねえだろ」

「そうですね。たぶん、やろうとすると広告費もかかるでしょうし、僕らの世代の人間に和菓子を食べる習慣をつけさせないといけないので、かなり無理があります」

「じゃあ、もうそりゃ却下だ」

「もう一つは、新しい看板商品の開発です。大衆向けの」

「看板商品、なあ」

「今のお店の伝統は守りつつ、幅広い世代にも買ってもらえるような新商品を開発するしかないと思いますが」

ヒサシさんは肩を上下させながら、大きく鼻で息をした。

「まあ、それしかねえよな、と俺も思ってるんだ」

「今は、商品開発はどなたが？」

「言ったろ。うちの商品は、時期からレシピまで全部決まってんだ。新商品開発、なんて概念すらねえんだよ」

「なるほど。じゃあ、社長さんと僕たちで共同開発してみませんか？　僕たちの稼働分は皆さんにご負担はかからないですし、どんどん活用して頂いた方がお得ですよ」

「とはいえ、和菓子ド素人のあんたに商品開発なんてできるか？」

「まあ、正直言うと、あんまり自信ないんですよ。僕、そもそも甘いものがそんなに得意じゃなくて」

「おい、菓子屋の前で言うか？　それ」

「でもほら、新商品のターゲットにしたい若い女子、ここにいるじゃないですか」

クリスとヒサシさんの視線が、わたしに向く。いやちょっと、それは違う。話がおかしい方向に行き始めている。お菓子だけに。

「さすがアドバイザー。力を貸してくれるなら大歓迎だ」

5

「ねえー、もう、信じられない」

「あの人、絶対本気で商品開発しようとしてないよね」

「ん？」

「そうかな？」

「見りゃわかるでしょ。ただの女好きで、しかも女だったら誰でもいい系の人」

事務所に戻ってくるなり、わたしはクリスに不満をぶちまけた。アドバイザーとしての初仕事は重要、とかなんとか言っておきながら、クリスは結局わたしに全部丸投げするつもりではないか。その上、相談者のヒサシさんからも、真剣さなどこれっぽっちも伝わってこない。相談にかこつけて、この辺では物珍しい「東京の女子大生」に声をかけてきただけだ。見た目も服装も「いいとこのバカ息子」という感じで、わたしの中での好感度は地を這うほど低い。

「上っ面で人を判断するのはよくないさ」

「そりゃそうだけど」

「あの人、ああ見えて頭がいいと思うよ。経営のこともしっかり考えてる」

「なんでそう思う?」

「僕が資料を見せて欲しいって言うと、ぱっとすぐに出してくれたでしょ。あんなにごちゃごちゃした棚なのに、必要な書類がどこに置かれてるのか、きっと全部把握してるんだ」

そう言われれば確かに、と、わたしはお店を訪問した時のヒサシさんの様子を思い出した。椅子にふんぞり返って話していながらも、クリスの要求する資料を迷いなく見つけて差し出していた。半分放り投げていたけど。

「口は悪いけど、お店の現状もちゃんと客観的に見てるよね。このまま自分の代になったら経営難に陥ることも十分わかってるみたいだ。でも、どうしていいかわからなくて困ってる。内心を態度に出しちゃうと、余計不安になるんじゃないかな。だから、軽いトーンで話しちゃう癖がある」

「よくあの短い間にそこまでわかるね」

「そういうのも仕事だからさ」

クリスの微笑みはなんだか怖い。わたしもきっと話すたびに分析されていて、もうすでにいろいろ見透かされてしまっているのだろう。

「じゃあ、女好きっぽい感じでわたしに話しかけてくるのも、そういう？」

「うーん、女の子が好きなのは、実際そうなんじゃないかな」

やっぱだめじゃん、とわたしがこめかみを押さえるのを見て、クリスが声を殺して笑う。

「でも、新商品開発って、女性の意見が本当に大事だからさ。幸菜が感じたまま助言してあげれば、案外いいものができる気がするよ」

「わたし、あんまり一般の女子って感じじゃないと思うんだけどな」

「大丈夫。そんなことないよ。結果が出せたら、ちゃんとボーナス出すから」

そう言われてもなあ、と、わたしは頭を抱えた。一応、サンプルとしてお店で出している上生菓子をいくつかもらって来たのだけれど、それはわたしの中の「お菓子」の引き出しには存在しない食べ物だった。あんこで作っているとは思えないほど、色合いも形も繊細で、味も上品だ。これを手で作っているのかと唖然とするほど、細かい幾何学模様でデザインされたお菓子もある。さすがの職人技だわ、と、高価なのにも納得がいった。

「どっから考えていいのかもわからないし」

「和菓子とかそういうの抜きで、どういうスイーツだったら、幸菜は食べたくなる？」

「そりゃまあ、おいしい、ってのはあるけど、あとは、すごいカワイイとか。画像撮って送りたくなるようなのとか」

「いいね。かわいい和菓子」

「でも、そんなざっくりじゃダメでしょ」

「まず、一つの方向性としてはいいんじゃないかな。見た目が大事」

「クリスはどう?」

「僕は、基本的にあんまり甘いものは食べないんだけど」

そう言いながら、クリスがおもむろに席を立って、出入口に向かっていく。そして、振り向きながら、「コーヒーに合うと嬉しいかな」と一言残し、事務所をふらりと出て行った。どうやらまたわたしひとりを事務所に残して、しばし心を解放するつもりなんだろう。

6

「坊(ぼっ)ちゃん、道楽もいいですが、ご自分の仕事を忘れてもらっちゃ困るんですよ」

「自分の仕事?」

「作るのはわしらの仕事でね、坊ちゃんの仕事は、それを売ることじゃろうが。職人には職人の、経営者には経営者の領分ってもんがあるんじゃわ」

「店の売り上げが落ちてるんだから、それをどうにかしようとするのは経営者の仕事以外の何物でもないだろ」

「今のウチの商品をどう売るか、って方が大事なんですわ。失礼を承知で言いますけどね、ろくに職人としての修業もされておられない坊ちゃんが新商品を開発して、それをわしらに作れとおっしゃるんじゃろうか?」

安倍川久という人の『稲荷町若梅』内での立場がおぼろげながらわかってきたのは、新商品開発のサポートのためにわたしが営業後のお店に伺うようになって一週間ほど経った頃だった。

ヒサシさんの肩書は「社長」ではあるけれど、実際、お店で一番権限を持っているのは、お母様で先代社長の奥様でもある、安倍川千歳という女将さんのようだ。先代が若くして亡くなられてからは、お店のほぼすべてを女将さんが取り仕切っている。大黒柱を失ったお店を一人で切り盛りしてきた敏腕女将で、お得意さんにも顔が利くし、職人たちとも長い付き合いがあるしで、『稲荷町若梅』というお店は、実質、女将さんのお店と言っても過言ではないように思えた。

そしてもう一人、お店のキーマンになっているのが、渋い顔でヒサシさんに「新商品開発など止めろ」と結構な圧力をかけてくる、職人頭の桜葉有平さんという方だ。先々代の存命中にここで修業を始めてから職人一筋で五十年、今は商品の製造に関することはすべて一任されているのだそうだ。小柄ながら顔つきからして頑固そのもので、近寄りがたい。

伝統的な和菓子店は一筋縄ではいかない職人の世界で、「餡炊き十年」と言われるくらい地道な修業が必要とされるそうだ。あんこにする小豆の炊き具合から、練り切りを作るための手技まで、長年の勘と繊細な技術が求められる、と、ネットでみつけた和菓子関係のサイトに書いてあった。社長とはいいつつも、和菓子職人としての修業経験もなく、母親の陰に隠れているような状態のヒサシさんは、職人たちからも随分軽く見られているのだな、というのが、傍から見ているわたしにも伝わってきた。

「売ろうとしたってなかなか売れないんだから、何か別の手を打たなきゃいけねえだろ」

「なんです、坊ちゃん。わしらが作っているモノが悪い、って言いたいんじゃろうか」

「そうじゃねえよ。昔より購買層の絶対数が減ってんだから、幅を広げねえとどうにもならねえってことだよ」

「坊ちゃん、いいですか。ウチの菓子っていうのは、そこらの量産品とはわけが違うんですわ。菓子の一つ一つに、先々代から、いやもっと昔から受け継がれてきた職人の技と魂が込められとる。若い人にはわからんかもしれませんがね、わかる方にはわかる。素人考えの新商品なんてお出ししたら、本物を求めるお客さんを裏切ることになっちまうんですよ」

「そのわかる人ってのが激減してるのが問題なんだろって」

「わしらはね、誇りをもって菓子を作ってんですよ。もし、この菓子のよさをわかる人がいなくなるんじゃったら、その時は潔く職人を辞める。わしらは、そういう気概でやってんですよ。坊ちゃんも、やるんなら覚悟を持ってもらわんと困る」

よく考えてください、という言葉を残して、桜葉さんは店を出て行った。後に残ったヒサシさんはバツが悪そうに頭を掻きながら、「頭の固えジジイだな」とため息をついた。

「その、大丈夫ですかね」

「大丈夫も何も、やらねえとしょうがねえからなあ。かっこつけて職人辞めますなんて言いやがったけど、あの辺のジジイは辞めても年金で暮らしていけんだろ。こっちはあと四十年店をやっていかねえといけねえんだから。誇りだけで生きていけねえんだっつうの」

あくまでわたしの目で見た感想ではあるけれど、あの桜葉さんという人も、ただ嫌味を言いたいだけの人には見えなかった。誇りをもってやっている、という言葉にも嘘はないのだろう。でも、わたしはどちらかというとヒサシさんの気持ちに共感してしまう。世代が近いからというのもあるかもしれない。新商品を開発しなければ、というヒサシさんの焦り(あせ)と、就職どうしよう、と慌ててアドバイザーに応募したわたしと、「将来が見えなくて怖い」という点では同じである気がした。

「それで、試作品ができたっておっしゃいましたけど」

「一応な」

わたしが新商品の方向性として提案したのは、「見た目がカワイイ」と、「お茶以外の飲み物にも合う」という二点だ。ほぼクリスの受け売りではあるけれど、この仕事自体が本来クリスがやるべきことだし、そこはOKとした。文句(もんく)は言わせない。

ただ、それはどうやらヒサシさんも考えていたことではあるようだった。さすが女好き、若い女の子にプレゼントして喜ばれるものを作れないか、と考えていたらしい。ちょっと納得いかない部分もあるけれども、わたしとヒサシさんの意見はだいたい一致した。後はどういうものがモチーフになればいいか、ということをこれまでに何度か話し合って来た。

そこで、わたしが提案したのが、「猫」だ。

和菓子の代表格は季節の草花をモチーフにしたものだけれど、わたしなんかは「桜」「もみじ」くらいまではついて行けても、「桔梗」とか「カキツバタ」なんて言われても、そもそもの花の形が思い浮かばないし、あー、なんか花だねえ、くらいの感想になってしまう。やっぱり、誰しもが見た瞬間にわかって、なおかつカワイイものであった方がいいのでは。そう思って考えたのが「猫」だ。なんかありきたりだな、などと言いつつ、ヒサシさんは試作品作りに着手し、昨日、とりあえず第一弾ができたから意見を聞かせて欲しい、という電話が来たのだった。

ヒサシさんは、ちょっとお高そうに見える桐箱のような箱を持って来て、わたしの前に置いた。どうぞ、開けてみて、と言いながら、鼻が膨らんでいる。どうやら、そこそこ自信作らしい。薄い板のような蓋を外した瞬間、ごく自然に、ふぁっ、と声が出ていた。

「カワイイ!」

「だろ?」

並んでいたのは、なんともまるまるまるしいシェイプのまんまる仔ねこたちだった。高級和菓子店の敷居の高さをまるで感じさせないフレンドリーさで、かつ、淡い色合いの美しさや、ちょっと切れ長の目やヒゲの繊細な造形は、ちゃんと和を感じさせる。どうやらお餅で出来ているらしく、くっつかないようにと振りかけられている粉が、またねこのふわふわ感を出していてぐうの音も出ないほどのかわいさだ。思わず画像を撮って、まつりに送りつけてやりたくなる。ねえ、これヤバくない?　というメッセージを添えて。

「これ、ヒサシさんが作ったんですか？」

「こんなの、あの頭カチカチジジイが作るわけないじゃんか」

「ちゃんときれいなお菓子じゃないですか。修業してない、なんて言われてたのに」

「まあ、実際、修業と言えるようなことはしてねえよ。子供の頃に、親父からイロハは教わったけどな」

「これ、めちゃめちゃカワイイですよ。お土産（みやげ）にもらったら絶対テンション上がります」

「そう言ってもらえるのは嬉しいけど、肝心なのは味だ」

まんまるねこの下には白い油紙が敷いてあって、つまんでそのまま持ち上げられるようになっている。ヒサシさんは調理場のステンレステーブルの上に小皿とカップを用意して、ねこのお菓子と、お茶、そして買ってきたカフェラテを並べた。そう、今回のコンセプトは、若い女子が気軽に食べられるようにお茶以外とも合わせられるようにすることだ。

「じゃあまあ、とりあえず食ってみて、率直（そっちょく）な感想を聞かせてくれよ」

和菓子用の小さな竹ナイフを受け取っていざ食べようとしてみるものの、平和な表情でわたしを見上げている仔ねこを脳天からかち割って食べるのがとても切ない。わたしはお皿を回して、後ろ側からナイフを入れることにした。その方がいくらか罪悪感が軽くなる。

ねこの外側はもっちりとしたお餅で、中には粒あんが詰まっていた。一口大に切り分けて口に運んでみると、とにかく食感が楽しい。柔らかいながらも少し歯ごたえのあるお餅は、もっちもっちのむにんむにんだ。お餅を噛んでいる間に、口全体にあんこの甘さが広がっていく。少しだけ、和菓子にはない香りも感じる。

　そろそろお餅も含めて飲み込めそう、というくらいになった時、ヒサシさんがカフェラテのカップをわたしに差し出した。市販品を温めただけのものだけれど、口に入れた瞬間、お餅とあんこの甘みが口の中を舞って、そのまま喉の奥にすっと消えて行った。カフェラテのほのかな苦味にはベストマッチだ。

「うま！」

「悪くないよな」

　よくよく聞いてみると、ねこの外側はもち粉とタピオカ粉でできていて、中のあんこにはほんの少しビターチョコレートが混ぜ込まれているそうだ。和菓子でありながらも洋菓子のテイストも入っているからだろうか。お茶以外の飲み物にもよく合いそうな気がする。

　トラネコや三毛、青い目の白ねこ、とバリエーションもいくつかあって、コーティングしている粉には、カカオパウダーやココナッツシュガーなど、和菓子には珍しいものも使われている。飲み物に合わせることを前提としているので甘さはしっかりしているけれど、もともと良質な材料を使っているからか、後味がすっきりしていて嫌な甘ったるさがいつまでも残るようなことはない。脂肪分の多い生クリームがたっぷりかかった洋菓子は食べているうちにどうしても少し胸焼けしてきて、「甘さ控えめ」じゃないときついけれど、このお餅は、「甘い」っておいしいんだな、と改めて思わせてくれる。

「いやこれ、ＳＮＳに上げたら普通にバズるんじゃないですかね」

「もうちょい改良は必要だと思うけどな。どう、若い女の子にもウケそう?」

「みんなカワイイって言いますよ。子供も喜びそう」

「問題は、どうやって売るか、だな」

「その辺は、クリスが考えてるって言ってましたよ。ネット通販とか、クラウドファンディングとか使ってみたらどうか、って」

そうか、とうなずきながら、ヒサシさんは少し照れ臭そうに自分の鼻をつまむ。それが、小学生の子供が褒められて得意げになっている姿のように見えて、わたしは初めて、ちょっとかわいいなこの人、と思った。

7

暇つぶしに、事務所からまつりに「仔ねこもち」の画像を送ってみると、なにこれ、ヤバいかわゆさ、というメッセージがすぐに返ってきた。そうだよね、と、わたしは確信を深める。まつりは勉強はともかく、こういったトレンドに対する嗅覚は実に鋭い。

「仔ねこもち」の方向性が固まって、そこからヒサシさんはさらなる試行錯誤を繰り返しているようだ。最初は、絶対新商品開発なんて本気で考えてない、と印象も最悪だったけれど、しだいにその見方はわたしの中で変わりつつあった。

ヒサシさんはたぶん、満たされない承認欲求を抱えてずっとくすぶっていたんじゃないか、と思った。お店は母親とベテラン職人が全部を支えていて、ヒサシさん自身は空気のような存在だ。でも、このままいけば絶対に死んでしまうお店をなんとか生き残らせようと、ヒサシさんなりにいろいろ考えている。それが、お店の存続のためなのか、自分の生活のためなのかはさておき、ヒサシさんは自身が初めて生み出した「仔ねこもち」という商品をよりよいものにするために、ちゃんと本気で取り組んでいる。どれだけ口調が軽くても、本気さというのは、自然に伝わってくるものだ。

　今日は、その改良版「仔ねこもち」を事務所に持って来てくれることになっていた。クリスも、ふらふらと『カルペ』に行くことなく事務所に残っている。でも、ヒサシさんが現れないまま、約束の時間をもう三十分過ぎていた。

「連絡、いれた?」

「うん。でも、返事なし」

「そっか。忘れてるかな、今日だってこと」

「ううん、一時間くらい前に、予定通りいくから、って連絡が」

「何か、トラブルでもあったかな」

　トラブルと言っても、『稲荷町若梅』からここまでは歩行者天国を歩いてくるだけだし、途中で交通事故、なんてことは考えられない。ヒサシさんはチャラいけれど、時間にルーズという感じはしなかった。きっと、遅れている事情があるんだろう。その事情がどういうものかは、なかなか想像できないけれど。

一時間待っても来なかったらお店に行ってみようか、という話をし出したところ、ようやく入口ドアが開いた。随分遅かったですね、と反射的に出そうになった言葉を、わたしはそのまま飲み込まなければならなかった。入口に立っていたのは、四、五十歳くらいの女性だ。着物姿で、背中に串でも通したのかと思うほど背筋がピンとしている。手には、小さな箱を携えていた。その箱に、わたしは見覚えがある。桐箱のような、小箱。

がらんとした事務所を鋭い目でくるりと見回すと、女性はクリスに目を向け、定規で線を引いたようにまっすぐ歩いてくる。この女性が誰なのか、わたしには見当がついていた。たぶん、クリスにも。

「あなたが、アドバイザーの方かしら」

「そうです。瀧山といいます。『稲荷町若梅』の女将さんですね」

クリスが、こちらへどうぞ、と、応接スペースに案内しようとしたが、女将さんは「結構です」と一蹴し、クリスのデスクに箱を置いた。

「従業員に聞いたのですが、ウチで勝手に新商品をお作りになられているとのことで」

「勝手に？　いいえ。社長さんからご相談を頂きまして、商品開発のお手伝いをさせていただいています」

誰が見てもわかるほど露骨に、女将さんの表情が険しくなる。わたしは張り詰めた空気の中でハラハラしているばかりだけれど、クリスはいつもの微笑みを浮かべたまま、動揺しているような様子はない。でも、それが必要以上に緊張を生んでいるようにも見えた。

「私はお願いしたつもりはありませんが」

「社長さんとお話はされておられないのでしょうか」

「あの子は、和菓子の製造に関しては資格も持たない素人ですから」

「とはいえ、社長さんから正式にご相談頂いたので」

「ご面倒をおかけして申し訳ないのですが、ウチにはこういった商品は必要ございませんので、今後、お店に関わるのはご遠慮くださいませんか」

そんな、と、わたしはクリスに目で訴える。ヒサシさんが和菓子職人としての下積みはしていないというのはその通りなのだろうが、「仔ねこもち」はあくまで試作段階であって、今後は職人さんの手を借りてさらに改良するつもりでいたのだ。

「でも、失礼を覚悟で申し上げますが、今の売り上げのままでは、あと十年持ちこたえるのも難しいのではないでしょうか？　伝統の和菓子はそのまま製造しつつ、こういった、購買層の幅を広げるための商品開発は必要じゃないかなと、僕も思いますが」

「そんなことは、部外者であるあなたに言われる筋合いはございません。いいですね。金輪際、ウチには関わらないでください」

でも、と、わたしが口を挟もうとした瞬間、入口のガラス扉がまた開いて、人が飛び込んできた。ヒサシさんだ。お店から急いで走ってきたのだろう、随分息が上がっている。

ちらりとわたしに目を向けたけれど、ヒサシさんは何も言わずに女将さんの前に回った。

「おい、何してんだよ」

「何？　子供が集まって和菓子屋ごっこをされるのは迷惑だと言いに来たのよ」

「新商品開発は、俺が社長としてやってることなんだよ」

「和菓子のこともろくに知らない人が、どうして新商品なんて作れるんですか。そんなことはいいから、今あるものをもっと大事にして、販路を広げる努力をなさい」

「そんなことはずっとやってる。けどな、そんな道はねえんだよ。ないもんはない。それとも、借金してとんでもない量の宣伝でも出すか？　そんなことをしたところで、誰がこんな過疎ってる商店街までわざわざ買いに来るんだよ。ウチの主力商品はなんだ？　上生だろ？　冷凍すんのもみんな嫌がるし、すぐに食わなきゃ味が落ちるんじゃ通販もできねえじゃねえか。それで、どうやって販路を増やすんだよ！」

「それができないなら、あなたはなんのためにウチにいるの。職人としての修業も投げ出して、自分の好き勝手して。しかたないから大学まで出してやったのに、卒業してから何年もフラフラして。その間、店の人間がどういう思いで、どれほど苦労してやってきたか、あなたにわかるのかしら？　それを、社長だ、なんて偉そうに。あなたね、まだ何一つお店に貢献していないじゃない」

「だから今、店のためにやろうとしているのが、新商品の開発なんじゃねえか！」

「とにかく、こんな、遊び半分で作ったようなくだらないものを、ウチの商品として出すことなんかできません。もし新商品を作りたいのなら、一から基礎を学んで、一人前の職人になってからおやりなさい」

「そんな悠長なことを言ってられると思ってんのか？」

次第にヒートアップしていく親子の口論を、わたしはなんとか止めなきゃ、と必死にタイミングを計る。まるで、小学校の時の大縄跳びだ。飛び込むタイミングが摑めなくて、めちゃくちゃ苦手だった記憶しかない。

「あ、あの」

勇気を出して嵐の中に割って入ると、女将の背筋が凍るような冷たい視線に刺し貫かれて、心が折れそうになる。でも、「仔ねこもち」のコンセプトはわたしの発案だ。わたしにも責任がある。

「なんですか」

「その、もちろん、伝統的な和菓子と比べると、いろいろ足りない部分もあるんだと思うんですけど、遊び半分で作ったものじゃないんです。どうやったら、和菓子を食べる習慣のない人の心を摑めるのか、ヒサシさんも一生懸命考えていらっしゃいましたし……」

言い終わらないうちに、女将がわたしに向き直ったので、最後の方は消え入るような声量になってしまった。わたしより背の高い女将は、物理的にも精神的にも、わたしを上から見下ろし、睨みつけている。

「あなた、和菓子について何をご存じ？」

「それは、その、もちろんわたしは素人ですから、知識とかはありません。でも、ヒサシさんのお餅は、かわいくて、思わず買いたくなるなって思ったんです。味も、わたしにはちゃんとおいしいものだって感じましたし、職人さんたちのお力も借りられれば、もっといいものになるんじゃないかって思うんです」

職人？　と、女将さんの目が釣り上がる。その迫力に、わたしは思わず後ずさった。

「今、職人に作らせると言ったんですか？　いいですか、ウチの職人たちは、みな厳しい修業を何年も積んで、ウチの、いえ、本家『若梅』にも決して引けを取らないほどの腕を持った職人たちです。こんな素人の粘土細工みたいなものを作れなんて、そんなひどいことをよく言えますね。私には、そんなことは言えません」

「でも、老舗の和菓子店でも、最近はかわいらしい、キャッチーなお菓子を出しているところもあるみたいですし、そういった職人さんたちの手でクオリティを上げていければと思っていたので、みなさんをバカにするようなつもりはまったくなくって」

「いいですか。本家は、江戸期の創業で、時の将軍家から貴重な砂糖を使って菓子を作ってよい、というお墨付きを頂いたほどの名店なんです。宮中や天皇家にも献上された、由緒正しいものなんですよ。先々代は京都の本家で二十年修業して腕を認められ、初めて『若梅』の名で店を出すことを許されたほどの職人だったんです。先代である私の夫も、その先々代の許で修業した立派な職人でした。そういった人間が作り上げてきたお店の歴史を、あなたはご存じですか？」

「いやあの、それは」

「ウチの和菓子は、ただ食べるものというだけではなくて、一つの芸術、日本文化を体現したものです。美しい日本の美をお菓子という形で表現して、季節の移ろいを感じて頂く。ウチのお客様は、そういった繊細な美意識をお持ちの方々なんですよ。こんな不細工なものをお出ししたら、昔からのお客様から格が落ちたと見放されてしまう。そうなったら、ウチはもう終わりです。それがわかりませんか？」

　女将さんの言っていることは、職人の桜葉さんが言っていたこととほぼ同じだ。迂闊に新商品を出すと、今までのお客さんを失望させてしまいかねない。だから、素人が考えたような半端な商品は出せない。その言い分は、わからないこともない。わたしには和菓子の格というものがどういうものかはわからないけど、贈り物にしたり、特別なお客さんに出したり、そういう用途があるお菓子は、店の格が下がってしまうとお菓子そのものの価値も落ちてしまうんだろう。価値が下がったものに、お客さんは決して安くないお金を払うだろうか。でも、だからと言って、今のままでは未来もない。わたしにはどうすればいいかわからない。

「じゃあ、どうすんだよ。格にこだわって、店と心中すんのか？」

「だから、今ある素晴らしいお菓子を、もっと多くの――」

「無理だってんだろ！」

　ヒサシさんが、溜まりに溜まっていたものをぶつけるように、大声を出した。女将さんは少しだけびくりと肩を震わせたものの、またすぐにきりりとした表情を作り直した。

「現実を見ろって。なんぼいいものを作ってても、買ってくれる人がいねえんだからどうしようもねえんだよ。売り上げがどんだけ下がってんのか、見てねえのか？　二十年前と比べて、半分だぞ。それで、従業員数も減らしてねえ、給料も下げてねえ。原価も減らしてねえし、価格も上げてねえ。店を維持してんのは借金だ。でも、もうじき貸してくれるところもなくなる。どうすんだ？　素人が作る菓子がブサイクだっていうなら、じゃあその素晴らしい技術で、売れる菓子を作れよ！　厳しい修業を積んだ職人様なら、朝飯前だろ、そんなの」

ポーカーフェイスだった女将さんも、顔が次第に紅潮していく。なんだか、よくない方向に向いていることはわかっているのに、流れを引き戻すような、気の利いた言葉が出てこない。クリスなら止めてくれる。そう思ってクリスを見るのに、クリスはじっと押し黙ったまま、親子の言い合いを眺めているだけだった。

「あなた、親に向かってなんて口の利き方を」

「返す言葉がないからって、都合のいい時だけ親とか言うんじゃねえよ。親らしいことなんか何もしてこなかったくせに」

バシン、という乾いた音が響いて、わたしは声を失った。

「こんなものしか作れない未熟者が偉そうに！」

わたしが言葉を発する間もなく、目の前では最悪の事態が起きていた。女将さんの手がヒサシさんの頬っぺたを引っ叩き、そのままの勢いで、「仔ねこもち」の箱を床に叩きつけたのだ。軽く載せていただけの蓋は外れ、まるい仔ねこたちは転がり出て、無残にも床の上で潰れてしまった。

　頬を叩かれたヒサシさんは、驚いた顔をしていたが、すぐにすっと真顔に戻った。その表情を見ると、わたしが胸がぎゅっと苦しくなった。ヒサシさんの顔にはもう怒りの影はなくなっていて、感情が凍りついてしまったかのようだ。床に転がったお餅を見る目は、悲しさとさみしさに沈んでいるように見えた。

「なるほど、そういうことね」

「利益のために、こういうものを出しているお店もあるでしょう。それはよそ様のやり方でしょう。でも、よそはよそ、ウチはウチ。こんなものは、『若梅』では出せやしません」

「そうだな」

「もし悔しいと思うなら、少しは修業して、努力なさい」

　ヒサシさんは、「悔しい？」と鼻で笑うと、首を横に振った。

「悔しかねえよ。虚しいだけで」

　余命十年、せいぜい楽しもうぜ。ヒサシさんは乾いた笑い声を残して、外に出ていく。そんな顔をしないで欲しい。ヒサシさんは、もっと斜に構えていて、チャラくて――。

　でも、わたしがおいしい、って言うと、少年のように目を輝かせて。

床に落ちた白いねこを一つ、そっと拾い上げる。形はいびつになってしまっているけれど、その子はまだ辛うじて原形を保っていた。わたしが前に見たものより、格段にディテイールが細かくなっていて、表情も豊かになっている。まるまるとしていて、やっぱりかわいいなあ、これ、と思う。かわいいなあと思うほど悲しくなって、わたしはいつのまにか涙をぽろぽろとこぼしていた。

「お見苦しいところを見せてしまいましたけれど、これでよくよくわかって頂けたと思いますので、失礼します。もう、新商品の開発は結構ですから。そのように」

頬を赤くして、声が少し震えたままの女将さんが、事務所を出て行こうとする。なのに、クリスはやっぱり何も言わない。見損なった。もっと、こういう時に人を動かすような言葉を言える人だと思っていたのに。八つ当たりだとわかっているけれど、わたしは悔しさをどうしても抑えきれなかった。

「あの」

「まだ何か？」

わたしは、拾い上げた仔ねこの床に触れていない部分を、そっと噛んで口に入れた。楽しい食感は、前よりも少しだけ柔らかくなって、つぶあんの豆の香りと、チョコレートのビターな香りが、より調和しているように感じる。和菓子職人でもないヒサシさんは、どうやって見た目や味の改良をしたのだろう。何回も作って、食べて、配合を変えて、を繰り返したに違いない。

「このお餅、前に食べた時より、ずっとおいしくなってるんです」

「そう」

「たぶん、職人さんたちは、このお餅を作るヒサシさんの努力の何倍もの努力をしてきているんだと思いますし、やっぱり、素人が作るものとは、とんでもない差があるんだろうと思うんですけど」

「悪いけれど、和菓子は一朝一夕（いっちょういっせき）ではできませんから」

「お店の格とか、ずっと続けてきた伝統を守らなきゃいけないっていうのも、わかります。ちゃんとはわかってないのかもしれないですけど。でも、そういうのって――」

感情が、上手（うま）くコントロールできない。わたしなんかお餅づくりに関してなんの努力もしていないし、ヒサシさんと話すようになって一ヵ月も経っていないけれど、どうしても涙が抑えきれなくて、喉がひっくり返りそうになった。それでも、どうしても、胸にある言葉を吐き出さずにはいられない。

「そういうのって、人の努力とか思いを踏（ふ）みにじってでも、どうしても守らなきゃいけないものですか？」

これ以上、この空間にいたら、わたしの感情はきっと爆発してしまう。ごめんなさい、と残して、わたしは女将さんよりも先に外に飛び出していた。

8

「別に、ママに怒られてイジけたわけじゃねえよ。一服しに来ただけで」

とりあえず静かなところに行きたい、という考えがわたしと一緒だったのか、わたしが駆け込んだ稲荷神社の境内にヒサシさんはいた。誰もいないひっそりとした神社の片隅に設置されたベンチに腰掛け、空き缶を片手に煙草を咥えている。正直、煙草の煙は苦手だけれど、わたしはヒサシさんの隣に並んで座った。

「いいんですか、神社で煙草なんて」

「大丈夫だよ。ここは宮司が常駐してねえから。かわいい巫女さんもいねえしさ」

「どうりで静か」

「そうだろ。誰もいねえんだ。高校の頃は、よくここで煙草吸ってたな」

「高校生が煙草吸ったらだめですよ」

「当たり前だろ。俺だって、未成年はダメだってことくらいはわかって吸ってた」

どっちにしろだめじゃないですか、と、わたしは少し笑う。ヒサシさんの受け答えがいつもの感じに戻っていて、ほっとしたのかもしれない。

「よそはよそ、ウチはウチ」

「え?」

「あれな、何万回聞いたかわからねえけど、一番嫌いな言葉なんだよな」

「まあ、なんとなくはわかります。子供の立場だと嫌ですよね」

「ちっちゃい頃は、親が店をやってるのがどういうことかよくわかんねえからな。でも、なんか他のやつの家と、ウチは違う、ってわかるだろ？　例えば、運動会とか参観日に親が来ない、とか」

「お店、休めないですもんね」

「そんな時に不平不満を言おうものなら、母親が言うわけ。よそはよそ、ウチはウチ」

「わたしも、言われたらたぶん嫌いになりますね、その言葉」

「言われなかった？」

「父は時間に融通(ゆうずう)の利く個人タクシーのドライバーなので。母もシフト勤のお仕事ですし、そういう意味ではすごく普通だったんだと思います」

そっか、と言いながら、ヒサシさんが上を向いて煙を吐く。わたしに煙がかからないように、最低限の配慮だろう。こういうところは憎めない人だな、と思う。

「誕生日にさ、クラスのやつら集めて、誕生日会とかやっただろ？」

「ああ、そうですね。子供の頃に何度かやりました」

「クラスのかわいい女の子呼んでさ、ケーキとか山盛りのカラアゲとかスナック菓子とか囲んで、ワイワイやりたいじゃんか、ああいう時は」

「かわいい女子、は、さておき、そうですね」

「でも、俺の誕生日会は、出てくるのが全部和菓子なんだよ。練り切りだの葛餅だの。値段で言ったら、その辺の安いケーキなんて比べもんにならないぶっちぎりの高級品だけどな。でも、小学生のガキが、季節の移ろいを感じながら和菓子の繊細な美を堪能できるか？　みんなドン引きなんだよ。色のついたアンコの塊に、ジュースじゃなくて緑のホットなお茶が出てくるんだから。畳の部屋に正座して並んでさ。学校じゃ、俺の家で誕生日会やっても楽しくないって話になっちゃって、誰も来なくなるし、呼ばれなくなるし」

「そんな、ことが」

「でな、俺はケーキが食いたくてジュースが飲みたいんだ、和菓子なんてみんな喜ばねえって母親に言うわけさ。そうするとな、またあの調子で、あの言葉が返ってくる。よそはよそ、ウチはウチ」

ヒサシさんは自嘲気味に笑うと、短くなった煙草を空き缶の中に突っ込んだ。こんな話聞いて、楽しい？　と、ヒサシさんがわたしを見る。わたしは、小さく頷きながら、聞かせてください、と答えた。

「そんなこんなで、本当は、和菓子なんか見るのも嫌いなんだよ。だから、心のどこかで、あんな店潰れりゃいい、クソが、と思ってる」

自分の不安を隠すために、軽いトーンで話をしてしまう。クリスはよく人を見ているな、と改めて思う。口は悪いしヘラヘラしているように見えるけど、今ならば、わたしにもヒサシさんの孤独感がわかる気がした。女の子がー、という話ばかりするのも、寂しいからなのかもしれない。でも、クリスが「ただの女好き」と言ったわけだし、そこについては、わたしの考えすぎだろうか。

「それで、職人にはならなかったんですか」

「まあね。あとは、才能がねえな、って思ったからな」

「才能？」

「俺は、わかんねえんだよ。職人の感覚みたいなのがさ。もうみんな、見るだけで小豆煮てる温度がわかってるし、ちょっと舐めただけで糖度がわかるし、餡を手で持っただけでだいたい何グラム、とかわかってんだよ。俺はさ、たぶんそういう感覚がないんだ。一生修業してもこりゃ無理だな、って、なんとなくわかる時あるだろ？」

「わかります、なんとなく。無理だって言うと、やる前から諦めるな、とか怒られて凹んだりして」

「そうそう。だから、俺は早々に諦めた。親父のようになるのは無理だって。だから、大学に行った。だけど、子供の頃からずっと、親から店を継ぐもんだと思って育てられてるだろ。いざ違う仕事をしようと思っても、何をしていいかわかんねえわけさ」

それ、めっちゃよくわかります。と、わたしは強くうなずいた。わたしの場合は、厳しく言われて育ってきたわけじゃないけれど、「普通の仕事をしなさい」と言われてきた。しだいに親に言われたことを逃げ道にしてしまって、自分の頭で考えることをやめてしまう。結局、自分がやりたいことを考えることもなくなって、就活直前になって本当にこれでいいのか、と慌てることになったのだ。

「ヒサシさんは、どうしたんですか?」

「就職もせずにでかいリュック担いで、海外に行った。バックパッカーってやつだな」

「自分探しの旅ってやつですかね」

「だな。自分を見失ったやつがやりがちなやつ。海外なんて行ったたって、自分なんか見つからないんだけどな。でも、四年かけて北半球をぐるっと回ってきた。北は北極圏、南は赤道直下」

「え、いいじゃないですか。外国語もしゃべれるんですか?」

「英語と中国語はそこそこ覚えたな。和菓子屋じゃなんの役にも立たないけど」

「和菓子が嫌いで、職人にはならないって決めて、海外にも行って、どうして――」

「和菓子屋の社長やってんのかって? まあ、そう思うよな」

わたしは、そうなんですよ、とまたうなずく。女将さんや職人さんとの関係性もよさそうではないし、好きでもない仕事をするモチベーションがわからない。

「呪いだよ。呪いに負けたのさ」

「呪い?」

「伝統っていう呪いな。『若梅』は本家がもう店を閉めてるから、江戸時代から続いている正統な後継者ってのは、今やウチだけなのさ。俺が、やーめた、って言った瞬間、二百五十年続いてきたもんがこの世から消えてなくなるわけだ。親父とか、じいさんが生きてきた意味も、全部消し飛ばすことになる。正直、怖くなるんだよ。そんな決断、したくねえだろ。天皇がさ、俺、めんどくせえから天皇辞める、って言えねえのと同じだよ」

わたしだったら、どう考えるだろう。自分のやりたいこともないのに、店を継げ、と言われるのを拒否できるだろうか。ヒサシさんの場合、それが歴史の教科書に載っている時代からずっと受け継がれてきたものなのだ。想像すると、その怖さがわかる気がした。

「どうするんですか、新商品」

「さあな。床にぶん投げるくらいなんだから、俺が作ったって納得しねえんだろう」

「でも、このままじゃ、いずれにしても伝統が途切れてしまうことに」

「瀕死の老人が手術を拒否してるわけだろ。もう、手の打ちようがねえよ。寿命まで生かして看取ってやれば、みんな諦めもつくんだろ。頑張ったけど、ダメだった、って」

ヒサシさんのことは特に何も知らないにもかかわらず、わたしは、らしくないな、と思った。そういういかにも大人が言いそうなセリフは、ヒサシさんには似合わない。もっと単純で、ヘラヘラしている人。時に、無邪気な子供のような顔を見せる人。それが、わたしが少しの間だけ会話をした中で作り上げた、ヒサシさんの人間像だ。物分かりがよくて大人な発言をするヒサシさんは、変わったり成長したりしたわけじゃなくて、何かを諦めて、どこかが欠けてしまったからそうなるんだ。

「なんかわたし、納得いかないんですよ」

「なんで幸菜ちゃんがムキになるんだよ」

知りませんよ、と、わたしは鼻息を荒くする。納得いかない、と言葉にすると、急にむかむかしてきたのだ。どれだけ不完全だったとしても、あんなにかわいい仔ねこもちを床にぶん投げるだなんて、ひどすぎる。

「作りましょうよ。みんなを納得させるようなやつを」

「素人がか?」

「やればできるんだぞ、ってとこを見せつけてやりたいじゃないですか」

「作るのは俺なんだけどな」

「わたしが言い出しておいてなんなんですけど、和菓子はやっぱりカワイイだけじゃダメなのかなって思って」

「そうかもな」

「言ってたじゃないですか。繊細な美意識が必要、って。だから、誰が見ても美しいって思えて、かつSNSに映えまくりのものを作るといいんじゃないかなって」

簡単に言うなよ、と、ヒサシさんが苦笑いをするが、わたしは本気だ。

「そんなことできたら、誰も苦労しないだろ」

「でも、ヒサシさんだったら、きっときれいなものとか、自然の絶景とか見てきてますよね、海外で」

「まあな。あちこち行ったから」

「わたし、海外はまだハワイに一回しか行ったことなくて。で、ホテルの近くのビーチは言うほどきれいじゃなくて悲しかったんですけど、空は青くてすごく感動した記憶があって。ヒサシさんが見てきた中で、一番きれいだった風景ってなんですか?」

ヒサシさんは少し遠い目をしながら、自分が巡ってきた世界中の風景を思い出しているようだった。わたしには想像もつかない風景を、ヒサシさんはいくつも見てきたのだろう。

「地中海の島に行った時、海が異常にきれいだった。透明で、船が浮いて見える」

「ほんとですか? すごい」

「中国も、すごい景色がいっぱいあったな。大陸はやっぱりスケール感が違う」

「いいなあ」

「日本にない風景ならいくらでもある。まあ、そりゃそうだな。日本だけ突出して風景がきれいってことはないし」

「それ、和菓子にしましょうよ」

「和菓子に?」

「そう。ヒサシさんが見てきた美しいものを、和菓子に。透明な海とか、大自然とか」

「それじゃ、〝和〟菓子じゃねえだろ、って言われるだけじゃないか?」

「日本の風景じゃないとだめっていう決まりがあるんですか?」

「いや、決まりってほどのもんはねえけどさ。暗黙の了解的な」

「昔の人って、もっと自由だったんじゃないかな、って思うんですよ。身近にあった自然を見て、ああ、きれいだな、きれいだからお菓子にしよう! みたいな感じで」

「そういうもんだと思うけどさ。最初は」

「当時は海外なんか行けなかったでしょうし、でも、もし今くらい庶民が簡単に海外にいける世の中だったら、見てきた風景をお菓子にした人いっぱいいるんじゃないかって思うんですよね。そしたら、『若梅』の和菓子にも、チューリップとかハイビスカスがあったかもしれないですよ」

「その発想はなかった」

「とにかく、美しい自然の風景とか、季節を感じてもらえばいいわけですよ。たぶん」

「そんなに単純なもんじゃねえよ」

でも――、と、ヒサシさんはにやりと笑った。そして、梅雨入り直前の夕焼け空を見上げながら、「面白そうだな、それ」と笑った。

「美しいもの、か」

「やりましょう、ぜひ」

「簡単に言うなよ。素人なんだからさ」

「たぶん、クリスも諦めてないと思いますよ。毎日、資料見たり、電話したりしてますから。何してるかは知らないですけど」

知らねえのかよ、と言いつつも、ヒサシさんは立ち上がって、うん、と伸びをした。そろそろ休憩も終わりにしないとな、社長だし、と、独り言のようにつぶやく。

「幸菜ちゃんは、信頼してるんだな、あいつのこと」

「いや、正直わからないですよ。でも、なんかいろいろお見通し、っていう顔してるじゃないですか、クリスは」

「まあ、確かに。なにしろ、一億円の男だからな」

「それ、誰から聞いたんですか」

「商店街のやつなら全員知ってるさ。一億円ももらえていいなって話で、ここのところ持ちきりだったからな」

　そっか、クリスのことを知ってくれてはいるんだな、と、ちょっとだけ希望が見えた気がする。クリスの言う通り、みんな様子を窺(うかが)っているのだ。ヒサシさんの新商品がヒットして、『稲荷町若梅』の売り上げが増えたら、おそらく商店街の人たちのクリスを見る目は一気に変わるかもしれない。

「それも、事務所の家賃とか、交通費とか、わたしのお給料とか、そういうのにかかるお金をいろいろ差し引かなきゃいけないからまるまる残るわけじゃないですし、これは年二千五百万じゃ実は割に合わないのかも、って思い始めてるところです」

「じゃあ、なんでやってんだ、あんな仕事」

「詳しく聞いてないですけど、この商店街に思い入れがあるみたいですよ。小さい頃、この辺(あた)りに住んでいたそうですし」

　だから、ちょっとだけ信用してあげてください、と、わたしはなぜかクリスのフォローをした。アシスタントなんだから当然ではあるけれど、そこまで信頼するほど、わたしだってまだクリスのことをよく知らない。それでも、クリスならなんとかしてくれる、という根拠のない信頼感があるのが不思議だ。

「わかったよ」

「じゃあ、頑張りましょう。わたしも、もう少し和菓子のお勉強します」

「なあ、一つ、聞きたいんだけど」

「なんですか？」

「あいつと付き合っ――」

付き合ってないです、と、わたしはヒサシさんの言葉が終わらないうちに、クリスとの個人的な関係を否定する。

9

「ただいま」

「おかえり」

東京駅八重洲口。タクシーが列をなしてお客さん待ちをしている乗り場から少し離れたところに、わたしのお父さんのタクシーが停まっている。わたしのお父さんは、個人のタクシードライバーだ。都内と言ってもはずれの方にある我が家までとても乗り心地のいいタクシーで帰ることができるのは、タクシードライバーの娘の特権かもしれない。

あおば市での四日半のアシスタント生活を終え、わたしはまた東京に帰ってきた。明日明後日は大学で授業だ。金曜の四コマ目の授業が終わったら、わたしはまたあおば市へ戻ることになる。なかなかせわしない生活だけれど、何かしている、という変な安心感だけはあった。充実感とか、充足感とはまたちょっと違う、不思議な感覚だ。

わたしの姿を見つけると、お父さんはタクシーの後ろのドアを開いた。わたしがするりと中に滑り込むと、慣れたタイミングでドアが閉じた。お父さんがルームミラーに向かって、おかえり、と言って、わたしも、ルームミラーに映るお父さんの目に向かって、ただいま、と返した。

東京駅を見ると、帰ってきた、という感覚がある。丸の内は背の高いビルが立ち並んでいて、皇居前の広い通りは昼間のように明るい。人が多くて、車も多い。明るくて、賑やか。わたしが小さい頃から慣れ親しんできたのは、こういう世界だ。でも、お父さんはどうだろう、と少し気になった。お父さんにとっての故郷は、わたしからすると少し寂しい感じがするあの街なのだ。人の姿はまばらで、建物の背も低い。夜は静かで、朝の通勤ラッシュも酷くない。わたしとは逆に、東京に来ると落ち着かない、という人もたくさんいるのだろう。口には出さないけれど、お父さんもそのうちの一人かもしれない。

「どうだった、向こうは」

「んー、まあ、いろいろ大変」

高校時代、思春期特有の「父親苦手病」を発症して父娘の距離を作ってしまったせいか、お父さんはいまだに、わたしとの距離をあまり詰めてこようとしない。わたしもわたしで、子供の頃のような、お父さん大好き！　みたいな感覚が摑めなくなってしまって、二人だけの会話はいつも上滑りする。

お父さんの趣味は料理だ。昔はよく休みの日に料理を作ってくれて、わたしはそれが大好きだった。同じ材料、同じフライパンや包丁（ほうちょう）を使っているのに、わたしやお母さんが作るものとはまるで味が違う。皮がもちもちする焼餃子（やきぎょうざ）と、金色のキレイな玉子チャーハン、そして辛さ控（ひか）えめの麻婆豆腐（マーボーどうふ）。それが、お父さんの得意料理ベスト3だった。でも最近は、わたしがお父さんの休みの日に家にいないことも多くて、お父さんの作ったごはんを囲んで、家族で話をする機会は少なくなってしまった。こうして、車の中で二人で話すのも随分久しぶりだ。話したいと思うことはたくさんあるけれど、どう話していいか、距離がまだ摑めずにいる。

「あの商店街のことは、知ってるんだっけ」

「ああ、ああ。もちろん知ってる」

「賑やかだった？　昔は」

「お父さんが子供だった頃は、まだ賑やかだったな」

「そうなんだ」

「今はどうだ」

「お店もほとんど閉まってるし、お客さんもほとんどいないよ」

「そうか」

「さびしい？」

「まあ、そうなるだろうとは思ってたさ。幸菜が生まれた頃には、もうあの辺はどこの商店街もダメになって来てたからな」

そうなんだ、と、わたしはため息をつく。時代の流れとか、自然淘汰（しぜんとうた）などと言ってしまうのは簡単だ。でも、実際にその場所に行って、その場所で生きている人たちと少しでも交流を持った今は、なかなかそんなことは言いづらい。ヒサシさんのように、なんとかしようともがいている人もいる。

「もし、あの商店街がなくなっちゃったら、どう？」

「どうってなんだ」

「悲しい、とか、辛い、とか」

「まあ、少し寂しい気もするが、そういう時代なんだろうしな」

「結構、割り切れちゃう？」

「もう、離れて長いから」

そっかあ、と、わたしが言葉を切ると、しばらく無言の時間が続いた。車の中は音楽も流れていなくて静かだ。それなりにいい車なので、外の音や、道路を走る音も遠く感じる。わたしは、お父さんと二人だけの世界にいるみたいな気分だった。

「もし、さ、お父さんがあるお店屋さんの子供で」

「もし、ね。そのお店が、江戸時代から続いているようなところでさ。でも、伝統を変えないとお店が潰れちゃうって状態だったとして」

「ああ、うん」

「伝統を大事にする？　それとも、何か変えようとする？」

お父さんは、その質問にしばらく答えなかった。まっすぐ前を見たまま、むっつりと口を閉じている。

「わたしにはわかんないけど、やっぱりさ、なんかその、伝統みたいなのって大事だったりするのかな」

「一度壊すと、伝統ってものは元に戻らないこともあるからな」

「やっぱり、そういうもんかあ」

「でもまあ、昔から続いてきたものを守ろうって気持ちは大事だろうけど、それでも、優先順位は人によって違うもんだ」

「優先順位？」

「何が一番大切なのか。伝統を守ることも、変えて生き残ることも、結局は道が枝分かれしているだけだ。大変な道もあるだろうが、どの道を進むかに正解なんかない。そういう選択の繰り返しの中で、たまたまずっと大事にされて残って来たもの、っていうのが伝統なんだと思うな」

「店？」

「もし、選んだ結果、伝統が途絶えちゃっても？」

「それはそれでしかたない。守るべきもの、進むべき道ってのは、人それぞれ違うんだ」

「お父さんは？」

「俺？」

「守るべき一番大事なものって、何？　質問が難しいかな」

　赤信号で車が完全に停車するのを律儀に待ってから、お父さんは振り返ってちらりとわたしを見た。

「それは簡単だ」

「何？」

　ルームミラー越しに、前を向くお父さんの目を見る。視線は交わらなかったけれど、お父さんの言葉は、わたしの胸の中にドスンと落ちてきて、じわっとした熱を生んだ。

　――家族さ。

10

　少し痩せてきりっとした顔つきになったヒサシさんが事務所にやってきたのは、神社で話をしてから三週間ほど経ってからのことだった。連絡がぴたりと途絶えていた間に季節は移り変わって、日本列島は梅雨に入った。連日、事務所の外はじめじめとした雨模様で、わたしは湿気で言うことを聞いてくれない前髪に苛立ちながら、ヒサシさんからの連絡を待っていた。今日になって突然、「今から行く」という連絡が来て、十五分後。小降りではあったけれど、ヒサシさんは傘もささずに走ってきた。弾む息を整えながら、わたしを見てにやりと笑う。

「自信作ですかね」

「まあね」

ヒサシさんの顔を見て、わたしも思わず噴き出した。「得意満面」という言葉は、まさに今のヒサシさんの表情を説明するために作られたのではないかと思うほどだ。

「クリスもすぐ戻ってくるので」

「まず、幸菜ちゃんに見てもらいたい」

ヒサシさんが紙袋から取り出したのは、前回とは違って、羊羹のような直方体の包みが二つだ。わたしも少し和菓子の勉強をしたので、こういったものが「棹物」とか「棹菓子」と呼ばれている、ということは知っている。あんこ入りのお餅であった「仔ねこもち」のコンセプトから、随分方向性を変えたようだ。

「久しぶりにさ、バックパッカー時代のことを思い出したよ。あの頃俺は、何を感じていたのか、とかな」

「どうでしたか、何か見えましたか」

「とりあえず、自由だったな、と思った」

「自由？」

「時間にも、ルールにも縛られずに、腹が減ったら食って、眠くなったら寝て。行きたいと思ったところに行ってさ。デカい荷物を背負ってたくせに、今よりずっと体が軽かった」

「うらやましい生活ですよ、それ」

「そんな俺が、伝統だなんだってもんを背負う方が間違ってたんだ。日本の四季の、繊細な美しさなんてもんを感じられるような人間じゃねえってことに、ずっと劣等感を感じてたのかもしれないな。俺はもっと大雑把で、適当なんだ。だから、老舗和菓子屋の跡継ぎってポジションが嫌になって、家を飛び出した」

気持ちはわかるな、と、わたしはうなずいた。わたしも、正直言って、『稲荷町若梅』の伝統和菓子の素晴らしさを理解できるか、と言われたら自信がない。きれいだなあ、と、ざっくりとした感想は持つけれど、もっと深いところまで踏み込んでいくには、知識も教養も足りない気がしている。もう少し大人になっていけば、その繊細な美を理解できるようになるのかもしれない。でも、今この状態で「二百五十年続いた和菓子屋を継げ」と言われたら、とてもじゃないけれどプレッシャーに堪えられそうにない。わたしもきっと、パックパックを背負って家を飛び出すことを真剣に考えるだろう。

「ただ、そんな大雑把な俺でも、美しさに感動した風景っていうのがあった。わけもわからず、涙が出て来てさ。日本にいたら非日常の光景だけれど、向こうではそれが日常なんだ。でも、日常とはいえ、見れば誰もがその美しさに圧倒される。俺が作れる菓子ってのは、たぶん、そういう圧倒的な景色なんだって、気づいた」

少し長い前置きの後で、ヒサシさんは紙袋から陶器のお皿を取り出し、応接スペースのテーブルに置いた。そして、わたしにお菓子の包装を手渡す。試作品なので、まだ包装もアルミっぽい味気ないものだ。それでも、中から何が出てくるのか、期待感に胸が膨らむ。

「いいんですか、見ても」

「どうぞ」

わたしは包装紙を開いて、おしりから押し出すように中身を皿に載せた。最初はじわじわと姿を現したお菓子が、途中からつるんと勢いよく飛び出して、皿の上にすとんと収まった。その瞬間、わたしは、わあ、と、ため息まじりの声を漏らしていた。

「これ、オーロラですよね」

実際にこの目で見たことはないけれど、空に揺れる大きな光のカーテンがあることを、わたしはテレビやネットを通して知っている。目の前にあるお菓子は、まさにその空のカーテンそのものだった。直方体の透き通るような寒天の中に、淡い緑色の光を纏ってゆらゆらと揺れるオーロラ。星屑のきらめきと、ぼんやりとした地上の薄明かり。息を飲むほど深い緑色のグラデーションの空と、オーロラの光を浴びてほのかに輝く地上の世界の層が重なって、四角い空間の中に閉じ込められている。これを和菓子と呼べるのかはわからないけれど、少なくとも洋菓子とはまったく違うものだ。

「なんなんですか、これ。寒天？」

「これは、錦玉羹っていうやつさ」

きんぎょくかん、と、わたしはオウム返しをする。

錦玉羹は、すごく簡単に言うと、砂糖を煮詰めたシロップを寒天で固めたものらしい。要するに、あんこ抜きの羊羹みたいなものだ。伝統的な和菓子の一種で、『稲荷町若梅』でも、昔から夏の定番として販売されているそうだ。モチーフは、「池の鯉」や「金魚鉢と金魚」といった日本の夏の風物詩で、透き通った錦玉羹で水の涼を表現する。

でも、ヒサシさんが表現したのは空だった。シロップに絶妙な加減で緑や紺色の食紅を垂らしてグラデーションを作り、道明寺粉というもち米の粉を溶かしたシロップで、揺らめく光のカーテンを表現している。地上にあたる部分はこしあんの羊羹で、うっすらとした地表の明かりは、淡雪羹というメレンゲを寒天で固めたものだそうだ。夜空の星は、洋菓子でも使われるアラザンと気泡だ。本来、錦玉羹に気泡が入ってはいけないけれど、わざと入れているらしい。

もう一本は、羊羹の部分が白餡になったもので、雪景色の中の「冬のオーロラ」を表現している。わたしはてっきりオーロラは冬にしか出ないものだと思っていたのだけれど、実際は夏でも見られるそうだ。それぞれ、違った色合いでとてもきれいだ。こういう言い方をするのは不粋かもしれないけれど、間違いなく、とんでもなくＳＮＳで映える。少し光の当て方を工夫してオシャレなお皿に載せたら、いいね！　が爆発的につくことまちがいなしだ。

「めちゃくちゃきれいですよ、これ」

「俺がカナダで見たオーロラは、もっとすごかった。どう表現していいかわからないけど、もう、空がスクリーンみてえなんだよ。ＣＧじゃないかって思うくらいでさ」

「表現力なさすぎですよ。ＣＧて」

「そうとしか言いようがねえんだ。最初はもやっとした緑っぽい光がふわふわしてるだけなのに、それが突然カーテンみたいに垂れ下がってきて、ゆらゆら揺れ出して、気がつくと、空が全部、揺れるカーテンで埋め尽くされてる」

　わたしには、ヒサシさんが見た光景を想像することは難しかったけれど、その感動の一部分を、今目の前にあるお菓子を通して感じている。食べるのが惜しくなるくらい、飾っておきたくなるくらいきれいな、四角いオーロラ。わたしはちょっとだけ、ああ、和菓子の根っこにあるのって、こういう感情なのかもしれないな、と思った。

「それ、食べてみてもいいですか」

　突然声がして、わたしもヒサシさんも驚いて顔を上げた。いつの間にか、ヒサシさんの後ろにクリスが立っている。手には、テイクアウト用のコーヒーカップを三つ、窮屈そうに抱えていた。あれ？　と、わたしは首をかしげる。この辺りに、コーヒーのテイクアウトができるようなカフェなんかないのだ。バスで二十分かけて駅前に行くか、車で十分ほど離れたコンビニに行かなければならない。

「え、コーヒー？」

「そう。『カルペ』のマスターと交渉して、テイクアウトを始めてもらったんだ。商店街をグルメロード化するなら、飲み物が持ち運べた方が楽しいだろうから。交渉が大変だったけどね。マスター、頑固だからさ」

「また時価じゃないよね？」

「さすがにそれは」

それで、クリスはちょくちょく『カルペ・ディエム』に出掛けていたのか、と、わたしはようやく納得する。言ってくれればいいのに、と思っている間に、夏と冬、二つのオーロラが一切れずつに切り分けられて、わたしの前に差し出された。断面はナイフの筋が入ってさらに光の加減が面白く変化する。

「いただきます」

ゼリーのようなぷるんとした感触ではなく、しっかりとした錦玉羹の手ごたえを感じながら、全部の層を一緒に味わえるように一口分を切り出す。この層をきっちりとつなげるには、糖度を均一に揃（そろ）えなければならないらしい。少しでも偏（かたよ）りがあると、層は分離してしまうそうだ。

揺れるオーロラの光を口へ。人を圧倒する光のカーテンは、わたしの口の中で甘さというダンスを踊（おど）った。「夏のオーロラ」は、ほのかに柑橘（かんきつ）系のさわやかな香りがする。「冬」は、錦玉羹の表面が氷砂糖のように固まっていて、しゃりしゃりとした食感が楽しい。味は「夏」よりコクのある甘みを感じる。シンプルな味わいである分、これならお茶にも紅茶にも合う気がした。アイスでも、ホットでもいけそう。それから——。

わたしとクリスが、ややしっかりした甘味の残る口に、『カルペ』のお持ち帰りコーヒーを一緒に流し込む。今日は、以前のブレンドとは違って、少し酸味が主張している。苦味さえもさわやかに感じる、さっぱりとした味わいだ。和菓子の甘さに合うようなブレンドを、と、クリスが頼んだのかもしれない。口と鼻の奥が幸福で満たされた後、わたしとクリスは、ヒサシさんに向かって親指を立てた拳を突き出し、声を揃えて「ベストマッチ」と告げた。

11

もう三十分ほど、わたしもクリスもヒサシさんも、むっつりと女将さんの話を黙って聞き続けている。でも、結局言っていることは同じことの繰り返しだ。「伝統は守らなければならず」「素人が作ったものなど『若梅』の菓子ではない」という。

店を訪れたわたしたちの姿を見て、女将さんは角を生やして怒り出したけれども、クリスが間に入って上手いことその怒りをいなし、なんとか中に入り込むことに成功した。もう、このお菓子がダメだったら新商品開発は諦める、と言い切って女将さんを無理矢理黙らせ、職人さんからパートのおばさままで、従業員を全員作業場に集めた。そこで、ヒサシさんの「オーロラ」をお披露目しようとしたのだけれども、いざお菓子を見せようとすると、女将さんの口が止まらない。桜葉さんをはじめとする職人の皆さんも、険しい表情のままだ。

「伝統が大事、とおっしゃる意味はよくわかります。ただ、一度見てから議論しませんか？」

　クリスが淡々とそう切り出すが、女将さんは首を横に振る。

「いいですか。職人でもない人間が作ったものなど、見る価値もありません。言ったはずです、金輪際お店に関わらないで下さいと」

「失礼ですが、女将さんは何をそんなに怯えていらっしゃるんでしょうか」

　クリスの言葉にさすがの女将さんも面食らったのか、きょとんとした顔で言葉を止めた。

「お、怯え？」

「そうです。そんなに顔を真っ赤にしてまで、何を怖がっていらっしゃるんですか？　今からお見せしようとしているのはあくまでも試作品ですし、皆さんがこれは売り物にならない、と思うならそれでも結構だと思います。別に見たからといって何か起こるわけでもないですし、見るのも嫌だとおっしゃる意味がよくわからないのですが」

　何か考えはあるのだろうけれど、急にクリスが全員を敵に回すようなことを言いだした。

　クリス自身は相変わらず顔色も表情も変えないけれど、聞いているこちらは気が気ではない。周囲の空気が張り詰めていくのがわかる。

「怖がってなどおりません。見る価値もない、と言っているのです」

「たとえ、これが幼稚園児の作った粘土細工だったとしても、見る価値がない、なんて怒り出す人はいないと思うんですよ。それなのに、どうしてです？　ましてや、職人ではないとはいえ、御社の社長さんが、お店の将来のためにと本気になって作ったものですよ。普通、見て、食べて、それで判断するものだと思いますけれども」

「だから――」

「僕のような若い人間が言うのは生意気かもしれませんが、皆さんは伝統を守っているんではなく、伝統に守ってもらおうとしているだけじゃないでしょうか。二百五十年続いてきたものを変えようとする恐ろしさはわかります。でも、だからといって伝統という言葉も、二百五十年という年月も、今、このお店を救ってはくれません。むしろ、守られないと死んでしまうのは伝統の方ですよ。なのに、皆さん、そろってこの瀕死の伝統の陰に隠れて、守ってもらおうとしてばかりです」

「あなたみたいな人に何が――」

「どんなに素晴らしい伝統だって、伝えなければ意味がありません。僕のような若い人間にはまだまだ和菓子の奥深さはわからないのかもしれませんが、残っていれば、何年か後、もしかしたら十年、二十年必要かもしれませんけど、いつか魅力に気づく可能性があります。でも、なくなってしまったらそれもできないんです。ですから、今はいろいろな人に『若梅』の和菓子を知ってもらえるような、伝統の中にも新しさとインパクトのある商品が必要じゃないかと思うんです」

　まるで、原稿を読み上げるように滑らかなクリスの言葉に、さしもの女将さんも言葉を挟めずにあぐあぐと口を動かすばかりだ。職人さんたちの険しい表情は変わらないけれど、それでも、バカにして軽く見るような空気はなくなった。好意的ではないにせよ、真剣なまなざしがクリスに集まっている。

「僕も社長さんも同じ認識ですが、間違いなく言えることは、今のままでは『稲荷町若梅』の経営は十年以内に立ち行かなくなります。このお店のように、素晴らしい技術を持った職人さんがいて、さらに歴史もあるお店がなくなってしまうのは、商店街にとってもこの上ない損失です。伝統を守るためにも、収益性の高い商品は絶対に必要なんです」

「あなたね、偉そうに――」

「そこまで言うからには、ちゃんとしたもんを作ったんじゃろうの」

　女将さんを目で制しながら、桜葉さんがついに重い口を開いた。和菓子一筋のベテランの声は、周囲を一気に緊張させる。睨まれた当のクリスは、別に自分では何もしていないにもかかわらず、さらりと「ええ、もちろん」などと言って笑う。桜葉さんがぎろりと目配せをすると、見習いの職人さんが動き出し、試食の準備を始めた。

　だいぶ緊張した面持ちのヒサシさんが、作業台の真ん中に置かれたお皿に、夏・冬バージョンの試作品を並べた。その瞬間、職人さんたちの腰が浮いて、前のめりになったように見えた。桜葉さんも、覗き込むようにしてヒサシさんの「オーロラ」を凝視し、「錦玉か」と低い声で呟いた。職人の、鋭い目だ。わたしは、自分の手が汗で濡(ぬ)れていることに気づいて、素知らぬ顔で手をこすり合わせて誤魔化(ごまか)す。

「坊ちゃん、なんのお菓子ですか、こりゃ」

「オーロラだよ」

女将さんが、オーロラ！　と素(す)っ頓狂(とんきょう)な声を出す。

「確かに、オーロラだなんて、そんな和菓子、見たことも聞いたこともない」

また火がつきそうな女将さんの前に、桜葉さんが割って入る。そして、夏・冬二つの「オーロラ」を見比べながら、唸るような声を出した。

「これは、坊ちゃんが作ったんですか」

「作ったのは俺だよ。ただ、餡は店の物を使ってるから、全部俺一人で作ったとは言わねえけどな」

「層になっている錦玉はよく見ますがね、こんな、布みたいな縦の層を作っているものは見たことがない。とても、坊ちゃんが一人で作ったものだとは思えんのじゃが」

わたしは、いいえ、確かにヒサシさんが一人で、と口を挟もうとしたが、その前に、ヒサシさん自身が笑って、「さすがだな」とうなずいた。

「最初に作ったのは、親父だよ」

「先代が」

「子供の頃、誕生日に和菓子じゃイジメられる、って泣きわめいた時に、親父が作ってくれたのさ。これならどうだってな。オーロラを作ったのは、親父が人生で一度でいいから見てみたかったからだってさ。まあ、誕生日会には出せなかったけどな。その前に死んじまったから、親父は」

「配合帳でも残ってたんですか」

「まさか。見よう見まねだよ。どうせこんなの店じゃ出せねえからって、レシピなんか作ってなかったからな。親父が作ったのは、二十年前のその一回きりだ。何も残ってない」

「記憶だけで再現した、って言うんじゃろうか」

「俺は職人の勘みたいなものは理解できねえから、ひたすら計算したんだよ。理系だからな。糖度計で糖度を計って、室温と寒天の固まるスピードを数式にして、親父が作ったような状態にするにはどうすればいいか、何度も計算を繰り返しただけだ。別に、技術も経験も必要ない。計算通りに作れば、ちゃんとこういう感じになる」

ヒサシさんは、パンツの後ろポケットから小さなメモ帳を取り出して、作業台の上に広げた。もう、手で押さえる必要がないほどくたくたになったメモ帳には、わたしにはなんのことやらわからない数式がびっしりと書き込まれていた。メモ帳の使いこまれっぷりは、とても三週間でこうなったとは思えない。きっと、ずっと前から再現しようと試行錯誤（しこうさくご）していたのだろう。

あの「オーロラ」に、ヒサシさんとお父さんとの思い出が詰まっているということは、わたしは知らなかった。でも、誕生日会でケーキが食べたいと泣く少年と、バックパックを背負って家を出ていく青年、そしてカナダの夜空を見上げて、一面のオーロラに、「CGみてえだな」なんて言いながら圧倒されているヒサシさんの姿が、わたしの中でようやく一本につながった。

もしかしたら、ヒサシさんはお父さんに作ってもらったお菓子を作りたくて、海外へ旅に出たのかもしれない。きっと、お父さんが見たいと言っていたオーロラを見て、いつかあのお菓子を店で出したい、と思っていた。ヒサシさんは「呪い」と言っていたけれど、違うんだ。お父さんが美しい和菓子に込めた息子への思いを、引き継ごうとしたに違いない。伝統も、二百五十年の歴史も、ヒサシさんにはどうでもよかったんだろう。でも、「オーロラ」を世に出すまでは、なんとしても店を潰すわけにはいかなかった。

——守るべきもの、進むべき道ってのは、人それぞれ違うんだ。

わたしのお父さんの声が耳元で蘇ってきて、不覚にも涙がこぼれそうになった。でも、当事者たちの横で、部外者がいきなり泣き出すのもおかしな話だ。お菓子だけに。

「錦玉は、先代が得意にしておられた」

少し遠い目をしながら、桜葉さんが、ふうん、と唸り、少し大きめに切った「オーロラ」を口に運ぶ。とても、甘いお菓子を食べているとは思えない厳しい顔だ。眉間にしわが寄り過ぎて、つまめそうなくらい盛り上がっている。もこもこと口を動かす間、誰も一言も発しなかった。女将さん——、いや、ヒサシさんのお母さんの目から、涙が一粒、零れ落ちるのが見えた。

「見た目の奇抜さはとにかく——」

こりゃ『若梅』の味じゃなあ、と、桜葉さんが、ほんのわずかだけ口元をほころばせた。

12

「幸菜、テストはどうだった?」

「それ、言わないで欲しい」

早いもので、いつのまにやらカレンダーは七月に入った。全国的な梅雨明けももうそろそろだろう。わたしは、木・金と東京に帰って、前期のテストを受けてきたばかりだ。受けたテストは全部必修科目だから、一つでも落とせば留年が決まってしまう。そんな凄まじいプレッシャーを受けながら戦って来たばかりなのに、あおば市に来てまでテストのことなど思い出したくもない。

始動から一月半が過ぎたものの、わたしたちが推し進める「稲荷町グルメロード・プロジェクト」は、順調とは言い難い。でも、クリスが一件、この商店街でお店を出したいという人を東京で捕まえてきて、今、その開店準備が進んでいるところだ。店を出すのは、東京で人気店を経営していたイタリアンのオーナーシェフで、市が地権者との間に入って協議した結果、オーナーが土地、店舗ごと買い取る、という条件で話が進んだ。もともと、クリスがアドバイザーに決まる前からオーナーには話をしてあったようで、出店までの話は急ピッチで進んでいる。もうじき改装工事が入って、オープンは夏の真っただ中になるだろう。ようやく、一軒の店舗を誘致した、という実績ができそうだ。市長さんは喜んでくれるだろうか。

「ねえ、それよりさ」

「うん?」

「ヒサシさんとこのは大丈夫? 今日だよね」

『稲荷町若梅』は、結局ヒサシさんが作った新商品を売り出すことになった。商品名は「極光(きよっこう)・夏」に決まった。あれから、ヒサシさんと職人さんたちが急ピッチで改良を重ね、夏バージョンの方を夏季の期間限定商品として今日から店舗受け取りと通販の注文受付を開始する。同時に、クリスが東京の広告代理店を通してネット広告を出すよう調整していて、なおかつ、地元の商工会から、全国の百貨店や問屋、小売店のバイヤーに向けて一斉に新商品の資料が送付されることになっている。

『稲荷町若梅』は、このために一世一代の広告費をつぎ込んでいる。もし空振りに終われば、お店の存続にかかわる事態だ。もう、大量注文を見越して材料も仕入れてしまっているし、オンラインモールにも出店してしまっているしで、後戻りが許されない。決断したのは社長のヒサシさんではあるけれど、ヒサシさんを焚きつけたわたしも、かなり責任を感じている。もし大コケしたら、と思うと気が気ではなくて、テスト勉強にもなかなか身が入らなかった。今はもう、神経がすり減りすぎて、倒れる寸前だ。

「大丈夫だよ、たぶん」

「たぶん、はやめて。言い切って」

　コーヒーでも買って来ようか？　と、クリスが笑う。いつの間にか、もうお昼過ぎだ。情報解禁は正午。今この瞬間にも、世の中に『稲荷町若梅』というお店の「極光」という新商品が一斉に紹介されている。あの揺らめく空のカーテンのような美しいお菓子を見れば、絶対に「なにこれ！　すごい！」と思ってくれる人はいるはずだ。でも、そのリアクションはわたしに直接伝わってくるわけではなかった。事務所の外は、今日も閑散としたゾンビロードで、道を歩く人の姿はほとんどない。

　ネットの反応を見てみようか、と、スマホを手に取った時だった。わたしのスマホが、突然不機嫌そうに振動を始める。ヒサシさんからの着信だ。クリスに目を向けると、クリスは無言でうなずいた。わたしは、ためらいながら電話に出る。

「おい、どうしてくれるんだ！」

　通話が開始されるやいなや、興奮した様子のヒサシさんの声が耳に突き刺さってきた。わたしの胸が急にばくばくしだして、喉がぐっと締まる。なんと言っていいかわからないまま、わたしは「ど、どうかしましたか」と、めちゃくちゃどうしようもない返事をしてしまった。

「どうかしましたか、じゃねえんだよ！」

「そ、そうですよね、ええと——」

「情報解禁から、電話も鳴りっぱなし、メールもきっぱなしで、パンク寸前なんだ！　こんな状態になるなんて、聞いてない！」

「え、あ？　すいま……せん」

「二人で、手伝いに来てくれよ！」

一瞬、ヒサシさんの言葉の意味が呑み込めなくて、「はあ」と、緊張感のない返事をしてしまう。でも、だんだんその状況が理解できてきて、わたしの体をぞわぞわと鳥肌が駆け抜けていく。

「い、今から行きます」

「ヤバいかもしれない。初回注文分はもう完売で、でもまだまだ注文が来てる。みんな、半分パニック状態でさ」

「やりましたね！　おめでとうございます」

「幸菜ちゃんには、ちゃんとお礼をしないとな。どう？　奢るからさ。今晩とか」

わたしは、また出たよ、と思いながらも、顔がにやけるのを抑えきれなかった。ヒサシさんの興奮具合が声を通して伝わってきて、わたしを震わせる。電話の向こうでひっきりなしに鳴るお店の電話と、応対するパートのおばさまの焦った声が聞こえている。

「そんな暇、あるんですか？」

少しの間があって、ヒサシさんがテンションの高い笑い声をあげた。

「ごめん、ないわ」

通話が切れると同時に、わたしは、お手伝いに行くよ！　とクリスの背中を押す。外は、梅雨の晴れ間。久しぶりの青空が広がっている。どこからか、夏の匂いがしていた。

一億円の男（2）

ぽつん、ぽつん、という水滴の音。大きな音でもないのに耳障りで、どうしても気になってしまう。いやだ、怖い。そう思うようになると、どんどん頭が動き出して止まらなくなる。僕は布団の中で丸まって、必死に元いた夢の世界へ戻ろうとするけれど、いつも無駄な抵抗に終わる。ぐう、とお腹が鳴って、目が覚める。

いやだ。起きたくない。

誰もいない部屋で、僕は薄い布団の中に潜り込んでいる。夜、起きてしまうのは地獄だった。部屋は暗い。寒い。ママはいない。寂しい。お腹が空いて、泣きたくなる。ママが帰ってくるのは、朝、太陽が昇って明るくなってからだ。目を覚ましてしまうと、僕は朝まで孤独と寒さとひもじさに、一人で堪えなければならなかった。

眠れない時間は、幼い僕には無限の時間に感じられた。このまま、ママが帰ってこなかったらどうしよう。朝になっても一人だったら。それは、ありえないことじゃない、と僕は直感的に感じていた。だって、現に父は僕を見捨てたのだから。

布団から這い出した僕は、お風呂場の前に脱ぎ散らかしてあった服をなんとか着こんで、真冬の屋外に出た。雪こそ降るような場所ではないにせよ、ぼろぼろのダウンジャケットと、ミトン型の手袋、そして毛糸の帽子を深々と被らないと凍えてしまう。まだ小学校に上がる前だったけれど、僕は玄関の鍵を掛ける方法は知っていた。薄いドアをバタンと閉めて、鍵を掛ける。そして、冷たい風が吹く真っ暗闇に向かって走り出した。

住んでいた安アパートの二階からは、少し離れたところにキラキラと光る街が見えた。そのあたりでママが働いているということはわかっていたけれど、具体的な場所は知らなかった。でも、近くに行けば、会えるかもしれない。そういう一心で、僕は暗くて怖い道を必死に走った。何度か転んで、膝を擦りむく。泣きながら、また走った。

ようやく光に溢れた街に辿り着くと、僕はさらに激しくわんわん泣いた。悲しくても泣きたくなるけれど、ほっとしても泣きたくなるものだ。人の声がして、電灯がついている、明るい場所に来て、僕は安心したのかもしれない。

そこが、稲荷町商店街だった。

今はずいぶん寂れてしまったけれど、当時はまだ、稲荷町商店街も夜の営業をする居酒屋がいくつもあって、歩行者天国は他の場所と比べればずっと明るかった。飲み屋からは人の笑い声が聞こえたし、食べ物のにおいもした。それだけで、暗闇からお化けが襲いかかってくるんじゃないかという恐怖から、僕は逃れることができた。

僕のママが働いていたのは、商店街のA街区とB街区を二辺とする横丁街で、商店街の人たちからは「虎町」などと呼ばれていた。要するに、女性が接客するようなお店が立ち並ぶ、小さな歓楽街だ。

僕のかすかな記憶にある虎町は賑やかな場所だったけれど、二十年前にはもう、衰退がはじまっていたようだ。常連客であった工場労働者が工業地区の再編で郊外に出て行ってしまい、日本人が経営していた店は次々に潰れていたらしい。代わりに、中国系、韓国系、フィリピン系の人たちが入り込んできて、安いパブやスナックが乱立した。それも、今はすべてなくなってしまったけれど。

僕のママは、フィリピンから出稼ぎにやってきた在日フィリピン人だった。当時は、フィリピン国内に貧困層が溢れていて、ブローカーの手を借りて日本でホステスの仕事に就き、国に残してきた両親や兄弟に送金をする女性が多くいたのだ。

多くのフィリピン人女性は、「ダンサー」という肩書で、興行ビザを使って日本にやってきていた。けれど、次第にビザ取得が困難になって、そのままでは在留資格を失う可能性もあった。ブローカーに借金を返し、まとまったお金を国の家族に送るには、最低でも十年くらいは働かなければならない。そこで、ママは店のオーナーの紹介で、日本人男性と結婚した。そして、翌年に生まれたのが、僕だ。

父は、ママよりも二十歳年上の日本人だった。記憶はほとんど残っていないけれど、あまりいい人ではなかった。ママに対する愛も優しさもなく、僕が三歳になったばかりの頃、ふらりと家を出たまま帰ってこなくなった。唯一感謝していることは、ママと離婚しなかったことだ。婚姻関係が維持されたおかげで、ママの在留資格は取り消されずに済んだからだ。

とはいえ、子供を産んだママは、単身の時と同じようには働けなくなった。それでも、国の家族への送金もしなくてはならず、食費はギリギリ、電気や水道も年中止まった。幼い頃の僕は、いつもお腹を空かせ、暗闇に震えなければならなかった。

おなかすいた。

闇の中を駆け抜けて辿り着いた灯りの下を、僕はぐうぐうと鳴り続けるお腹を抱えて、ふらふらとさまよった。寒くて、寂しくて、悲しかった。その感情は、今もなんとなく覚えている。

まっすぐの道を、見知らぬ大人たちが行き交っていた。僕には、大人たちの足しか見えなかった。一人でとぼとぼ歩いていると、顔に何かがぶつかって、僕はしりもちをついた。何が起こったのかと思って見上げると、顔を真っ赤にした男が、僕に向かって怒りをぶちまけていた。目の前の路上には白いビニール袋が落ちていて、発泡スチロールのパックが入っていた。焼鳥屋さんかどこかで買った、持ち帰りのお弁当だったのかもしれない。驚くほど香ばしい匂いがして、僕はそのビニール袋に釘づけになった。

おなかすいた。たべたい。おなかすいた。おなかすいた。

——どんなに貧乏でも、人の物を盗んだらダメ。

ママの言葉が、頭に浮かんだ。ママ、わかってるよそんなの。人の物を盗んだりしないよ。僕はいつも、笑ってそう答えていたのに。

なのに、僕は。

目の前に落ちていたビニール袋を拾い上げて、僕は走り出した。走りながら、パックを開けて中のものを食べようとしたのだ。おなかすいた。たべたい。おなかすいた。その思いで、僕の頭の中はぱんぱんになっていた。

でも、いくらも走らないうちに、僕は男に追いつかれて、転ばされた。おいしそうな匂いのするビニール袋がひっくり返って、中身が転がった。パックに詰まっていたものがひっくり返って、歩行者天国の真ん中、地べたに全部こぼれてしまっていた。おい、もう食えねえじゃねえか！　という声とともに、僕の頭に衝撃が走った。蹴られたんだ、と思うと、痛いのと悲しいのとで、涙が出た。

言っていることの半分も理解できなかったけれど、僕はありとあらゆる言葉で罵られた。バカとかアホ、とか、そういう僕でもわかる単純なものから、僕のママや、出自を嘲る言葉もあった。悔しかったけれど、泥棒、という言葉で僕は我に返った。そう、僕は人のものを盗んだのだ。ママに、ダメ、って言われていたのに。

今思えば、男はひどく酔っていたんだろう。転がった食べ物を指差して、僕に、「食べろ」と言った。盗んでまで食いたかったんだろ？　ほら、さっさと食え。

僕はまだ子供だったから、人間の尊厳とか、プライドなんていう概念はなかった。それでも、落ちたものを食べるということがどういうことなのか、本能的に察知したのかもしれない。戸惑(とまど)って、じっと食べ物を見た。こんなもの、と思おうとするのに、残酷(ざんこく)なほどいい香りが、僕の心を折った。近づいて、手を伸ばす。男の笑い声が聞こえたけれど、すごく遠く思えた。僕はお腹が空いていて、ごはんが食べたかった。

食べ物を手で摑もうとした瞬間、僕は誰かに持ち上げられ、大きな胸に抱え込まれていた。「おい、なんだてめえは」「子供相手に大人げない」という、大人同士のやり取りが聞こえた後、また静かになった。記憶があいまいでうろ覚えではあるけれど、たぶん、僕を抱き上げた誰かは、男をなだめ、僕が台無しにしてしまったお弁当のお金を払って、その場を収めてくれたんだと思う。


——腹が減ってるのか？　ママはどこだ？


抱かれている胸が振動して、まるで体に直接しみ込んでくるように、声が届いてきた。

その瞬間、僕は誰のものかもわからない胸に顔を埋(うず)めて、ごめんなさい、と泣いた。

「ねえ、クリス。早くいかないと、ヒサシさんが泣いちゃうかもよ」

「わかってるよ」

目の前には、記憶の中の光景とは違う、寂しい「天国」があった。その寂しさに堪えられないというだけで、静かで安らかな死を迎えようとしているこの場所に鞭を打ち、むりやり、立ち上がれ、と叫ぶことが、はたして正しいのかはわからない。わからないけれど、僕はそうせずにはいられなかった。

「わかってるんなら、もうちょい急いで。いつもすたすた先に行くくせに」

「そうだね」

僕は、少し前を行く彼女の後に続いて、走り出した。彼女には、僕には見えない、あるのかもわからない「夢」というものが、おぼろげながら見えているらしい。いつか、それが僕にも見える時がくるだろうか。

回る、回らない

1

「ねえ、幸菜ちゃんさ、ウチの店もこれくらいオシャレにできるん?」

「できると思いますよ。知りませんけど」

東京で人気店を経営していたイタリアンシェフのお店『トゥッティ・フラテッリ』がゾンビロードにオープンしたのは、夏真っ盛り、八月頭のことだった。わたしは、関係者としてオープンから一週間ほどお店の手伝いをしていて、駅前でのビラ配り、稲荷町近辺でのチラシのポスティングなんかに駆けまわっている。お店の前にはまだ開店祝いの大きな花輪がいくつも並んでいて、とても華やかだ。昼休憩ついでに見に来たヒサシさん曰く、稲荷町商店街に新店がオープンするのは実に十年ぶりで、商店街の皆さんの間では、大事件として広まっているそうだ。

開店して一週間、来店するお客さんの数も想定以上で、滑り出しは順調この上ない。

もともと、この場所にあったのは『恵比寿堂』という駄菓子屋さんだった。地域の子供みんなが集まってくるようなお店だったそうだけれど、ヒサシさんが小さい頃にはすでにほとんど休業状態で、いつの間にか閉店してしまっていたという。最近、土地と建物の所有者の方が亡くなって、首都圏在住のご遺族の方が、維持していけないので誰かに譲りたい、と、市の「まちづくり振興課」に相談をした。そこから、クリスに新しいお店を誘致できないか？　という話が来たようだ。クリスは、待ってましたとばかりに、「一人、紹介できそうです」と返事をした。

お店のオーナーシェフは、赤城みどりさんという女性で、以前からクリスの知り合いらしい。一体どこでそんな人と知り合うの？　とクリスに聞くと、「オンラインサロンで」というヒマラヤ山脈かと思うほど意識の標高が高い回答が返ってきた。赤城さんは東京の有名店で修業をした経験を持つシェフで、都内に自分のお店もオープンしていたけれど、そっちを閉店してまで稲荷町商店街にお店を出すことにしたという。

赤城さんは去年、離婚してシングルマザーになった。まだお子さんが小さくて、忙しいお店で経営者とシェフを両立しながら子供を育てることに限界を感じていたそうだ。そこで、クリスが稲荷町にお店を移転してみては？　と話を持ちかけた。当然、都内のお店よりもお客さんは減るし、料理の単価もある程度下げなければいけないので、収入はぐっと下がることになる。それでも、赤城さんは子供とのんびり生活しながら好きな仕事も続ける、という道を選んだ。人によって、いろんな選択があるんだな、と思った。

「いやさ、あのデザイナーさんにやってもらえるなら、ウチも頼もうかな」

「へえ」

「東京には、あんなきれいな人がごろごろいんの？」

「いませんよ、さすがに」

だらしなく鼻の下を伸ばすヒサシさんに、全身全霊を込めた白い目を向けながら、わたしは舌打ちをする。ヒサシさんの視線の先には、クリスと和やかに談笑する女性の姿が見えた。名前は、藤崎文香。『トゥッティ・フラテッリ』の内装デザインを手がけたフリーのデザイナーさんで、クリスが例の如く意識高い系集会で出会った人の一人だそうだ。

年齢は知らないけれど、たぶん三十歳前後ではないかとわたしは思っている。そして、藤崎さんはとにかくめちゃくちゃな美人だ。トップモデルとか宝塚女優とか言われても、わたしはたぶん秒で信じる。手足が長くて、身長も高い。髪型もメイクも洗練されていて、ハイブランドの服をさりげなく着こなすセンスは、オシャレ極まりない。誰もが目を引かれるくらいの涼やかな美貌にモデル並みのスタイルを兼ね備えているにもかかわらず、神様はなんと不公平なのだろう。藤崎さんはさらにバストまでもが大変豊かで、ヒサシさんの鼻の下が伸びるのも致し方ないと思えるレベルだ。目鼻立ちのくっきりしたハーフ顔イケメンのクリスと並ぶと、ドラマか映画のワンシーンのようで、近づくのも嫌になる。隣に並んだら、わたしなどちんちくりんのイモでしかない。

「頼めばいいんじゃないですか。『極光』もバカ売れで儲かってそうですし」

「ああ、いや、うん。もうね、それについては幸菜ちゃんに頭が上がらねえよ、俺は」

今度、ここでワインでも一緒に飲む？　と、取ってつけたように誘うヒサシさんに、

「超絶お断りです」と告げると、ヒサシさんは顔を引きつらせながら、忙しい忙しい、と言い訳をしつつ、尻尾を巻いてお店に逃げ帰っていった。

わたしは一人になると、少し遠目からお店の様子を眺めた。入口は広く開かれていて、

どなたでもいらっしゃいませ、というウェルカム感があっていい。建物は元が駄菓子屋だとは思えないほど全体をリノベーションしているけれど、古い建物を活かしてレトロモダンな感じに仕上げられている。一階はカウンター席とテーブル席が三席。元々住居だった二階も改装して、全席が子供と一緒でもくつろげるような座敷になっている。自身もお子さんのいる赤城オーナーならではの配慮かもしれない。二名のスタッフさんも女性だ。

　そのせいか、お店を覗きに来るお客さんは、二十代から三十代くらいの子育て世代の女性がほとんどだ。今日も、ママ友同士が子供を連れて集まっているらしい。二階から、賑やかな子供の声が聞こえてくる。今まで、「ゾンビロード」では見ることのなかった客層の人々だ。

　近隣は高齢化が進んでいて、若い人や子供の数が減っているのは事実なのだろうけれど、まったくいないわけじゃないんだな、と思った。都会のど真ん中でも、水場のある緑地を作るとちゃんと野鳥が集まってくるように、商店街にもニーズに合ったお店ができれば、お客さんはきっとやってくる。十年ぶりに芽吹いた小さな芽は、大切に育てて大きくしていかなければならない。クリスも、それはわかっているだろう。だから、出来る限りお店に協力している。

　藤崎さんがどこかに歩いて行ったので、わたしはクリスに何か手伝うことはないか聞こうと、一歩踏み出した。が、その瞬間に進行方向に人がすっと入ってきて、どん、とぶつかってしまった。ぎろり、と鋭い目が、わたしを見下ろす。

振興会会長の、福田豊さんだ。

福田会長は、A街区の端、神社の近くでお豆腐屋さんを営んでいる。今日は、新店の様子を見に来たのかも知れない。わたしは大慌てで頭を下げ、謝罪をする。ここで会長さんを激怒でもさせようものなら、えらいことだ。会長さんは何も言わず、胸にたまった苛立ちの圧力を抜くように鼻から息を吐き、わたしに背を向けた。そのまま、『トゥッティ・フラテッリ』を値踏みするようにじろじろ見る。

「あ、会長さん。先日は、振興会への加入手続き、ありがとうございました」

クリスは会長の姿を見つけると、自然な様子で近づき、ぺこりと頭を下げた。『トゥッティ・フラテッリ』の出店にあたって、クリスは稲荷町商店街振興会への加入を赤城さんに勧めていた。わたしは正直、会長さんに目の敵にされて、加入拒否されたり嫌がらせされたりなんてことがないだろうか、と内心不安に思ったのだけれど、加入申請は案外さっくりと受理され、わたしの心配は杞憂に終わった。クリスは、商店街全体に重くのしかかっているアーケードの維持費を捻出するために、背に腹は代えられないのだろう、と言っていた。

「別に、大した手続きじゃない」

「また、もし新しいお店が誘致出来たら、お願いします」

「新しい？」

「はい。またこうして、新規開店を希望するお店があればご相談させてください」

会長さんは、傍目にもわかるほど深いため息をつき、肩を上下させた。

「君らは、この商店街をどうするつもりだ」

「どうする、とは……どういうことでしょう」

「活気があって、賑やかな街にする、みたいな話か？　それで全員が幸せになれるとでも思っているのか？」

「そうではない、と？」

「我々は、もう年寄りだ。今まで、何十年も働いてきた。市長や市に裏切られて取り上げられたものを二十年かけてようやく飲み込んで、我々だけの、静かな商店街に落ち着いたんだ。それを今さらなんだ。いきなりどこの誰かもわからない若造が割り込んできて、どこの誰かもわからない人間がわけのわからない店を開く」

「振興会の会長さんの言葉とは思えませんが」

「振興会なんて有名無実で、もう商店街を振興するような活動ができるほどの会費なんか集まらない。市の口車に乗せられて作った無用のアーケードを維持するだけで限界だ。でもな、それでいい。あとはもう、緩やかに死んでいけばいいんだ。新店を出すなど、末期がん患者に無駄な抗がん剤を投与するようなもんだ。その苦しみに見合う奇跡なんか、まず起きることはない」

「そんなことは」

「わかるんだよ。市やマスコミがどれだけ美辞麗句を並べようと、この商店街はもう助かりようのない患者だ。再生だの活性化だのと言われたところで、立ち上がる体力も気力ももうないんだ。せめて最期は、昔のよかった時を思いながら穏やかに迎えたい。それが、我々の願いなんだ。こうして、新店を次々に誘致して、やる気のないものは去れ、などと言うつもりか？　再生なんて君たちの勝手で、迷惑な押しつけなんだよ」

クリスは、いつも表情を変えない。喜びも、怒りも、哀しみも、楽しさも、どこか違う世界の出来事であるかのような顔をする。感情がないわけじゃないけれど、表には出そうとしない。でも、近くにいると、少しだけわかってくる。クリスの目の奥の、感情の揺らぎのようなものが。

「押しつけなのは、そうかもしれません。でも、僕はまだこの商店街に死んでほしくないんですよ。そう思っている人は、きっと他にもたくさんいると思います」

「身勝手な理由だ」

「そうですね。だとしても、この商店街は生きていますから。瀕死の人がそこにいるなら、僕は助けたいと思ってしまいます」

会長さんは、ふん、と小さく鼻を鳴らすと、表情を緩めることなく立ち去ろうとした。

「あんまり、好き勝手しないでもらいたいもんだな」

「あの、よかったら、お店、寄っていかれませんか？」

「遠慮する。しゃれた飯は口に合わない田舎者でね」

2

「上限はありますが、改装費用は自治体から補助金が出ます」

「じゃあ、その補助金の範囲で工事できるんですかねえ。ほら、うちなんか貧乏暇なしで、お金なんか全然ないもんでね。うちの主人が商売っ気なくて困りもんなんですよ」

　事務所には、珍しく人の姿がある。記念すべき二人目の相談者だ。相談に来たのは、A街区、花邑酒店にほど近いところにあるすし店『鮨けい』を営んでいる川登真澄さんだ。歳は六十代前半くらいだろうか。ややふくよかで笑顔がかわいらしい方だ。そして、陽気でとにかくよくしゃべる。クリスがあまり止めたり遮ったりしないものだから、ちょっと話すとすぐに本題から脱線し、なかなか話が進まない。

「どういうお店にしたいかにもよりますけど、補助金の範囲内でどこまでやれるかはデザイナーに相談ですね。何かイメージはありますか?」

「うちほら、古い店なもんで、なんかごちゃごちゃしてるのよ。テレビで見るみたいに、白木のカウンターになんかできるかしら。ワタシ、ああいうの憧れなのよねえ。あ、でもねえ、本当はその、この間、新しいお店、できたでしょう」

「はい」

「あそこ、お子さん連れで賑わってらっしゃるじゃない? あれがねえ、いいなあって思うのよ。うちにもね、お子さんと一緒にご家族で来てくれるといいのにって。うちに来るのなんてねえ、ほんと、寿司の味なんかどうでもいい飲兵衛ばかりなのよ。ワタシ、娘が一人いるんだけど、全然実家に帰ってこないの。孫の顔も見せてもらえないから寂しくって。ジジババ二人、毎日顔つき合わせてると気が滅入って来ちゃうのよね」

「お子さんも来るように、となると、座敷みたいな席が必要ですね」

「一応あるんだけど、子供さんなんか来ないから、物置になっちゃってるのよね」

「あとは、子供向けのメニューもあるといいと思いますが」

「そんなのないわねえ。お子さんが何を召し上がるのかもわからないし、そういうのもご相談できるの？」

「もちろん。一応、僕の本業は店舗プロデュースなので」

「それは、お代金がかかるのかしら」

「いえ。市の振興策の一環ですから、無料で」

あらそうなの？　と、奥さんがにこにこ顔で、じゃあ相談しないと損ねえ、などときゃっきゃする。この人なら、もしかしたら「相談はタダですってよ！」とあちこちに触れ回ってくれるかもしれない。口コミは大事だ。

「そういえば、『若梅』さんのお菓子も、あなた方が考えたんですって？」

「実際に商品を開発したのは社長さんですが、お手伝いはさせていただきました」

「すごいわよね、あれね。ワタシ、『若梅』さんで時々お菓子を買うんだけど、最近はたまに行列ができてるもの。ここで行列なんて見たことなかったわよ」

老舗和菓子店『稲荷町若梅』が満を持して発売した新作和菓子「極光・夏」は、とにかく売れに売れている。圧倒的にフォトジェニックなビジュアルが目を引いて、購入者には若い人もかなり多いそうだ。SNSでもどんどん拡散されていて、マスコミの取材も来た。実店舗では本数限定で店頭販売しているけれども、毎日開店から数時間で売り切れてしまうので、朝は十人くらいの行列ができている。

あれだけ文句を言っていた女将さんも、今はもう何も言わなくなったらしい。創業以来最大のヒット商品になってしまった以上、こんなもの、とは言えなくなったこともあるだろう。でもそれ以上に、自分の息子が社長として実績を残したことにほっとしたんじゃないだろうか。ヒサシさんを「素人」などと言っていたのも、本当は職人としてお店を支えて欲しかった気持ちの裏返しだったんだろう。今までは女将さんが全部自分で背負ってしまっていたんだな、と、少し理解もできた。大黒柱の夫を失い、小さい子を一人抱えて二百五十年の伝統をすべて受け継がなければならなかったのだ。ヒサシさんが職人の道を諦めたことで、その重圧はとんでもなく大きくなってしまった。そのヒサシさんが社長としてヒット商品を手掛けたことで、女将さんは少し楽になったに違いない。

職人の桜葉さんも、今思えば、ヒサシさんを叱咤激励していたのかもしれない。社長やるなら本気でやれ、みたいな。ヒサシさん自身も、あれから社長として社員からの信頼をかなり獲得できたようで、今はさらなる新商品開発を桜葉さんと一緒に進めているそうだ。

商店街の人たちからすると、『稲荷町若梅』に行列ができたのは、驚きの現象であったようだ。会長さんは、みんな穏やかに死ぬのを待っているのだ、と言っていたけれど、商品が売れてお客さんがたくさん来る店がすぐ近くにあったら、うちも、と思うお店だって出てくるだろう。クリスが、最初の相談者を重視していたのもよくわかる。

「じゃあ、ちょっと主人に話をしてみようかしら」

「是非(ぜひ)、お願いします。一緒に、商店街を盛り上げて頂ければ」

「そうねえ。うちなんかに、何ができるかわからないけど」

席を立って帰ろうとする真澄さんに向かって、クリスが「あ」と声をかける。なんとなく、その姿にわたしは違和感を覚えた。いつものクリスからは感じられない、迷いのようなものが見えたからだ。声をかけようか、かけまいか。ほんの一瞬だけれど、クリスは迷ったように見えた。

「はい？」

「商店街が盛り上がってお客さんがいっぱい来たら、お仕事大変になっちゃいますか」

「そうねえ。昔は忙しかったこともあったけれど、もう暇なのに慣れちゃったから。お客さんがいっぱい来たら、主人なんか目を回すかもしれないわね」

「僕たちはでも、お客さんがたくさん来てくれるように、という方向でいろいろ考えるんですけど」

「そりゃあそうよね。正直言ってあんまり想像つかないけど、いくらしんどくてもねえ、やっぱり店をやってる人間は、お客さんに来てもらいたいのよ。私だってねえ、たまには、忙しくて大変、なんて言ってみたいわね。まあ、皮算用ばかりしてても仕方ないけれど」

「そんなことないですよ。きっと、お客さんで賑わう商店街にしてみせますから」

「あら、それじゃ期待しちゃおうかしら。そうなったらいいわねえ」

よろしくね、と快活な笑い声を残して、真澄さんは事務所を出ていった。扉が閉まると、なんだか急に静かになった気がする。クリスと並んで真澄さんを見送ったわたしは、まだ外を向いたままのクリスを見上げた。クリスは、もう普段通りの笑顔に戻っていた。

わたしは、クリスは「見えている人」だと思っていた。たまにいるのだ。わたしには見えない世界や未来を見通して、確信をもって生きているような人が。本当に見えているのか、見えているつもりになっているだけなのかはわからないけれど、そういう人たちは自信に満ち溢れていて、わたしの目には眩しく映る。クリスもきっと、商店街が賑わいを取り戻す未来が見えていて、そこに至る道筋がはっきり見えているんだろうと思っていた。

でも、そうじゃないのかもしれない。

福田会長の言葉に、クリスはたぶん迷ったのだ。寂れた商店街より、お客さんで賑わっている商店街の方がいい。みんな、当然のようにそう思い込んでいる。でも、商店街で生きる人たちにとっては、必ずしもそうとは言えない。会長が言ったように、もし、重い病気の人がいたら、誰もが治療して病気を治してあげたいと思うだろう。でも、辛く苦しい病との闘いよりも、安らかで穏やかな死を望む人もいる。商店街を再生することが人を不幸にしてしまうのなら、なんのためにやるのかわからなくなる。

真澄さんは、そんなクリスの迷いを軽やかに笑い飛ばしていった。

「がんばらないとだめだね、クリス」

「そうだね」

「でも、大丈夫？　お寿司屋さんのメニューなんて。『若梅』のときは、ヒサシさんがほとんど全部作ってくれたからできたけど、わたし、お寿司なんてよくわからないし」

「大丈夫。その辺は、プロがいるから」

「プロ？」

クリスが、スマホを揺らして、悪戯っぽく笑った。

3

店の奥の棚に置かれたテレビから高校野球中継の音が響いてくる中、「大将」こと、川登圭司さんが黙々とお寿司を握っている。ほとんど真っ白になった短髪の坊主頭に、やや着古した感のある白い調理衣。お腹はでっぷりとしていて、全体的にシェイプが丸い。

わたしとクリスは、『鮨けい』の真澄さんの相談を受けて、昼営業後の休憩時間帯にお店にお邪魔した。今日は、さらに一人助っ人がいる。クリスがわざわざ東京から呼びつけた人で、名前は東一さん。クリス曰く「食のスペシャリスト」だそうで、一年、三百六十五日の毎食すべて外食という、とんでもない人だ。その知識から、飲食店のメニューのプロデュースやフードライターなどをやられているそうだけれど、見た感じ、なんとなく納得ができる。中年太りでお腹がポッコリと出ている圭司さんとはまた違ったタイプのぽっちゃりさんで、表情の柔和さも相まって、でかいテディベアのように見える。しかし、わたしの偏見かもしれないけれども、その見た目が、この人はおいしいものを知っているに違いない、というものすごい説得力を醸し出している。

　三人で訪れた『鮨けい』さんは、失礼を承知で言うと、なんとも言えないお店だった。店構えは、外に色褪せた食品サンプルが置いてあって昭和感満載、店内も独特の雰囲気だ。席は、寿司ネタ用のガラスケース前のL字カウンターが七席。店の奥には、真澄さんが言っていたように小上がりがあるのだけれど、誰も使わないらしく、段ボールが積みあがって物置と化している。あちこちにコンセプトがよくわからない置物が置いてあって、下手をすると子供は怖くて泣くのではないかと思われた。なるほど、これは親子連れは来ないわ、と、わたしは納得する。

　メニューも、とてもシンプルだ。握りは四種類。特上、上、中、並。それぞれ、三千五百円、二千円、千五百円、千円だ。ランチは特上がなくて、値段がそれぞれ半額になる。ランチとはいえ、お寿司が味噌汁付き五百円になるのは驚異的だと思った。そのほか、茶わん蒸しやかまぼこといったおつまみに、瓶ビール、日本酒などのお酒。常連さんが飲むのか、妙に焼酎のラインナップが充実していた。

わたしたちは、現状を見せてもらうという意味で、一番の売りである握り寿司を注文した。味のわかるハジメさんが特上を頼み、後はお寿司の数が違うだけのようなので、クリスが上、わたしが中を頼んだ。「中」は、握りずしが八貫と、細巻。玉子、マグロの赤身、イカ、蒸しエビ、タコ、子持ち昆布、昆布で締めてあるらしい白身魚と、お酢で締めてあるっぽい青魚の八種類。クリスの「上」は、ここに穴子と中トロが入っている。ハジメさんの特上は、握り寿司が十二種類。大トロやウニの軍艦が入るなど、明らかにワンランク上で、ちょっとうらやましい。ただお昼ごはんを食べに来たわけじゃない、ということくらいはわかっているけれど、わたしも特上がよかったなあ、などと思ってしまう。

「ごゆっくりどうぞ」

かっぽう着姿の真澄さんが、丸いお盆に三人分の味噌汁を載せてやってきた。心なしか、少し緊張している様子だ。わたしはさっそく、好きなエビから食べ始めることにした。生ではないけれど、ぶりぶりとした食感がちゃんとあっておいしい。少し甘めのタレがさっと塗られていて、それもよく合っている。

「お店を始めて、どのくらいですか」

マイペースにお寿司を口に運びながら、クリスがまず最初に話を始めた。圭司さんはカウンターの内側でまな板を拭きながら、そうさな、と、上を見上げた。

「三十年くらいじゃねえかな。もう忘れちまったけど」

結婚して三年目の時だから、三十二年ですよ、と、真澄さんが横から補足する。

「また、細けえことをよく覚えてるなあ、お前は」

「何故、稲荷町商店街にお店を出されたんですか？」

「元々、カミさんの実家がこの辺りでな。義理のおやじさんを介護しなきゃいけなくなって、こっちに来て店を開けたんだ。そのまま、このシケた商店街で三十年も寿司握ることになるとは思わなかったがね」

三十二年、と、真澄さんが笑いながらまた訂正する。

「独立されるまでは、どこかでご修業をされてたんですか」

「まあ、そりゃ、修業はしたさなあ。独学でなんとかなるほど寿司は甘くねえからな」

「『神田与兵衛』さん、ですよねえ―」

それまで黙々とお寿司を食べていたハジメさんがぼそりと呟くと、ゆるゆるしていた店内の空気が、一気に張り詰めたように感じた。圭司さんの顔つきがわたしにもわかるほど変わり、真澄さんも目を真ん丸にして驚いている様子だ。

「いや、そうだが……」

「ああ、やっぱり。シャリ酢の配合がよく似ていらっしゃったので、そうかなあと思って。あそこのお寿司、ボクは大好きなんですよ」

『神田与兵衛』と言うと、回らないお寿司とは無縁の女子大生であるわたしも、名前くらいは知っている。都内にある高級店で、まつりがよく「誰かに連れて行ってもらいたい」と言うくらいの有名店だ。レストラン検索サイトで「寿司」を調べると、全国ランキングでも上から五番目までには必ず入ってくる。

とはいえ、その名店のシャリの味、と、言われても、どうにもぴんと来ない。わたしは自分のお寿司をもくもく食べてみるが、お米がおいしいなあ、と思っても、じゃあ今までに食べてきたお寿司とどこが違うか、と聞かれたら答えられない。

「握り方も、独特の〝与兵衛返し〟でしたし、こんなところと言うと申し訳ないですけど、こういう地方の街場のお寿司屋さんで妙技が拝見できて、嬉しいですねえ」

わたしには意味がわからないけれど、どうやら、圭司さんのお寿司の握り方と、シャリに使っているお酢の味で、ハジメさんは、あ、あのお店の出身だ、ということがわかってしまったらしい。この人はガチだ、と驚くとともに、またこんな人とどこで出会ったのか、と、クリスに対しても限りなく恐怖に近い驚きを感じる。どうせまたあの、意識高い系集会かと思ったら、大学の先輩でさ、と小声で教えてくれた。

「キッツケも握りの形も美しいですし、お仕事も実に丁寧ですねえ。このお値段のお寿司とは思えないなあー」

握りをぱくぱくと口に放り込みながら、ハジメさんは穏やかに感想を呟く。その次元の違う言葉に圧倒されているうちに、わたしは食べるペースが男子二人に大幅な後れを取っていることに気づいた。置いていかれてはいけない、と、慌ててイカを口の中に放り込むと、わさびが鼻をつんと突いて、んふあ、とため息が出た。

4

『カルペ・ディエム』の涼しい店内で食後のコーヒーを優雅に楽しみながら、わたしは満腹感のあまり白目をむいて半寝になっていた。隣では、クリスとハジメさんが、あーでもないこーでもないと議論をしている。議題は、『鮨けい』のことだ。

「先輩、大将が修業したお店は、職人さんにとって憧れだったりするんですか」

「うん。『神田与兵衛』ね。江戸前寿司の老舗だよ。最近話題になっている名店も、『神田与兵衛』出身の職人さんが多いねえ。ああいう店には珍しく、見習いにも丁寧に教えてくれるみたいだから」

「高級店ですよね」

「そうだね。おまかせで三万円くらいかな」

さんまんえん、と、わたしは息を呑む。二、三回行っただけで、わたしの一ヵ月のバイト代が全部吹っ飛んでしまう。

「そんな名店出身なら、もう少し客単価の高いお店でもよさそうですけどね」

「実際ね、あの大将は技術がしっかりしてると思うなあ。値段が値段だし、ネタは一級品とは言えないけれど、握りも綺麗で、ちゃんと仕事も細やかで」

仕事？　と、わたしが首を傾げるとハジメさんは嫌な顔一つせずに、丁寧な説明をしてくれた。きっと、教えたり説明したりするのも好きな人なんだろう。

元々、江戸前寿司は、江戸時代に屋台で提供されたものがルーツだ。当時は、今の握りずしよりもサイズが大きくて、おにぎりとかサンドイッチのような軽食に近いものだったらしい。「江戸前」とは、江戸の前の海。今の、透明度などかけらもない海からは想像できないけれど、昔は新鮮な魚がたくさん揚がる漁場だった東京湾のことを指している。冷蔵庫も冷凍庫もない時代、魚は保存がきかないので、生の魚を酢や昆布で締めたり、醤油に漬け込んだり、いろいろな工夫をして鮮度を保ち、お客さんに提供したそうだ。それがいつからか、お寿司のネタに手を加えることを「仕事」と言うようになり、今の江戸前寿司の特色になった、ということらしい。

言われてみれば、『鮨けい』さんのお寿司はネタにいろいろ手が加えてあった。マグロの赤身は醤油ダレに漬け込まれてつやつやしていたし、イカには包丁で細かい切込みがたくさん入っていて、驚くほど簡単に噛み切れた。見た目でわっと驚くようなことはなかったものの、わたしはそういう「仕事」がされたお寿司を食べたんだなあ、と、今になってぼんやり思う。

でも、なんというか、その——。

「幸菜はどう思った？」

「どうって？」

「食べてみた感想」

「う－ん、その、なんだろう。わたし、お寿司は食べ慣れてないからなあ」

「率直に」

わたしは、クリスの一言で逃げ場を失ってため息をつき、少しうつむいた。

「その、普通――、だった、かな」

「それだよね」

普通、という言葉が適切かはわからないけれど、それはつまり、「特徴がない」ということだ。『鮨けい』さんのお寿司はちゃんとおいしいし、安いし、悪いものではもちろんないのだけれど、外食に求めるわくわく感には乏しかった。寿司ネタはどれもオーソドックスなものだし、強いて言うなら、スーパーのお寿司を見る感覚とあまり変わらないのだ。

わたしが子供だった頃の「お寿司」のイメージは、日常の中で気軽に食べに行くのが「回るお寿司」で、何かいいことがあった日に、家族でちょっと贅沢をしに行くところが「回らないお寿司」というものだった。でも、『鮨けい』さんは、正直、そのどちらにも当てはまらないのである。お値段的には気楽に行くお店かもしれないけれど、初めて行くとしたらなんとなく入りづらい店構えだし、基本、セットで提供されていて、お寿司にもさほどバリエーションがあるわけではないので、たくさんのメニューから自分の好きなネタを選んでお腹いっぱい食べる、という楽しみ方はできない。かといって、ハジメさんが頼んだ「特上」も、少しネタのランクは上がるものの、特別な日に食べるもの、というほどのごちそう感はなかった。

「高級路線にシフトするのは、立地上得策じゃないですよね」

「そうだなあ。常連さんが離れちゃう可能性があるし、ちょっとおすすめできないよねえ」

「かといって、ファミリー路線も厳しそうだし、困ったな」

クリスとハジメさんが、同時にコーヒーに手を伸ばし、浮かない顔で口をつける。せっかくマスターが淹れてくれたのに、おいしいー、とほっとしている余裕はなさそうだった。

古い商店街を再生するにあたって、今あるお店をどう盛り上げるのかは、難しい課題かもしれない。新しいお店はすべて一からの出発だし、お客さんも新しく集めていくしかないから、逆に大胆なチャレンジができる。でも、『鮨けい』さんのように長年営業しているところはお店もお客さんも固まって来ていて、うかつに違う方向に向けようとすると、それまでの歯車が狂って、うまく回らなくなってしまうかもしれない。

「ひとつ、看板メニューとしておすすめできるものならあるんだけどなあ」

ハジメさんが、膠着する空気に一つの希望を投げ入れた。それまで考え込んで虚空を見つめていたクリスが、ハジメさんに視線を戻した。でも、クリスの視線を浴びたハジメさんは、何故かため息をつき、背もたれにどっしりとした体を預けてしまった。おすすめできるものがある、と言ったわりに、表情は暗い。

「でも、大将に言うのは気が引けるなあ」

「ああ、そういうことですか」

「たぶん、江戸前寿司を叩きこまれてきた人なんだろうと思うからねえ」

5

ねえ、なんでイケメンがいないわけ？　と、目の前でまつりがぷりぷりと怒りながら、お寿司を口に運んでいる。大学は長い夏休み、まつりはわざわざあおば市までわたしの様子を見に来てくれた。まあ、七割くらいは「一億円稼ぐイケメン」に会うのが目的で、あわよくば仲良くなろうと思っていたのだろう。生憎、クリスはまつりと入れ替わりでどこかに行ってしまっていて、留守だ。

「ユッキーナが独り占めする気なんでしょ」

「違うよ。ほんとに、たまたまだってば」

「わざわざ新幹線代使って来たのにさあ」

「どうせ、お父さんに出してもらったんでしょ」

まつりの父親は娘に激甘で、まつりが「旅行に行きたい」と言えば、国内旅行分くらいならぽんとお小遣いをくれるらしい。羨ましい限りだ。わたしはちょっと、気まずくてそんなおねだりをお父さんにはできない。

まつりはサプライズのつもりか事前連絡なしで事務所にやってきたのだけれど、前もって来るなんて聞いていなかったから、クリスは数日いないよ、ということを伝えられなかっただけだ。独り占めなど、言いがかりも甚だしい。

でも、せっかく来てくれたわけだし、『稲荷町若梅』さんの件でクリスから特別ボーナスも貰ったので、わたしはまつりにランチを奢ることにした。今はお寿司屋さんの案件を受けているこどもあって、『鮨けい』さんに行くか、駅前の回転寿司を視察するかをまつりに選択してもらったところ、「回転寿司」という答えが返ってきた。地方のよく知らない個人のお寿司屋さんに行くよりは、どこへ行ってもそれなりに間違いのない回転寿司の方が安心できる、というのがまつりの考えだった。まあ、そうだよね、と納得しつつ、商店街からバスで駅前に移動し、この辺では人気だというローカルチェーンの回転寿司に入店したのだった。

あおば市では、商店街も含め、駅前ですら込み合っているお店というのはまず見かけないのだけれど、この回転寿司は結構お客さんが入っていて、ほぼ満席に近い。わたしとまつりは入ったタイミングがよかったようで、入店して五分もしないうちにボックスシートが満席になっていた。全国チェーンのお店ではないけれど、中央に回転するレーンがあって、お皿に載ったお寿司がくるくる回っているのはここも同じだ。わたしにとっては久しぶりの回転寿司で、たぶん、高校に入学してすぐに家族で行ったのが最後だから、実に五年半ぶりだ。

「ねえ、でも、ぶっちゃけどうなの?」

「ぶっちゃけ?」

「もうヤッた? そのイケメンと」

わたしは「ばっ」と変な声を出しつつ、他の人に聞こえてはいないかと周りを見回す。嫌な笑みを浮かべてわたしを覗き込むように見るまつりのおでこを、指で思いきり弾く。

「何バカなこと言ってんの」

「だってさ、向こうだってユッキーナのことちょっと気に入ってるとかじゃなきゃ、わざわざ東京に住んでる大学生になんて声かけなくない？」

「たまたまだよ。アシスタントが必要だっただけで」

「それだけだったらさ、地元の子でいいわけじゃん。交通費なんかいらないんだし」

「それは、まあ——」

なんでだろう、と、わたしはクリスの顔を思い浮かべた。誘われたのは、わたしがアドバイザーに応募したからで、それ以上でもそれ以下でもないと思っている。でも、初めて会った夜、酔いに任せて肩に寄りかかったことを思い出して、頭の中で恥ずかしさに悶え苦しむことになった。

「ねえー、まつりに譲ってよー、リッチなイケメン王子様」

「譲るも何も、関係ないからさ。勝手に頑張りなよ」

「とか言って、会わせようとしないじゃん」

「今日はたまたま。あ、でもさ」

「うん？」

「あの人、もしかしたらクリスと付き合ってるのかなあ」

「誰、あの人って！」

クリスと親密そうに話す、藤崎さんの姿を思い出す。クリスが一人でいる時はそんなことは考えないけれど、藤崎さんとクリスが二人並ぶと、なんだか近づくのも恐れ多いような気になって、遠慮してしまう。

「クリスの知り合いのデザイナーさん。めっちゃ美人」

「まつりだって、それなりにカワイイ部類だと思うんだけど？」

「あー、うん。でも、レベチだから。女優さんとかモデルさんとかの領域の人。隣に並んだら悲しくなってくるくらい」

「なんそれ。だめじゃん」

「もし、あの人がクリスの彼女だとしたら、大抵の女はノーチャンスだと思うよ」

なんだよー、と言いながら、まつりがお寿司を口に運ぶ。クリスのことは諦めたのか、色気より食い気にシフトしたらしい。わたしも、いい加減にお腹が空いた。今求めているのは食べ物だ。

注文はタッチパネルを使って行い、注文用レーンで届くシステム。もう今は当たり前だけれど、わたしが小っちゃい頃はまだここまで便利じゃなかった。ネタの数も驚くほど豊富で、マグロやイカといった定番から、ここでしか食べられない地魚、主に子供向けのお肉のお寿司に、デカネタやロール寿司といった創作寿司まで揃っている。サイドメニューも、麺類に揚げ物、デザートまでなんでもある。どれを頼めばいいか迷うくらいだ。

先日食べた『鮨けい』さんのお寿司を思い出して、届いたお寿司と見比べてみる。見た目は確かに、『鮨けい』さんの方がきっちり整っていた気がする。回転寿司のお寿司は「握った」と言うより、機械でシャリの形を作って、その上に切り身を載せました、という感じがどうしても否めない。職人さんの技術との差は明確にあって、例えば、回転寿司のお寿司は箸で持ち上げた時に崩れてしまうことがあるけれど、『鮨けい』さんのお寿司は口に入れるまでまったく崩れる様子がなかった。巻物も角や高さがピシッと揃っていたし、海苔に米粒がついている、なんてこともなかった。一つ一つのお寿司のクオリティは『鮨けい』さんに間違いなく軍配が上がる。

それでも、プライベートなら、わたしは回転寿司を選ぶかもしれない。

お寿司単体のクオリティの差はあるのだけれど、その分、ネタの種類が豊富だったり、頼みやすかったり、気軽に入れたり、ほかの部分では回転寿司が圧倒している。肝心の味も、回転寿司のお寿司がまずいというわけじゃないのだ。お寿司というものにこだわらなければ、これはこれで充分おいしい。特に、わたしのような「回らないお寿司」との接点が少ない人間にとっては、「回るお寿司」と同じ価格帯の「回らないお寿司」に行く意味があまり感じられないのだ。

「ねえ、なんかむっつりしてるけど、食べないの？」

「いや、うん、ちょっと考えちゃって」

「ごはんの時はごはんに集中した方がいいよ」

まつりに正論で諭(さと)されて、わたしは「そうだよね」と、また箸を取った。でも、なんだか食べるもの全部、『鮨けい』さんのものと比較してしまって、なかなか自分の空腹を満たすという本来の目的に集中できなかった。

「ねえ、まつりさ」

「なに？」

「さっきから同じものばっか食べてない？」

まつりの前には三皿ほどのお寿司が確保されているのだけれど、多少調理法が違ってはいるものの、全皿にオレンジ色の切り身が並んでいる。サーモンだ。

「マヨネーズかかってるやつとか、炙(あぶ)ってあるやつとか、全部違うじゃん」

「でも、サーモンじゃん」

「そうだよ。基本的に、回るとこだとサーモンしか食べないもん」

「飽(あ)きないの？」

「え、だっておいしいじゃん」

「いや、おいしいけどさ」

「胃袋のキャパ決まってるんだから、一番好きなものをいっぱい食べた方が得でしょ」

まあ、そういう考えもあるかあ、と、わたしはまつりの前から一皿強奪(ごうだつ)し、オレンジ色が美しいサーモンのお寿司を口に放り込んだ。とろりとした脂の甘みと、サーモンの独特の香り。こりこりとした歯ごたえはありながらも、口の温度でどんどん溶けるようになっていく。飲み込んだ後は、口の中にほんのりと甘みが残っている。

「ねー、まつりの盗らないで！」

「いいじゃん、わたしのおごりなんだから」

「品切れになったらどうすんの。その、ナントカってお寿司屋さんに行って買ってきてもらうからね」

まつりの言葉に、そういえば、と気づく。

『鮨けい』さんには、サーモンがなかった。

「なかったよ、サーモン」

「は？　お寿司屋さんなのに？」

「うん。セットには入ってなくて、メニューにもなかった」

「なんそれ。まつりにケンカ売ってんの？」

「別にまつりにケンカは売ってないと思うけど、なんでだろうね」

「サーモンなんて、定番中のド定番じゃない？」

そうだよねえ、と、わたしは首を傾げる。誰しもが当たり前のように食べていて、高級魚でもなく、子供から大人にまで大人気で、お寿司としてのバリエーションも豊富。『鮨けい』さんで出さない理由が見当たらない。

子供連れのお客さんを呼び込むなら、人気のあるサーモンを使わない手はない。わたしは、たまにはいいヒントくれるじゃん、と、まつりの頭をわしわしと撫(な)でた。

6

何度目かのミーティング。今日は、『鮨けい』さんの営業終了後にお邪魔することになった。夏は夜が短いとはいえ、外はもう真っ暗だ。店内も電気代節約のために照明を落としてしまっているので、えらいこと薄暗(うすぐら)い。でも、ちょっとこれも雰囲気があっていいな、なんて呑気(のんき)なことも思う。

『鮨けい』さんのリニューアルについては、クリスを始め、いろいろな人の意見を取り入れて、随分(ずいぶん)形になってきた。内装は藤崎さんがデザインしてくれるようで、コンセプトは「ほっとする空間」だ。家族連れのお客さんが気軽に利用できるように小上がりスペースを拡充して、照明も柔(やわ)らかく温かい雰囲気に替える。入口は木製の自動扉に取り換えて、暖簾(のれん)を新しくする。入口脇は壁を抜いて、ガラス窓を作ることになった。外からカウンターの中で寿司を握る圭司さんが覗ける、という具合になるらしい。

一方で、常連さんにも配慮されている。カウンターの一部は少し照明を落とした席にして、長居をしても気にならないような空間を作る。常連さんは、今まで通りにそこでちびちびとお酒を飲みながらお寿司がつまめるというわけだ。

カウンターは、真澄さんが憧れだという一枚板の白木の物にはならなかったけれど、なるべく近いイメージになるように、一部は無垢材が使われるようだ。藤崎さんから受け取った完成イメージを見た時には、圭司さんも真澄さんも、そしてわたしたちも、おおお、とどよめいたほどだった。ド美人な上にセンスも抜群とは、神様は不公平が過ぎる。

内装工事は、早ければ一ヵ月後に着手。二ヵ月ほどで仕上がるそうだ。その間は、クリスもフルスロットルで動くことになっている。内装工事に関する補助金申請のサポートと、リニューアル後のメニューについてのアドバイス、宣伝の計画。クリスは、東京にいた時に培ったあらゆるツテを使って、お客さんを呼べるお店に作り替えようと奔走している。藤崎さんや、ハジメさん、他にも参加してくれている人たちのほとんどが、若い人だ。

最初はあまり乗り気には見えなかった圭司さんも、クリスの想いに押されたのか、少しずつ前向きになってきているように見えた。真澄さんの話では、最近は営業後に新メニュー開発に没頭しているそうだ。元々、名店で修業した確かな腕のある職人さんなわけだし、本来なら、値段ももうちょっとお高い、わたしのイメージ通りの「回らないお寿司屋さん」にだってシフトすることができるのだけれど。

でも、クリスが念のために高級路線への転換の意志を確認した時、圭司さんの答えは明確な「NO」だった。

——それじゃあな、あいつらが来られなくなっちまうだろ。

開店した当初、『鮨けい』さんは今よりもずっと高級路線のお店だったそうだ。東京の名店で修業した寿司職人のお店、ということで、お客さんもたくさん来た。けれど、工業地帯が移って商店街から人が減り、お客さんもがくんと減ってしまった。それでも潰れずにやってこられたのは、ずっとお店に来てくれている常連さんのお蔭だった。

その常連さんもみなさん歳を取り、お店ができたバブルの時期ほどの出費は到底できなくなった。日々の生活には困らなくても、かといって高いお寿司を頻繁に食べられるわけじゃない。『鮨けい』さんは常連さんたちのために、材料費がどんどん値上がりしていく中でも価格を上げず、むしろ安い価格帯のメニューをなるべく充実させてきたのだ。本音で言えば、圭司さんももっといいネタを使って腕を振るいたいのかもしれない。でも、その思いを捨ててでも、今いる常連さんたちを大切にしてきた。

とはいえ、それも限界が見えていた。お客さんが減って、単価も下がり、採算はギリギリ。儲けはほとんどなくて、圭司さんと真澄さんの生活は、老後のためにとこつこつ貯めたお金を切り崩して維持している。辛うじてお店をやっていられるのは、圭司さんのお兄さんが米農家で、お米だけはタダ同然で手に入れることができたからだ。それでも、ここ数年は経営が火の車で、お店はもはや正常に回っていない。真澄さんがアドバイザー事務所を訪れた背景には、シビアな現実があったのだった。

それでも、二人とも悲愴感は見せずに、笑って日々を生きている。それは、ある意味諦めもあったのかもしれない。このままだといつかはやっていけなくなって、閉店せざるを得なくなる。でも、それまではなんとか今のままでやっていこう。そんな思い。福田会長の言葉のように、安らかな死を待つ重病の患者のような心境で日々を過ごしている人たちが、この商店街にはきっとまだたくさんいるんだろう。

「宣伝については、やはり、大将の経歴をもっとアピールした方がいいと思うんです。名店『神田与兵衛』で修業した職人のお寿司がリーズナブルに味わえる、というのはすごい売り文句（もんく）になります」

「そんな、ひけらかすようなことはしたくねえがなあ」

「いいえ。思う存分ひけらかしましょう。ネガティブにとらえる人より、興味を持ってお店に来てくださるお客さんの方が圧倒的に多いはずです。それに、そのアピールに十分な説得力を持たせせられるくらい、大将の技術も確かですから」

そうかあ？　と、まんざらでもなさそうに圭司さんが少し髭（ひげ）の生（は）えた自分の顎（あご）をさする。

「まあ、そういうことなら」

「それから、新しいお客さんを呼び込むなら、やっぱり出前をするのがいいと思います。初めてのお店に入りにくい、というお客さんにもダイレクトに味を知ってもらえますし、リニューアル後のメニューをアピールしやすいです」

「とは言ったって、ウチに人を雇う余裕なんかねえからなあ」

「大丈夫です。最近、あおば市で宅配サービスをやり始めた企業がありますから、そこと提携(ていけい)できるか話をしていますので」

「宅配サービス？」

「お客さんからインターネット経由で注文を受けて、大将がお寿司を作っている間に近くにいる配達員がお店まで取りに来て、それをそのままお客さんのところに配達してくれるんです。容器代と宅配サービス側の手数料分だけ価格に上乗せする必要はあるんですけど、お店で独自にやるよりも配達可能範囲が広がりますし、そもそも、お店に入って食べた方が安いというのは来店のきっかけにもなりますから、『鮨けい』さんにはぴったりだと思います」

「そんなサービスがあるのか、今は」

「その代(か)わり、ちょっとだけパソコンやスマホの勉強をして下さい」

圭司さんが、げえ、と、大げさに顔をゆがめ、おい、お前がやってくれよ、と、真澄さんに振る。真澄さんは真澄さんで、「この間ようやくドラマの録画の仕方を覚えたばっかりなのに」とぼやき出した。けれど、二人ともなんだか楽しそうだ。

「やっぱり、若え人は考えることが違うわな」

ほら、私が頼んでよかったじゃない、と、真澄さんが笑う。まだわかんねえだろ、と言いつつも、圭司さんも笑った。その笑顔は、以前までの笑顔とは少し違う気がする。現状を運命だと諦めて浮かべる笑顔ではなく、もっと、前を、先を、未来を見ているんだと思った。

それは、夢、とでも言うべきだろうか。

クリスのやっていることは、商店街にいるすべての人にとって素晴らしいことではないのかもしれない。でも、間違ったことをしているわけじゃないんだ。クリスのような人がやってきて、うまく回らなくなってしまった時計の針を、無理やりにでも回してくれることを望む人もいる。

「で、新メニューなんですけれども。前に、大将が試作していた、お子さん向けの手毬寿司はかわいくてよかったと思います」

「おお、そうかい」

クリスの言う「手毬寿司」は、普通のお寿司の半分ほどのサイズで、握るのではなく、ラップに包んで絞り、一口サイズのまんまるなお寿司に仕上げたものだ。握り寿司のように技術を使うものではないので、最初は圭司さんもメニューに加えるべきか躊躇したようだ。でも、クリスが「老舗の洋食屋さんもお子様ランチとか出すじゃないですか」と言って説得に成功したのだった。

サイズは半分でも、ネタ一つ一つに対する「仕事」は、普通の握り寿司と変わらない。手間はかかるけれど、小さい子供のいる家族には、いいアピールになる。わたしとしては、手毬寿司のまんまるシェイプがヒサシさんの『仔ねこもち』を思い出させて、ちょっぴり切なくなった。あれも商品化すればいいのに。

「もう少し、レギュラーメニューにも手を加えたいですね。上中並、も露骨なランクづけみたいになっちゃうので、ちょっと言い方変えましょうか」

「松竹梅みたいにか？」

「そうですね。で、お客さんの多くは、とりあえず価格的に〝真ん中のランク〟を頼むんです。家電なんかでもそうですけど、メーカーは必ず、ハイエンド、ミドルレンジ、エントリーモデル、といったランクを作って商品展開をするんですが、六割の人がミドルレンジの製品を選びます。なので、今ある特上、上中下、というランクを三つのランクに絞って、うち、ミドルレンジのメニューに力を入れるといいと思います」

「とはいえなあ、そんなに原価をかけられるもんでもねえしな」

あ！　と、わたしは数日前、遊びに来たまつりと行った回転寿司でのランチを思い出した。そんなに高級でもなく、お客さんが喜ぶ最高の素材があるではないか。

「その、サーモンを加えてみたらどうですかね」

わたしはわりと自信をもって、なんならちょっと胸を張って発言したのだけれども、サーモン、と言った瞬間に、店内が凍りついたような気がした。圭司さんの表情が明らかに曇って、クリスもなんとなく困った顔をしている。

「って、あれ？」

「お嬢ちゃんな、江戸前寿司では鮭は出さねえんだよ」

「え、そうなんですか？　でも、よく食べるイメージですけど……」

「鮭の寿司なんてのはな、回るとこの専売特許だ。マトモな寿司屋じゃ出さねえよ」

「そういう、ものですか」

「子供や若いのは、ああいう脂っこいのが好きなんだろうが、鮭なんてもんは生で食うもんじゃねえんだ。寿司としては邪道だな」

わたしは自分の発言を全否定されて、意気消沈する。でも、なんでそこまでサーモンが邪道扱いされるのかはよくわからなかった。

「あの、大将」

「なんだ」

「ちょっと僕も言うタイミングを計っていたんですが、サーモン、出せませんかね」

「おい、なんだよ。兄さんまでか」

「新規のお客さん、特に若い人や子育て世代の方を集客するには、サーモンは外せないネタだと思うんです。供給も通年で安定していますし、比較的安価で、品質の差も少ない。その上、若い世代からの人気はダントツです」

「ダメだ。あんなもんは、寿司屋が握るもんじゃねえ」

「だめですか」

「いいか、今、あんたらが食ってる生の鮭はな、ほとんど全部外国で養殖したもんだ。そんなもんは寿司にしていい魚じゃねえのさ。うちもな、どれだけ落ちぶれようと、絶対に近海で揚がって来た新鮮なもんを使ってるんだ。輸入もんも、冷凍もんも使ってねえ。それが、寿司屋の矜持ってもんだ」

「輸入品がほとんどなのは間違いないですが、養殖技術も輸送技術も進化して、今は品質のいい生のサーモンも入って来てますよ。それに、『鮨けい』さんでも遠洋マグロは使っていらっしゃる。日本の船が漁ってきているとはいえ、海域で言ったら海外ですし、冷凍ものだと思うんですが」

「マグロと鮭は寿司としての格が違うんだよ。鮭の寿司が食いたきゃ、回ってるとこに行きゃいいんだ。少なくともウチは、ああいう寿司モドキを出す店じゃねえってこった」

クリスはやや深い息を一つつき、少し姿勢を整えるように背筋を伸ばした。顔はいつもの笑顔だけれど、目つきがわずかに変わる。

「今のまま回転寿司と戦って、生き残れると思いますか？」

「なんだって？」

「『鮨けい』さんの価格帯から考えて、競合するのは駅前や国道沿いに展開している回転寿司店です。向こうには資本の力がありますが、どうやって対抗するつもりですか？」

「どうやってって、あんな寿司モドキとウチの寿司が同じだって言うのか？」

「同じとは言いません。でも、その差はこの三十年で限りなく縮まってしまったんです。ネタの鮮度で言えば高級店にも引けを取らない回転寿司店も出てきていますし、機械の握る技術も日進月歩です。なんなら、ちゃんと職人さんが握っているお店もあります。回転寿司店同士の競争も激しくて、各社、開発には多額の投資をしていますからね。同じ条件で作った寿司を比べたら、味はもちろん『鮨けい』さんの方が素晴らしいと思いますよ。

でも、十年後にはどうなっているかわかりません。最近、回転寿司店に食べに行かれたことはありますか？」

「寿司屋が寿司モドキを食いに行くわけねえだろう」

「何故（なぜ）です？　競合店ですよ？　おそらく、この地域に出店している回転寿司店は、間違いなくここにも視察にきていると思います。値段も、ネタのクオリティも、握りの技術も、近隣の寿司屋を片っ端（かたっぱし）から調べ上げてから出店場所を決めているはずですよ。つまり、同じ地域に出店されたということは、勝てる相手だと思われているということです」

「それは――」

「僕が記憶しているのは、あくまでここ十五年くらいの間でしかないですけれども、その間ですら、回転寿司店のあらゆる技術は進化しています。仕入れている魚の養殖技術も、輸送、冷凍、加工技術もです。失礼を承知で言いますが、三十年間で、『鮨けい』さんは一つでも進化したところがありますか？」

「進化、だって？」

「独立されるまでは、厳しい修業をされてきたと思います。でも、そこから三十年、そのままで止まってしまっていたのではないでしょうか。その間に、回転寿司業界は猛烈なスピードで回っていたんです。結果、もはやお寿司に回る、回らないという概念がなくなってきてしまいました。最近は、個人のすし店の倒産が相次（あいつ）いでいます。でも、回転寿司は逆に出店ラッシュですよ。その中で、『鮨けい』さんも生き残らないといけないわけです」

圭司さんが低い唸り声を上げて、そのまま押し黙る。現状を理解していないわけではないのだろう。ただ、進化と言われても、個人店レベルではなかなかやりようがないんじゃないだろうか。クリスの言葉はリアルなのだけれど、とても残酷に聞こえる。

「それと鮭なんかが関係あるのか」

「ノルウェーから持ち込まれた生のサーモンを初めてお寿司に取り入れたのは、回転寿司業界なんだそうです。バイヤーは当初、高級すし店に売り込んだそうですが、相手にされなかったようで。でも、今や爆発的な人気で、好きな寿司ネタのアンケートでは、もう何年もマグロを抑えて一位です」

「何が言いてえんだ」

「江戸前寿司だって絶えず進化してきたはずだと思うんですよ。江戸時代には捨てられていたマグロのトロの部分も、冷蔵技術が発達してからは最高級のネタの一つになりました。軍艦巻きだって昭和になってから考案されたものです。なのにいつからか、伝統という言葉を盾に、進化することをやめてしまいました。何故なんでしょう」

「そんなの、なあ」

「正直に言って、僕には大将がサーモンを拒絶する明確な理由が見つからないんですよ。銀座なんかで、一人前万単位取るようなお店だったら、やっぱり伝統とか格式を重んじるような客が離れてしまうというデメリットがあるかもしれませんし、それを否定はしません。でも、大衆寿司店ではそんなリスクどこにもないんです。もっと自由に、新しくておいしい食材があればどんどん取り入れていけばいいし、お客さんのニーズに柔軟な対応をしていくのが、生き残りの鍵になります」

「鮭握らねえと、生き残れねえってのか？」

「それだけですべてが決まるわけではないですが、回転寿司と競合する状況で、新しい顧客を呼び込むという意味では、かなり不利にはなります」

圭司さんは腕組みをして少し考えている様子だったけれど、結局、首を横に振った。

「ダメだ。俺は、鮭は握らねえ」

クリスはそれ以上食い下がることなく、そうですか、とうなずくだけだった。

7

やっぱりそうかあ、と、ハジメさんが肩を落とす。

『鮨けい』でのミーティングの後、わたしとクリスは『花むら』さんに立ち寄ることにした。少し遅い時間になったこともあって、以前ほどお客さんは多くない。少し遅れて、ハジメさんもやってきた。『鮨けい』での一部始終を話すと、がっかりしたような、でも予想の範囲内であったような、複雑なリアクションだった。

「まあ、ボクは大将の言うこともわかるんだよねえ」

「サーモンが江戸前寿司には使われないってことですか？」

「元々、日本には鮭を生食する文化がないんだ。生の〝サーモン〟が食べられるようになったのは、ここ三十年くらいの話だからなあ」

「サーモンと鮭って違うんですか？」

「違いはいろいろあるねえ」

ハジメさんの説明によれば、そもそも今わたしたちが食べている「サーモン」と、日本で獲れる「鮭」は、同じサケ科の魚ではあるものの、種類が違うようだ。生で食べられているもののほとんどは、ノルウェーから輸入される「アトランティックサーモン」や、チリなどから輸入される「トラウトサーモン」。前者は、「タイセイヨウサケ」を養殖したもの、後者は、サケ科の魚「ニジマス」を海で養殖したものだそうだ。「ギンザケ」という種類の養殖サーモンも流通している。

対する日本の鮭は、主に「シロザケ」という種類だ。ただ、シロザケだから生で食べられない、というわけではなく、日本で流通しているシロザケは、海や川で獲られる天然物である、というのがミソなのだそうだ。

天然のサケ科の魚は、エサとしてプランクトンを食べる。そのプランクトン経由で、寄生虫の卵や幼生が入り込む。鮭の体内の寄生虫は冷凍するか火を通せば死滅するけれど、生のまま食べると人の体内に入ってきてしまう。だから、日本では長らく「鮭は焼いて食べるもの」で、生のお刺身を食べるなんて論外だった、ということのようだ。

「養殖物だと大丈夫なんですか？」

「養殖だと寄生虫の入った餌を食べないから、ほぼノーリスクなんだよねえ」

「ほぼ？」

「リスクはゼロじゃないよ。でも、それはどの魚を食べる時も同じことだけどねえ。ほら、『鮨けい』のお寿司、イカに鹿の子包丁が入れてあったでしょう」

「あの、細かい切れ目が入っていたやつですか？」

「あれは、嚙み切りやすくするのと同時に、アニサキスという寄生虫を切るためでもあるんだ。イカの身は白いから、目視で取り除くのが難しいからねえ」

「じゃあ、別に養殖のサーモンだったら、リスクはイカ以下ってことですか」

　クリスが、ダジャレ？　と茶化すので、わたしは、真面目な話！　と憤慨する。

「まあ、お寿司の世界だと、養殖物は天然物より格が落ちる、っていう考え方が根強いからねえ。サーモンは鮮度も品質も価格も安定しているから、ある意味、職人さんにとっては面白くない食材なのかもしれないなあー」

「あのお店のサーモンは鮮度よくておいしい、みたいな差が出にくいっていう」

「だから、もし飛び抜けておいしいサーモンがあったら、それが『鮨けい』さんにとっては武器にもなると思ったんだけどね」

　実は、ハジメさんが以前「おすすめできる」と言っていたのは、サーモンのことだったらしい。それも、国内で養殖されている新しい国産ブランドサーモンだ。寄生虫の心配もなく、冷凍しなくても新鮮な状態で手に入る。ハジメさんは既に食べたことがあるそうで、海外産のサーモンにも品質面で負けていなくて、なによりお寿司にぴったり合うそうだ。まだ数に限りがあるので大手の回転寿司チェーンなどには出回ってはおらず、個人店を中心に卸している。値段は少し割高になるけれど、他ではなかなか味わえないブランドサーモンなら、すごい武器になるだろう。

「でも、あの調子だと難しそうですね」

「正直に言えば、大衆向けのお寿司屋さんがサーモンを扱わないことに大きな理由はないと思うんだよねえ。寿司の伝統とは言っても、近年になって食べられるようになった魚は他にもたくさんあるし、タイやブリなんかは、天然物の品質を上回る養殖物も出て来てる。マグロも輸入しているものが多く出回っているし、寄生虫の心配があるサバやサンマだってちゃんとお寿司になってるし」

「なんでサーモンだけだめなんですかね」

「そこが根深いんだよねえ。養殖物の魚を出すお寿司屋さんを下に見るような風潮がずっとあってね。ブリやタイなら天然物も出回ってるから誤魔化せるけど、生で食べられるサーモンは百パーセント養殖物だからね」

「確かに、天然物、って言われた方がありがたみは感じるかもしれないです」

「サーモンを出すお店も確実に増えてはいるんだよ。高級店でも、メニューには載せていないけど、注文があれば出せるようにしてるところもあるからねえ。でも、『神田与兵衛』では出してない。大将が修業した時に学んだことを大事にしているのなら、ボクはあんまり無理を言えないなあ」

　クリスも、日本酒を口にしながら、「僕らは伝統を否定したいわけじゃないから」と呟いた。思えば、『稲荷町若梅』さんの時もそうだった。後ろからどんどんめくれあがって人を追い立てる時間と戦うには、新しいものを受け入れて、消化していかなければならない。でも、古くから伝わってきたものを全部否定してしまうのは違う。どこを変えずに、どこを変えるか。そんなものに答えはなくって、正解は誰にもわからない。個々が何を守るかは、選択するしかない。

　でもやっぱり、生き残らなければ、時代の波に飲み込まれていくだけなんだ。

　少なくともわたしは、そう思う。きっと、クリスもそう思っている。

「やっぱりその、サーモンを出す出さないって、違うもんですかね」

　クリスとハジメさんは顔を見合わせて、軽いため息をついた。少しの間があって、クリスが重い口を開く。

「客層から考えたら、一番人気のネタだからね。競合する回転寿司店に、一番いいカードを捨てて勝負を挑まなければならなくなる」

「勝ち目はないってこと？」

「なかなか難しくなるかもしれない」

　クリスは「難しい」と表現したけれど、おそらくはもっと深刻なのだろう。お店の改装、リニューアルオープン自体は『鮨けい』さんも乗り気で、話も進んでいる。ただ、補助金は出るけれど支給までは少し時間がかかるし、改装工事期間は営業をストップしなければいけないし、ノーリスクでリニューアルできるわけじゃない。その結果、やっぱり新規のお客さんは来ませんでした、ということになったら、『鮨けい』さんにとって無駄な負担になってしまう。

「やっぱり、なんとか説得しなきゃいけないんじゃ……」

「そうだね」

「一度、そのサーモンを見てもらったら、気が変わるとかないかな」

「いやあ、圭ちゃんは難しいかもしらん」

突然、話に入ってきたのは、定位置のビールケースに座ってお酒を飲んでいた、大七さんだ。もう完全に酔っぱらっていて顔が真っ赤だけれど、フラフラと立ち上がって、わたしたちが囲んでいるテーブルまでやってきた。

「圭ちゃんて、『鮨けい』さんとはお知り合いですか」

「そらなあ、開店した頃からウチが酒を卸してるから。もう三十年来の付き合いじゃわ」

美寿々さんがカウンターから「三十二年じゃろ」とツッコミを入れる。大七さんは、細けぇなおい、と苦笑いをした。

「何かあったんですか」

「圭ちゃんはな、あの人ほら、実家が新潟じゃろ」

「そういえば、お兄さんが米農家をやられているとか」

「そうそう。近くにな、鮭の漁場があるんじゃと。で、子供の時分に、知り合いの漁師に生の鮭を食わせてもらったらしいんよ」

「生の鮭って、寄生虫がいるんじゃないんですか」

「虫ってのはな、魚が生きてる間は腸の中にいるもんでの。それが、魚が死ぬと身の方に移ってくる。だから、獲れたてをすぐに捌いちまえば虫が身に移る前に生で食える、っていう理屈だったらしいんじゃわ。でもまあ、時と場合によりけりなんじゃろな。運悪く、圭ちゃんは虫にあたって、ひどい目に遭ったらしいんよ。もう鮭なんかごめんだ、って言っとった。ありゃ本気の顔よ」

「じゃあ、そのトラウマでサーモンが大嫌い、とか？」

「それもあるじゃろな。でも、それだけじゃないと思うんよ」

「どういうことですか？」

「あの、圭ちゃんとこは娘さんがおるんよ。もう結婚して家は出とるけどな。さくらちゃんていう。そのさくらちゃんがまだ中学生くらいだった頃にな、駅前に回る寿司ができたんよ。まだこの辺では珍しかったもんでな、さくらちゃんは友達と一緒に食べに行った。そこでな、サーモンの寿司も食べたんじゃと」

「よくご存じですね」

「まあ、その一緒に行った友達ってのが、ウチの娘じゃからね」

ああそういうことか、と、わたしはうなずいた。

「さくらちゃんはな、サーモンの寿司を食ったのが初めてで、いたく気に入ったらしい。で、家に帰って圭ちゃんに言ったんよ。お店でサーモンの寿司を出したらどうか、って」

「そ、それで？」

大七さんは視点が定まらず、呂律も回っていないが、わたしはその話に聞き入っていた。

「それがなあ、圭ちゃんは怒って引っぱたいちまったんだと。寿司屋の娘が、寿司モドキなんか食うな、ってな。それ以来、さくらちゃんは口きかなくなっちまって、高校卒業後に家を出てからは、ほとんど帰ってこないってな」

「叩くのは、それは……」

「まあ、圭ちゃんが悪いのはそうなんよ。ただなあ、擁護するなら、もう二十年以上前の話で、その頃は親が子供を引っぱたくなんてのはまあまあ当たり前じゃったからね。ウチもな、娘が悪さした時はゲンコツ喰らわせた世代でな」

「その、娘さんがサーモンを食べたことが気に食わなかったんでしょうか」

「口には出さんけども、圭ちゃんは自分と同じ思いを娘にさせたくなかったんじゃろ。根っこは優しい人じゃから。今となっては、猫も杓子もサーモンサーモンで、うちの孫たちもえらい食べるけどな、あの頃はまだ輸入もんのよくわからん食べ物、っていう感じじゃったし、回る寿司も、安かろう悪かろうだと思っとったからね」

カウンターから、「よそ様のことをべらべらしゃべるんじゃないよ」と、美寿々さんの声が飛んできた。大七さんはまたフラフラと定位置に戻って、ちびりちびりとお酒を飲み始める。もしかしたら、自分の娘さんが関わったことでもあって、『鮨けい』の圭司さんに罪悪感のようなものを感じているのかもしれない。

「ハジメさん、鮭を生で食べて寄生虫がいたら、そんなに大変なことになるんですか」

「主にアニサキスが原因だけど、お腹の中に入っちゃうと胃の壁に突き刺さるんだよねえ」

「突き……、刺さる！」

「ボクも一回、漁師めしを取材したときにもらっちゃってさ。もうね、激痛で立っていられないくらいで」

わあ、と、わたしはその痛みを想像して震える。まず、お刺身にうねうね虫がついているだけでも気持ち悪くてぞっとするのに、その虫が胃の壁に刺さるとか意味がわからない。なんなら、今は若干、お寿司を食べるのが怖く感じる。

「わたし、これ食べちゃったけど、大丈夫ですかね」

クリスがチョイスした今日のおつまみは、珍しい「サーモンの塩辛」の瓶詰だ。サーモンには火が通っていないし、冷凍されていた様子はない。なんかもう、身の中にむじむじ虫が蠢いている気がして、食欲が萎える。ハジメさんが笑って、大丈夫だよ、と瓶の裏側をわたしに見せた。原材料名には、「アトランティックサーモン」の表記がある。つまりは、海外から輸入した養殖のサーモンだ。寄生虫が胃に突き刺さることはなさそう、と思うと、妙にほっとする。

8

クリスが、前触れもなく「よし、行こう」と言い出したのは、八月の終わり、いつも通りに事務所で仕事をしていた最中のことだった。

『稲荷町若梅』さんの「極光・夏」が異例の大ヒットを飛ばしたこともあり、ちらほらとクリスの存在も認知されてきたようで、お店を出そうと考えている若い人からの問い合わせや、地元メディアからの取材の申し込みがわずかながら来るようになった。事務所には専用の電話が用意されて、わたしが主に応対をしているのだけれど、肝心のクリスは、自分の仕事がない時はわたしに電話を任せて、本を読みふけっている。目の前でイケメンが足を組んで本を読んでいるさまは絵のように美しくて見ていて楽しいのだけれど、反面、少しは電話に出たらいい、とも思う。でも、クリスは「電話は幸菜の方がいいんだよ」と笑って、わたしに全部任せきりだ。

そんなクリスが、本を置いていきなり立ち上がり、急に「よし、行こう」と言い出して、わたしは慌てた。まず、どこへ行くのかがわからない。なのに、クリスはもう外に出る支度をし始めている。

わたしが、当然聞くべき「どこへ?」という質問をしたのは、駅に向かうタクシーの中だった。クリスは、決まってるでしょ、と笑ったが、わたしは、「全然わかんないから」「周りの人間が自分と同じ思考能力を持っていると思わないで」と苦言を呈した。

「さくらさんのところだよ」

「さくらさんて、『鮨けい』の、娘さん？」

以前、『花むら』の大七さんに圭司さんと娘さんの話は聞いていたけれど、聞いたからといって、わたしたちがどうにかするような話ではなかった。『鮨けい』の改装工事は予定通りに開始されていて、リニューアルオープンに向けた準備も着々と進んでいる。クリスの仕事はそこまでで、娘さんの件は何も関係がないはずだ。

「『花むら』の娘さんが、何年か前に年賀状をもらって住所を知っていたんだ。連絡はあまりとってないみたいだけど。でも、せっかく住所がわかったからさ」

「わかったからさ、って、行ってどうすんの？　仲直りでもさせる気？」

「さあ」

「さあって。アポなしなだけじゃなくて、ノープランなの？」

「だって、家族の問題なんて僕らが行ってどうかなるもんかな」

「じゃあ、なんで行くの」

「行きたいから」

「そんなバカな」

なにその理由、と、わたしはこめかみを押さえる。

「だって、知りたいでしょ？」

「知りたい？」

「大将が、あれだけサーモンを拒絶する理由をさ」

「そんなの、娘さんに話聞いたってわかるかどうかわかんないし」

「何かヒントをもらえるかもしれない」

「ヒントをもらって、どうするの？　それを使って、サーモン出しましょうって説得するつもり？」

「まさか」

「まさかって」

「僕は、人気の高いサーモンをメニューに加えたほうがいいと思ってるし、お店の経営的にもそれは間違いないと思う。でも、それが『鮨けい』さんにとっていいのか悪いのかはわからないから」

「いいのか、悪いのか？」

「お店が繁盛すればみんな幸せ、って決まってるわけじゃないでしょ。大将が心から江戸前の伝統を守りたいと思っているのなら無理強いはできないし、やるべきじゃないと思ってるんだ。けれど、他に事情があるとするなら、もっといい結論があるのかもしれない」

「そのために、娘さんのところへ？」

タクシーが駅のロータリーに入ると、クリスは財布からクレジットカードを取り出し、運転席との間に取りつけられているトレイに載せた。わたしは慌てて、荷物を膝に載せて降りる体勢をとる。うかうかしていると、また置いていかれかねない。

「でも、わたしたちがそんなに立ち入っていい問題かな、これ」

「逆に、こういうことをしないで、僕たちが商店街再生に関わる意味があるのかな」

「いやだって、お店のメニュー考えたりとか、新規開店のお手伝いとか」

「それだけなら、もっと実績のあるコンサルタント会社と契約した方がいいさ。そういう人たちにできなくて、僕しかできないことをする。それが、僕がいる意味だからさ」

「クリスにしかできないこと？」

「つなぐこと」

「つなぐ」

「そう。僕ができることは、それだけ。人と人をつなぐこと。例えば、ヒサシさんと、幸菜をつなぐ、とかね」

「今回は、どことどこをつなぐつもり？」

「遠く離れた、父と娘の今をつなぐ」

「遠く離れた、って、どこに行くつもりなの……」

「まあ、言うほど距離的には遠くないよ。札幌（さっぽろ）だから」

北海道！　と、わたしの声が喉を経由せずに後頭部から飛び出ていく。これから空港に行って、飛行機に乗るのか、と呆然（ぼうぜん）とする。

「わたし、事務所で待っててていいかな?」

「来てもらわないと困る」

「わたしが行ったところで、なんの役にも立たないよ」

「そんなことないさ。男一人で突然家を訪ねたら、怪しまれるかもしれないでしょ」

わたしはインターホン押す係か、とため息をつく。支払いが終わってタクシーの後部ドアが開くと、クリスは迷いなく外に出ていく。

9

——別に、怒ってるわけじゃない。


あおば市から電車で一番近い空港まで行って飛行機に飛び乗り、新千歳空港からタクシーで札幌へ。大旅行のようなつもりだったけれど、意外にも夕方には札幌に到着した。

さくらさんの家は、札幌から小樽に行く間くらいにある、郊外の一軒家だった。表札は、「川登」ではなく、「伊東」だった。

わたしがおそるおそるドアホンを押すと、最初に出たのはどうやら旦那さんだった。簡単に自己紹介をして、奥さんのご実家の件で少しお話が、と、用件を伝えると、微妙な空気が流れたものの、やがてドアホンの向こうのやり取りが聞こえてきた。さくらさんの声は聞こえなかったものの、旦那さんが「勧誘とかじゃなさそう」「上がってもらえば？」と言ったのが聞こえた。

クリスとわたしは、玄関口に出てきた旦那さんの案内で、リビングに通された。広々とはしているけれど、そこかしこに生活感を感じる空間。さくらさんは夕食の用意をしていたようで、台所からお味噌のような匂いが漂っていた。わたしとクリスはL字形のソファに並んで座らせてもらい、横に旦那さんが陣取った。さくらさんは、テーブルを挟んでわたしたちの正面の床に置かれたクッションに座った。

さくらさんの年齢は、三十代半ばくらいだろうか。少しカラーを入れたセミロングの髪を後ろで結び、既にメイクは落としていた。顔立ちはどことなく真澄さんに似ているけれど、真澄さんのような快活さはなくて、大人しそうな印象を受けた。膝の上には、まだ二歳か三歳くらいのかわいい女の子がちょこんと腰掛け、きょとんとした顔でわたしたちを見ていた。

クリスは、自分たちが稲荷町商店街の再生を手掛けている「アドバイザー」だと自己紹介をし、『鮨けい』のリニューアルオープンを手伝っている、という話を切り出した。クリスはまず、さくらさんに「サプライズでお店に来てもらえないか」と持ちかけた。続けて、その様子を動画にして商店街のPRに使いたい、などと、ありもしない話をすらすらとまくしたてる。本題を切り出すきっかけを摑むためとはいえ、よくもまあ、そんなに次々でまかせが出てくるものだ、と呆れた。さくらさんは、当然のように口ごもり、少し下を向きながら、小さい子供もいるし、なかなか簡単には――、と、言葉を濁(にご)した。

「あまり、実家にはお帰りになられていない、とか」

「ええ、まあ、ちょっと遠いから」

「もしかして、子供の頃にお父さんに叩かれたことを怒っていらっしゃいますか?」

「ちょっ、クリス!」

単刀直入という言葉は知っているけれど、そんな思い切りのいい直入の仕方があるか、と、わたしは慌てた。けれど、当のクリスはまるで意に介(かい)する様子もなく、じっとさくらさんを見つめている。さくらさんは戸惑(とまど)った様子で旦那さんにちらりと目をやり、大きく息を吸って、深いため息をついた。

「父が話したんですか」

「あ、いえ。ご近所の花邑さんに聞きました。回転寿司の件、事実ですか」

「昔のことだけど」

「ご実家に帰っていないのも、それが原因でしょうか」

飛行機の中でクリスから聞いた話によると、さくらさんは実家を出た後、東京に出て派遣社員として働き、職場で出会った旦那さんと結婚。旦那さんの仕事の関係で北海道に移住することになり、ここで子供が生まれたそうだ。

「別に、怒ってるわけじゃない」

重くるしい沈黙の後、旦那さんの「話してみたら?」という声にそっと背中を押されるように、さくらさんはぽつりとそう呟いた。

さくらさんの話は、わたしにとっては理解が難しい話ではあった。高校を卒業して就職してから実家にほとんど帰っていないというのは本当のようで、結婚の報告も電話で済ませたという。子供が生まれたことも真澄さんにだけ伝えて、まだ会わせたこともないそうだ。そう聞くと、親子の間には修復不可能なほどの亀裂が入っているような印象を受けるけれど、ショックは大きいだろうとは思いつつも、一度叩かれたことが原因でそこまでこじれてしまうものだろうか、とも思った。それに、さくらさんは「怒ってない」と言っている。怒っていないならなぜ？　と、なかなか頭が追いつかずにいる。

「それなら、どうしてご実家と疎遠に？」

「わからなく、なって」

「わからなく？」

「叩かれるほど、そんなに悪いことを言ったのかな、って」

「差し支えなければ、経緯を聞かせていただけますか？」

「うちはお寿司屋だったから、小さい頃から回転寿司なんか行ったことがなくって。あんなのは寿司じゃない、って父がよく言っていたから。でも、中学の頃に、クラスの子に行ったことがないって言ったら、じゃあみんなで行こうってなって」

「行ってみて、どうでしたか」

「お寿司の味は、まあ二十年以上前のことだから、今の回転寿司ほどよくなかったと思う。

これなら父のお寿司の方がずっとおいしいって思ったけれど。でも、見たことがないネタもたくさんあったし、お皿がレーンに載っているのが珍しくて、楽しいな、とは」

「そこで、初めて生のサーモンを食べたわけですか」

「そう。焼いた鮭はよく食べてたけど、生のものは初めて。なんか、あんまりないでしょ。寿司になる魚で、オレンジ色って」

「そうですね」

「食べたら、きれいだし、脂も乗ってるし、これは父が握ったらもっとおいしいんじゃないか、って思ったんだけど」

「それで、サーモンを食べたことを話したんですか」

「そうね」

「けれど、何故かお父さんに叩かれてしまった」

「そう」

「でも、それに怒ったわけじゃないんですよね？」

「理不尽（りふじん）だとは思った。お店のためにと思ったのに、なんで叩かれたのかなって。でも、何が悪かったかを話さないまま、翌日は何事もなかったように、普通に話をして」

「普通に？」

「でも、それでかえってわからなくなっちゃって。何が悪いかよくわからないままにしてしまったから、叩かれたショックが元に戻らなくなったみたい」

「あくまで僕の考えですが、あの世代の寿司職人さんは鮭を生食することに抵抗があったようですし、大将も寄生虫の心配をされたんだと思いますが」

「それはね、後々になってそうなんだろうな、って思ったし、たぶんそうなんだと思う。でも、父の口からそう聞いたわけじゃないから、整理がつかなかった。もし父が、昨日は叩いて悪かった、でも、鮭は生で食べるのはよくないんだ、って言っていたら、納得もしたし、後々反論もできたかもしれないけど。でも、寿司屋の娘が回る寿司なんか食うな、と言われただけだから、私はただ父を裏切った娘ってことになっただけだった」

「それは――」

「考えすぎなのはわかる。別にわざわざ謝らなくったって、父の気持ちだってわからないわけじゃないけど。でも、言葉にしなくてもわかることだって、言葉にしないと呑み込めないこともあるから」

　さくらさんの言葉は、なんとなく理解できる。長い間家族でいると、お互い、家族でいる努力をすることを忘れがちだ。わたしも、高校の頃はなんだかいつもイライラしていて、親に反抗的な態度をとったこともある。それはたぶん、わたしがイライラして当たっているって、わかってもらえる、受け止めてもらえるって、甘えていたんだと思う。

　でも同時に、それは不安でもあった。本当に、反抗しているわたしを受け止めて貰えているのかわからなかったし、それが不安でなおのことイライラすることもあった気がする。受験が終わって大学に入ってからようやく少し時間と気持ちに余裕ができて、家族に対しても素直に気持ちを言葉で伝えることができるようになりつつある。ありがとう、とか、ごめんなさい、とか。

距離が近くなればなるほど、言葉は省略されがちだ。でも、時には言葉が必要なこともある。彼氏に、「わたしのこと好き?」と聞く女子とかめんどくさいだろうなと思うけれど、現にわたしは過去、釣った魚に餌をやらない系の男と付き合ってしまい、「好き」という言葉をもらえないストレスに堪えかねて、別れてしまったことがある。

「だからといって、謝れ、許さない、って思ってるわけじゃないんだけどね」

「わかりますよ。言葉にしてほしい、ってことですよね」

「そう。たぶんね、父だって、やりすぎたって思ってるだろうから。だったら、そう言ってくれればいいのに正面からぶつかることを避けてしまったから、そこで私と父の時間は止まったんだと思う。私は私の人生に追われて流されていたら、いつの間にか結婚して、北海道にいて、子供が生まれていて、時間は止まったまま」

「今は、どう思いますか?」

「どうって」

「話したい、とか」

旦那さんが、正直に言えばいい、と、横から助け舟を出す。旦那さんも、結婚するときに義両親に挨拶出来なかったことが、ずっと引っかかっていたそうだ。だから、いきなり訪問したわたしたちの話を聞こうと思ってくれたのだろう。さくらさんはまたうつむいて、じっと言葉を選んでいる様子だった。膝の上のお子さんを抱く手に、少しだけ力がこもったようにも見えた。

「わからない」

「そうですよね」

それ以上は、たぶん言葉としては聞き出せないだろうな、と思った。

「その、話は変わりますが、北海道はやっぱりお寿司がおいしいですか？」

クリスが急に話のトーンを変えたので、さくらさんがはっと顔を上げた。その微妙な空気の変化を感じたのか、さくらさんの膝の上のお子さんが、「おしゅし」とかわいく笑うので、一気に場が和む。さくらさんも、その声でお母さんの顔になったように見えた。

「うん。おいしい。銀座の高級店と比べたら敵わないだろうけど、こっちは新鮮な魚が多いので、回転寿司でもそれなりにレベルが高いし」

「ご家族で食べに行ったりしますか？」

「子供が好きなので、ちょこちょこは」

「回らないお寿司も」

「そっちはたまに。でも、回るとか回らないとか、あんまり意識しないかな。回転寿司なのにレーンだけあって回ってない、ってこともよくあるから」

回らない回転寿司か、と、わたしはくすりと笑う。伝統という、昔から積み上げられて出来上がったものもあるけれど、自由な世界もそこにはある。

「お寿司は、何が好き？」

クリスが、少し身を乗り出して、娘ちゃんに声をかけた。突然話しかけられて驚いた顔をした女の子に、さくらさんが「何が好きなの？」と、優しく語りかける。

「さーもん」

やっぱりそうなのか、と、クリスが笑う。さくらさんも、「それは北海道関係ないのに」と笑った。

10

真新しいにおいのする店内。内装工事の終わった『鮨けい』は、見違えるほどかっこいいお店になっていた。全体的に落ち着いた雰囲気になって、小上がりもしっかり使えるようになり、カウンターも清潔感がぐっと増したように思う。でも、前に置かれていた置物なんかがいくつかそのまま残されていて、敷居の高さは感じさせない。あたたかくて、居心地のいい空間になっている。

カウンターに備えつけの冷蔵ケースはお客さんの目線を邪魔しない高さに埋め込まれていて、お寿司を握る圭司さんの手元がよく見えるようになっていた。圭司さんとお客さんの間に仕切りがなくなったことで、距離が近く感じる。これなら、初めてのお客さんとも話が弾むだろう。

わたしとクリス、そしてハジメさんは、新しい『鮨けい』で、リニューアルオープン後のオペレーション確認の手伝いをしていた。いろいろ物を置く場所も使い勝手も変わったので、圭司さんに慣れてもらわないといけない。

暖簾で仕切られた裏の調理場から、圭司さんが姿を現した。ちょっとよれよれだった調理衣も新調して、真っ白い法被(はっぴ)スタイルで、帽子(ぼうし)もかぶっている。ぐっと「職人さん」という感じが増した気がする。

「なんだか、きれいすぎて落ち着かねえな」

照れくさそうにはにかみながら、カウンターに圭司さんが立った。包丁とまな板、シャリの入ったおひつ。ひとつひとつ場所を確かめながら、やがてキリリとした寿司職人の顔に変わっていく。

「かっこいいですよ。見違えた」

「からかうんじゃねえよ、兄さん」

「からかってないですよ」

「でもまあ、なんだ。初めてツケ場に立った日を思い出すな」

圭司さんが若かった頃、名店『神田与兵衛』のカウンターに初めて立った日のことを、わたしも一緒に想像する。きっと、緊張と希望で目をキラキラさせて、今日と同じように真っ白な調理衣に袖(そで)を通したんだろう。

「ちょっと、握るか。なあ」

「あ、大将、その前に」

「なんだ」

「実は、リニューアルのお祝いメッセージをもらって来たんです」

お祝い？　と首を傾げる圭司さんの前に、クリスがスマホを見せる。真澄さんも並んだのを見て、クリスが動画再生をスタートした。

――リニューアル、おめでとう。

圭司さんと真澄さんの表情が、一気に変わった。

「……さくら」

「先日、北海道に行く機会があったので、ついでにお宅にお邪魔させていただきまして。北海道からはなかなか帰れないけれど、おめでとうと言ってらっしゃいましたよ」

動画は、先日いきなり北海道のさくらさんを訪ねた時に「サプライズ登場が無理なら、せめて動画メッセージをもらえないか」とクリスが食い下がり、半ば強引に撮らせてもらったものだ。圭司さんも真澄さんも、食い入るように動画を見ている。さくらさんだけではなく、旦那さんとお子さんにもご登場いただき、北海道で元気にやっていること、いつか新しいお店でお寿司を食べさせて欲しい、という話をしてもらった。

動画の途中から、圭司さんと真澄さんの目が潤んできて、こっちももらいそうになるのを堪えるのが精いっぱいだった。真澄さんが、子連れのお客さんが来るお店にしたい、と言っていたのも、いつかは、さくらさんに孫を連れて食べに来て欲しい、という思いがあったからなんだろう。そう思うと、なおさら涙腺がきゅんとなる。

――お寿司は何が好きなんだっけ？

動画を撮っているクリスが、さくらさんの娘さんにそう呼びかける。

――さーもん。

さくらさんと旦那さんが、笑いながら手を振って、動画は終了した。真澄さんは両手で顔を覆って泣き出してしまい、圭司さんも、目を真っ赤にしながら、腕でぐっと零れた涙を拭った。

「おい、これはおまえ、卑怯だろう」

「すみません。卑怯だとは思います」

「どうあっても、俺に鮭を握らせる気か」

「正直、いろいろ考えた結果、やっぱりメニューに入れたほうが強いな、とは思ったんです。でも、大将にこだわりがあるならしょうがないって割り切ることにはしました」

「これが割り切ってるって言えるのか？」

「今日だけ、願掛けで握ってもらえないですか、サーモン」

「願掛け？」

「サケって、海に出ても故郷の川に帰ってくるじゃないですか。そうなるといいな、みたいな、願いを込めて」

うっ、と、真澄さんが嗚咽（おえつ）を漏（も）らす。わたしもぼちぼち堪えられなくなりそうで、下唇（したくちびる）を思い切り前歯で噛む。クリスが言ったように、こんなことはビジネスでやっている人にはできない、余計なお世話の極みだと思う。でも、こういうクサいサプライズなんかを当たり前のようにやってしまうのがクリスという人で、それで実際に人をつないでしまうのが、クリスの持つ才能なのかもしれない。

「参ったよ」

圭司さんの言葉を待っていたとばかり、ハジメさんが持ち込んでいたクーラーボックスを開いた。中には、大量の氷に包まれた、美しい魚が入っている。カウンターに置くと、圭司さんが興味深そうにのぞき込んだ。

「こいつは、紅鮭か？」

ハジメさんが、圭司さんに魚を渡す。きれいなサーモンだ。

「さすがですねえ。そうです。これは、養殖のベニザケなんですよ」

「養殖の紅鮭なんて聞いたことがねえな」

「最近、ようやく安定生産ができるようになったばかりなのでねえ。まだ量が限られているので、市場にはほとんど出回っていないんですが」

「そんなもん、よく手に入れられたな」

「生産者がボクの知り合いなんですよ。元々『神田与兵衛』で修業してた人で。でも、サーモンにハマってしまって、寿司職人からサーモンの養殖業に転職したっていう変わり者でしてねえ」

「それは、確かに、変りモンだな……」

「先日ね、『神田与兵衛』の技を受け継ぐ職人さんで、大衆店で頑張ってらっしゃる方がいる、と伝えたら、是非、このサーモンを使って欲しいって言いましてねえ。修業した時期は違いますが、同じお店の出身なら、と言ってまして」

「そう言ってもらえるのはありがてえが、その――、大丈夫なのか？」

「寄生虫に関しては、徹底管理しているから大丈夫、と、胸を張ってましたねえ。まあ、元は江戸前の寿司職人ですから、そのあたりはこだわり抜いてると思いますので、安心して頂きたいなあ」

そうか、と、圭司さんは意を決したように魚をまな板に横たえた。見るからに切れ味のよさそうな包丁を取り出し、ふん、と息を吐く。

そこからしばらく、わたしたち三人とも、圭司さんの華麗な包丁さばきに見とれてしまっていた。サーモンは既に内臓が抜かれている状態で、包丁で半分に切り分けられると、鮮やかなオレンジ色の身が姿を現した。きれいに皮が取り除かれると、わたしがよく見るサーモンの形っぽくなってくる。細かく骨を抜いたり、余分な部分を丁寧に切り落とすと、スーパーなどで見かける「サク」の状態になった。

圭司さんは、包丁を変えて薄く身を削ぐと、そのまま何も味をつけず口に入れた。険しい表情でもごもごと口を動かしていたが、やがて、驚いたように目を見開く。

「こりゃ、驚いたな。脂臭くもねえし、香りもいい」

「脂だけじゃなくて身もおいしいので、お寿司にはいいと思うんですよねえ」

「鮭なんぞ、邪道なのは間違いないんだが——」

悔しいがまずくねえな、と、圭司さんがため息交じりに苦笑した。

わたしは、クリスとハジメさんと三人並んでカウンター席に座り、名店仕込みの握りの技を見るという贅沢な時間を過ごすことになった。一人二貫分ずつ、部位ごとにちょっと違う形に切り分けられたサーモンに、圭司さんが細かく包丁を入れる。「邪道」なサーモンでも、握る以上は江戸前の仕事をする、ということだろうか。

準備が整って、圭司さんが手に酢水をつけ、ぱん、と勢いよく叩く。サーモンの身にちょんとわさびをつけ、木の桶からシャリを取って握っていく。流れるような手さばき。ハジメさん曰く、『神田与兵衛』独特の握り方なんだそうだ。でも、あまりにも速すぎて、わたしには普通の握り方とどこがどう違うのかわからない。ぱぱっと手が動くと、シャリとサーモンが引き合うように一体化して、美しいお寿司に変わっている。まるで、魔法だ。

わたしたちの前に差し出された「サーモンの握り」は、びっくりするほど綺麗だった。目が覚めるように鮮やかかな、濃いオレンジ色。白銀の皮目に入った、細かな切込み。一人前三万円のお寿司なんか食べに行ったことはないけれど、そういうお店のお寿司だと言われても信じてしまいそうなくらいだ。

我慢できなくなって、誰よりも先にお寿司を手でつまんで口に入れる。女子でも、一口でするっと入る大きさ。脂の甘みは真っ先に感じるけれど、それが驚くほどさらっとしていて、べたつくような感じは一切ない。鼻にふわっとさわやかな香りが抜けて、ああ、おいしい、と思った時にはもう、いつの間にか口の中からシャリと一緒にいなくなっている。

「どうだ?」

圭司さんに促(うなが)されて、何か味の感想を述べなければならないと思ったのだけれど、わたしの口から飛び出したのは、「うまぁ……」という、どうしようもない一言だった。でも、テレビのグルメ番組で、「本当においしいものを食べると言葉にならない」と言っている人がいたので、たぶんわたしは間違っていない。

こんなに高級そうな味がするのに、マグロの高いやつなんかと比べたら、かなりリーズナブルに出すことができるようだ。びっくりするほどおいしいサーモンがある、と伝えた上で、前と同じように、回転寿司か『鮨けい』か、とまつりに選択させたら、たぶん迷わず『鮨けい』を選ぶだろう。近隣の回転寿司店も慌てるに違いない。

これは、かなり話題になるんじゃないですかね、と、クリスが笑みを浮かべる。どこか、してやったり、という表情だ。ハジメさんも、満足そうにうなずいていた。

わたしが、もう二貫食べさせてもらえないだろうか、と機をうかがっていると、突然、入口のドアが開く音がした。全員の視線が入口に向く。外の光を背に入ってきたのは、小さな女の子の手を引く女性――、さくらさんだった。

圭司さんが言葉を失ったように呆然と口をぱくぱくと動かし、ようやく泣き止んだ真澄さんが、また手で顔を覆ってしまった。わたしも驚いて思わず立ち上がり、圭司さんの正面の席を空けた。クリスは、こうなることはすべてわかっていた、と言うように、目を細めて微笑んだ。

「さく、ら」

店の中に入ってきたさくらさんは、険しい表情をしている。どうも、リニューアル祝いのサプライズ登場という雰囲気ではない。感動のご対面、とはならず、緊張感が漂う。

「きれいになったね、お店」

「あ、ああ。おかげさんで、な」

「クリスさんに、来ればびっくりするほどおいしいサーモンのお寿司が食べられる、って聞いたんだけど」

「おう。その――、食う、か」

「でもその前に」

圭司さんの言葉を打ち消すように、さくらさんの声が響いた。北海道で会った時の、大人しい雰囲気からは想像もできないほど、張り詰めた声だ。わたしもクリスもハジメさんも、そろそろと出入口側に回り、固唾(かたず)を呑んで親子の対面を見守る。

「私、悪いこと、したのかな、あの時」

言葉は少なかったけれど、圭司さんはそれだけでなんのことかわかったようだった。二人とも、ずっと長い間、胸の中につかえたものを吐き出せずにいたんだろう。たかがサーモン、と言ってしまえば元も子もないけれど、案外、どうでもいいような小さなことで、時計の針は止まってしまう。

圭司さんは唇を震わせながら、さくらさんの言葉をかみしめるように目を閉じた。さくらさんの目は涙で揺れている。そして、一粒、二粒と、真新しい床に音もなく零れ落ちた。

「鮭は、生で食うもんじゃねえ、と、思ってた。昔、ひでえめに遭ったから、そんな思いは、させたくなかった。店の客にも、自分の子供にも」

「わかってる」

「でも、たぶん、俺は、悔しかったんだろうな。自分の娘が、回るとこに行って、俺からすると、寿司と呼びたくねえようなもんを、うまいと言ったのが、悔しくて、悲しかった。それで、思わず、手が出ちまった」

すまなかった、と、圭司さんが帽子を取って、頭を下げた。肩が震えて、嗚咽が漏れた。大人の男の人が震えながら泣くのを、わたしは初めて目の当(ま)たりにした。でも、情けないとか、かっこわるい、とは思わなかった。さくらさんも、同じように肩を震わせていた。

「そのサーモン、お店で出すんでしょ？」

「まだ、わからねえが」

「うちの子、サーモンが大好きなんだけど、安心して食べられるの？」

圭司さんが、真っ赤になった目をこちらに向ける。ハジメさんが、大丈夫です、と言うように、大きく二度、うなずいた。

「大丈夫だ」

さくらさんが、カウンターの椅子を引く。慌てて、真澄さんが子供用の椅子を持ってきた。子供連れのお客さんが来た時のために、新しく店に置いたものだ。さくらさんと小さな子供が、並んで圭司さんの正面に座った。

「お名前は？」

精一杯優しげな声で、圭司さんが初めて会った孫に声をかけた。かわいい声で、「ひめ」という答えが返る。ひめちゃんは、聞かれてもいないのに指を三本立てて、「さんさい」と言った。圭司さんの顔が、くしゃくしゃに崩れる。

「お寿司は好きか」

「おしゅし」

すき、と、ひめちゃんがうなずく。わたしがあまりのかわいさに悶絶していると、クリスと目が合った。言葉はなくても、「そろそろ行こうか」と言われているのだ、とわかった。親子の世界を邪魔しないように、そろりそろりと荷物をまとめ、出入口に向かう。

「お父さん」

「ああ」

「ただいま」

親子の時間がまた回り出したことを見届けて、わたしたちは相変わらず人の気配がないゾンビロードに出た。リニューアルオープンは、二週間後。その時には、ここにたくさんお客さんが来るといいな、と思う。

自動扉が閉まる直前、きゃっきゃ、という子供の笑い声と、「さーもん！」という元気な声が聞こえてきた。

一億円の男（3）

井毛田課長に、補助金の申請書と、第一四半期分の定期報告書を提出する。それから、事務所の改装についての稟議書も。課長は、その分厚い書類の束を面倒くさそうに受け取ると、おい、と、他の職員さんに声をかけ、中身も見ずにすべて持っていかせた。古い市庁舎の五階の一角にある「まちづくり振興課」。数名の職員が無言でキーボードを叩いていて、淡々とした空気に包まれている。

「しかし、君も大変だな」

「大変、ですか」

「市長のくだらない政治ショーに付き合わされてさ」

「いえ、そんな。やりがいのある仕事だと思っていますよ」

「やりがい？ バカ言うなって。君が一番わかるだろ？」

「と、言いますと」

「もう、商店街なんてのは誰が見ても時代遅れの遺物だからなあ。住んでる連中も年寄りばかりで、とてもじゃないが今の時代に追いつけっこない。あの頃の賑わいをもう一度、なんて夢物語を信じてる人なんかいないだろうに」

「どうでしょうか」

「どうせな、市長も次の選挙じゃ大負けするだろう。知名度だけで当選したような人間じゃ、メッキが剝がれるのも時間の問題だからな。四年間、君が頑張ってもがいたところで、次の選挙で市長が替われば、商店街再生なんて市税の無駄遣いは即撤回だ。市民の税金を一億もかっさらって、たった四年で覚める夢を見せるなんて、君もなかなか罪深いねえ」

「夢物語かどうか、まだ始まったばかりですから」

課長は、冷ややかな視線を僕に向ける。敵意と、嘲り。異物を見るような目。気分はよくないけれど、そういう目で見られることに、僕は慣れてしまっている。

「プレゼンの通り、本当に飲食店ばかり誘致するつもりか？　俺は反対したぜ？」

「限定するわけではないですが、商店街として何か特色があった方がいいと思いましたので、飲食店を中心に誘致する方向は変えずに行きたいなって思ってます」

「それ、あれだろ？　二次審査の時に、アホの女子大生も言ってたやつ。本当は、あんな舐めたやつは一次で落としてやるところだったんだけど、気になる名前だったからな。どんな顔して来るのか見たくて、俺がわざと通過させてやったんだ。金目当てで来たくせに、夢がどうの、なんてなあ。笑っちゃったよ」

「そうですか」

「その、役立たずの大学生をわざわざアシスタントにするなんて、君は何を考えてるんだ？」

「彼女には、僕の至らない部分を埋めてもらってます。よくやってくれてますよ」

「いいか、君に支払っている金は、市民の皆さんからお預かりした大切な税金だ。報酬だけでも四年で一億、それに加えて補助金やら経費やらで、どれだけの血税が注ぎ込まれるか。一円たりとも無駄にしてはならないんだって、わかってるのか？」

「もちろんです。アシスタントにかかる経費は僕が頂いた報酬の中から出していますし、商店街再生事業にかかった分の税金は、税収増という形でお返しするつもりです」

「お返し、なんて偉そうに言ってるけどな、第一四半期の実績が、新規開店一店、既存店の経営改善相談が二件。一日の平均来街者数はほぼ変わらず横ばいか、微増程度。そんなんで、あのゾンビロードが息を吹き返すとでも思ってるのか？」

「第一Qは、それくらいかな、と想定していたので、まずまずだと思ってます」

課長が、聞こえるか聞こえないかの舌打ちをして、僕から目を逸らす。

「ま、頑張ってくれよな、ミスター一億円」

「失礼します。また来週、この時間に来ます」

一礼して、「まちづくり振興課」の窓口横から、廊下に出る。薄暗い廊下には、建物の空気とはそぐわない、長身美女が立っていた。前を通る人が、じろじろと彼女を見ていく。

どんなところでも絵になる人だな、と、僕は軽く笑った。

「お待たせ」

「お待たせ、じゃないって。何あいつ、感じ悪い」

「聞こえてた？」

「ちょっと離れて聞いてたんだよ」

　フリーデザイナーの藤崎文香。僕はアヤさんと呼んでいる。東京で店舗プロデュースの仕事をしていた時に知り合って、それ以来、よく仕事を手伝ってもらっている。完璧主義で人を寄せつけないところがあるけれど、デザイナーとしての才能には溢れた人だ。今日は事務所の内装について相談したくてあおば市に来てもらった。アヤさんが自分の車で来ていたもので、駅から商店街に行く前に市役所に寄ってもらったのだけれど、見苦しいところを見せてしまったようだ。

「ガツンと言い返しなよ。黙って見てろ、って」

「こんなとこでケンカしてもいいことないからね」

「少なくとも、わたしの溜飲が下がる」

「次回は頑張るよ」

　アヤさんと並んで、市役所の庁舎を出る。来庁者用の駐車場に、四角くてやたらイカツイ車が止まっていて、とんでもなく目立っていた。よくこんなに大きな車を乗り回せるな、と感心しながら、助手席に乗せてもらう。

「ねえ、クリスさ」

「うん？」

「あの子、ここには連れてこないんだ」

「幸菜？」

「そう」

「そうだね。こういうところは、見せなくていいと思ってる」

「あの感じ悪いメガネジジイじゃないけど、なんであの子を誘ったの？」

「なんで？」

「言っちゃ悪いけど、普通の子だよね。事務作業を任せるだけなら、別に誰でもいいんじゃないかって思うけど」

「そうかもしれない。でも、そうじゃないと思ってる」

「まぁた、面倒な言い回し」

車のエンジンを始動しながら、アヤさんが眉をひそめる。怒っているわけじゃない。呆れられているんだろう。

「僕が、心配してたことが一つあって」

「へえ、どんな？」

「商店街の人と、同じ目線に立てるだろうか、って。僕は、知ってしまってるからね。商店街再生っていうのが、きれいごとで成り立っているわけじゃないことを。そういうの、人は本能的に見抜くものだから、商店街にうまく溶け込めないかもしれないんじゃないかって思って」

「わたしが見る限りだけど、クリスもうまくやってるように見えるけど」

「幸菜は、僕が半年かかって縮める人との距離に一瞬で入っていくし、一瞬で入られもするんだ。それが普通なのか、普通じゃない彼女の力なのかはわからないけど、幸菜の後ろに立っているだけで、僕もその距離まで踏み込んでいけるし、踏み込んできてもらえる」

「ずいぶん評価高いじゃない」

「たぶん、幸菜がいなかったら最初の相談者は事務所に入ってこなかったし、お寿司屋さんにサーモンを出せ、なんて僕はなかなか言い出せなかったからね。とても助かってる」

「なるほどね」

僕とアヤさん二人の移動手段としては無駄に力のある車が、大げさなエンジンの音を立てながらゆるゆると動き出す。移動するだけだったら、こんなに大きくて燃料を食う車なんて必要ない。けれど、性能だとか、効率性、合理性というものでは測(はか)れないものがこの世界にはあって、時には、そういう無駄が世界を動かすこともある。

例えば、夢、とか。

「アヤさんはさ、運命、って信じる？」

「運命？」

「都合(つごう)のいい偶然(ぐうぜん)、でもいいんだけど」

「どうかな。信じたいとは思うけれど、出会ったことはないかな。なに、あの子がクリスの運命のお相手なの？」

アヤさんが、薬指を立てて、何度か曲げ伸ばしする。僕は笑って、そういうのじゃないけど、と首を横に振った。

「彼女、御名掛っていうんだよね」

「御名掛って、それ」

「珍しい名字だから、たぶん間違いないと思う」

そう、幸菜は——。

スリー・ハピネス

1

暑さの盛りが過ぎて、季節は秋から冬に向かっている。アドバイザーのお手伝いに集中できていた夏休みもぼちぼち終わりで、わたしはまた毎週東京とあおば市を往復する生活に戻らなければならなそうだ。

先日リニューアルオープンした『鮨けい』さんは、上々の滑り出しを見せている。わたしは昨今のサーモン事情などよく知らないけれど、ベニザケというのは本来養殖が難しい魚であるようで、生で食べられる養殖ベニザケはめちゃくちゃ珍しいらしい。それが、回転寿司とほとんど変わらない値段で食べられるということで、かなり話題になっていた。特に、宅配サービスと連携した出前が好調で、圭司さんも真澄さんも、久しぶりの忙しさにあたふたしているようだ。

『稲荷町若梅』さんに、『鮨けい』さんが続けて話題になり、新店『トゥッティ・フラテッリ』も人気が出てきて、ゾンビロードにはわずかではあるけれど、これまで見なかったお客さんの姿が増えてきたように思う。商店街の他のお店からも問い合わせをもらうことが増えて、ようやくクリスの活動もエンジンがかかってきそうだ。

そのせいか、最近、クリスは事務所の改装をしようとしていた。今はだだっ広い空間に応接セットとデスクが、どん、と置いてあるだけでスペースの無駄遣い感が半端じゃない。

これを、商店街や地域の人たちが気軽に立ち寄ることのできるコミュニティスペースに作りかえるそうだ。商店街で買った飲食物の持ち込みもOKにして、『カルペ・ディエム』の協力を仰ぎ、ちょっとしたカフェメニューも提供する。名実ともに、商店街再生プロジェクトの拠点とするつもりだ。完成は、まだ少し先になるけれど。

「ねえ！」

ランチはいつも祖父母の家の近くにあるコンビニでお弁当やパンを買って持って来ていたのだけど、今日は少し贅沢して『鮨けい』さんにでも行こうかと、わたしはお昼時の商店街をてくてく歩いていた。すると、突然どこかから声をかけられて、体がびくっと反応した。声のした方を向くと、出入口を大きく開放した『トゥッティ・フラテッリ』の店内から、藤崎さんがわたしに向かって手を振っていた。今日は、午前中に藤崎さんが事務所の内装デザインの打ち合わせに来ていた。打ち合わせ後、『トゥッティ』でお昼にしていたらしい。

「ランチ、一緒に食べない？」

「え、あ、はい」

予想外のお誘いを受けて、わたしはやや緊張しながら店内に入った。お昼と言っても少し遅い時間になったので、一階のカウンター席には藤崎さんしかいなかった。二階からは、子ども連れのママさんたちの賑やかな声が聞こえて来ている。

「もう食べちゃった？」

「いや、これからと思って」

「あ、そうなんだ。ならよかった。好きなの食べて。奢るから」

「え、いいんですか」

「もちろん。ランチ、安くてびっくりしてるところだから、遠慮しないで」

わたしは、みどりさんから手渡されたランチメニューをざっと見て、「生パスタのタリアテッレ・ボロネーゼ」を選んだ。他のメニューとも迷ったけれど、「生パスタ」というワードにわたしは弱い。

「頑張ってるね」

「いえ、わたしは、その、そんなに」

藤崎さんは昼間からグラスで白ワインを飲んでいた。最後の一口を飲み干すと、おかわり、とみどりさんにグラスを突き出す。「そんなに飲んでいいの?」「今日はお仕事終わり。車も置いてきたから大丈夫」と、かっこいい大人女子の会話が目の前で展開する。

「お寿司屋さんも、いい感じじみたいじゃない?」

「あ、そうですね。内装も、藤崎さんのデザインですごくきれいになって」

みどりさんがおかわりのワインを藤崎さんに手渡しながら、あれ! すごいよね! と、興奮した様子でわたしを見る。

「あのサーモン、びっくりしたよー。うちでも使いたいんだけど!」

「『鮨けい』さん、行かれたんですか?」

「もちろん。ご近所だからね。例のサーモンがすごくおいしくて」

「あ、じゃあ、その、クリスに話をしてみます」

「ありがとう！　使わせてもらえたらいいなー」

　みどりさんが、にこにこ笑いながら、わたしの注文したパスタの調理にかかる。藤崎さんと並んだわたしは、なぜか緊張で体が固まってしまっていた。横目でちらりと見ると、藤崎さんが二杯目の白ワインを口に含んでいるところだった。揺らめくような長い髪からそっとのぞく赤みを帯びた頬が、女のわたしでもドキドキするほどきれいで、目が吸い寄せられてしまう。

「どう？　大変でしょ」

「あ、え」

「クリス。独特だからね、あの人」

「たまについていけなくて困りますけど、でも、基本は優しい人なので」

「そっか。ならよかった。振り回しすぎて泣かせるんじゃないかって心配してたんだ」

「その、藤崎さんは、ずっとお知り合いだったんですか、クリスとは」

「そうね。でもまあ、五、六年くらいかなあ」

「オンラインサロンで会った、って、クリスは」

「五、六年前だと、クリスはまだ大学生ですよね？」

「ああ、でも、大学在学中から正社員で働いてたからね」

「え、そんなことできるんですか？」

　藤崎さんの話によれば、クリスは現役大学生であるうちからすでにコンサルティング会社で正社員として働き出していたそうで、かなり有能な社員だったらしい。わたしはまず、大学生が大学生のまま普通に就職ができる、ということすら知らなかったので、とにかく驚いた。意識の高さが桁違いすぎて、もう先っぽが宇宙にはみ出しているくらいに思える。

「そこで担当してたのが、飲食店のプロデュース業。会社は、ここみたいな商店街のプロデュースも手掛けてて、クリスはそっちに行きたかったみたい。でも、在学中はあんまり地方に行けないから、とりあえず飲食店プロデュースを担当してて」

「そうなんですか。大学行きながら就職とか、ちょっと想像できないです」

「まあ、クリスの場合は、しょうがなかったから」

「しょうがない？」

「そっか、聞いてないのか」

「はあ」

「高校の時に、お母さんが亡くなってるみたいでね。小さい頃にお父さんも蒸発しちゃってるし、お母さんの親戚とは言葉が通じないし、兄弟もいないし。天涯孤独なんだよね。だから、一人で生活しながら大学も行こうとすると奨学金だけじゃ足りないから、働きながら大学に行くしかなかったみたいよ」

そんなことが、と、わたしは絶句する。勝手な思い込みだけど、クリスは結構いいところの子で、イケメンともてはやされつつキラキラした学生生活を送ってきたような人だと思っていた。

「ねえ、幸菜（ゆきな）ちゃん」

「あ、はい」

「クリスのこと、お願いね」

「え？」

「ああ見えて、結構繊細（せんさい）だからさ、あの人」

2

あれはどういう意味だろう。藤崎さんとのランチを終えて、わたしは胃の中のパスタ以上に消化できていない思いを抱えながら、事務所に戻っていた。クリスをお願い？　よくわからないけれど、藤崎さんの目は真剣だったな、と思う。

噴水の出ていない噴水広場を曲がってアーケード街に戻ってくると、事務所の前でおろしている女性が見えた。まずい、相談に来た人だ、と、わたしは泡（あわ）を食って走り出す。たぶん、クリスも事務所を出ていて、誰もいないので困っているんだろう。

お昼ごはんを食べた直後の全力疾走で脇腹がごりごり痛み出したけれど、なんとか相談者さんが帰ってしまう前に追いつき、息も絶え絶えになりながら「どうぞ」と事務所の中に招き入れる。相談者さんは、いきなりはあはあ言いながら走ってきた女を見て驚いた様子だったけれど、応接スペースのソファにちょこんと座り、落ち着かない様子で、膝の上に置いたカバンのストラップを両手でいじっている。

「ご相談の方ですよね？」

わたしは自分の荷物をデスクに放り投げ、クリスに「またカルペで心を解放しているなら早いとこ戻ってきて」とメッセージを送る。

「お飲み物、紅茶とコーヒー、どちらがよろしいですか？」

「ア、アノ……」

「温かいのと冷たいのもありますけど」

「ワタシハ、ソノ……」

鈍いわたしも、ようやく違和感に気づいた。やってきた相談者さんは、どうやら日本語があまり通じない。よく見ると、顔立ちもちょっと日本人とは違う感じがする。わたしが、どう伝えればいいか混乱しながらも、「外国の方ですか？」という意図を伝えると、女性は「ガイコク」と言いながらうなずき、「中国人デス」と言った。なるほど、それは大ピンチだ。わたしが。

その後、クリスが戻ってきたものの、わたしと同じく中国語に対しては無力で、三人で筆談など試みたのだけれど、そもそも中国の漢字は日本のものよりかなり簡略化されているので、わたしにはなかなか読めず、やっぱり話がなかなか進まなかった。そこで、わたしはついに切り札を召喚することにした。『稲荷町若梅』のヒサシさんだ。

以前、神社で話をした時に「英語と中国語はいける」と豪語していたのだけれど、ヒサシさんの性格を考えるに、あまり過度の期待は禁物かな、と思っていた。が、その思いはいい意味で裏切られた。忙しい中来てくれたヒサシさんは、わたしの目の前でとてつもなく流暢に中国語を操り、女性と話を始めたのだ。それまでカタコトだった女性も水を得た魚のようにテンポよく話し出し、少し笑ったり、うなずいたりしている。わたしとクリスは完全に会話の外で、ヒサシさんすげえ、と、今更ながら尊敬のまなざしを向けていた。

「おっしゃってること、わかりますか?」

「ああ、なんとかな。まず、彼女の名前は劉さん」

「リュウキンヨウ、デス」

筆談していた紙に、女性が自分の名前を書く。漢字だと「劉欣容」と書くようだ。中国語だとまた発音が違うのだろうけれど、わざわざ日本式の読みで教えてくれたようなので、そのまま「劉さん」と呼ぶことにした。

ヒサシさんが聞き取ったところによると、劉さんは夫婦で稲荷町商店街に中華料理のお店を出したいと思っているらしく、めぼしい物件も見つけたのだそうだ。けれど、不動産屋さんなどに聞いても、所有者が売りに出してもいないし、借主を探してもいないようで、どこに交渉していいかわからなくなってしまったらしい。そこで、市のホームページでアドバイザーの存在を知り、とりあえず様子を見にやってきた、ということだった。

「やっぱり、あれかなあ。空き店舗をそのまんまにしてても、生活に困らないから」

「そうだろうね。でも、もうじき市長が空き店舗の見直しをするだろうから、税金が高くなりますよ、って説明すれば、貸してくれるかもしれないけど。ただ――」

「ただ?」

「結構、もう持ち主がわからない、みたいなのも多くてさ。市の職員さんたちが、今も一件一件、調べてる途中なんだ」

「大変そう」

「もしよかったら、他の空き店舗のオーナーを紹介することもできるけど」

クリスが劉さんにそう語りかけると、すかさずヒサシさんが中国語で通訳をしてくれた。

劉さんは、ああ、とうなずくようなそぶりは見せたものの、表情を曇らせた。

「あまりお気に召さないかな」

「それがな、どうしてもここで出したい、っていうところがあるんだとさ」

「どこの物件ですかね」

ヒサシさんが、また中国語で劉さんに何かを伝える。劉さんは、「お店」「場所」と単語を並べながら、事務所の窓を指差した。その指の示す方へ、わたしは自然に目を向けた。

劉さんの指差す方向。

そこには、「うまい、安い、盛りがいい」がキャッチコピーの、中華料理屋跡がある。

3

劉さんの夫、陳子丹さんとお会いしたのは、それから二日後のことだった。そう何度もヒサシさんに通訳をお願いできないぞ、と思っていたのだけれど、陳さんは日本語がかなり堪能で、会話に不自由はしない様子だったので、正直ほっとした。

「今日は、ワタシたちのために、皆さんありがとうございます」

男性としては小柄な陳さんは、大体わたしと同じくらいの身長で、優しげな顔をした人だった。腰が低くて言葉遣いもとても丁寧で、好感が持てる。陳さんは来日して十年以上中華料理店を渡り歩いて修業した料理人で、奥さんの劉さんは来日してまだ二年。陳さんと同じお店で働いているうちに付き合うようになり、昨年結婚したばかりだそうだ。わたしは初めて知ったのだけれど、中国の人は結婚しても名字は変わらないようで、夫婦であっても陳さんは陳さんで、劉さんは劉さんのままであるようだ。

待ち合わせ時間がお昼時になったので、わたしたちは『鮨けい』の座敷席にお邪魔して、ランチがてらお話を聞くことにした。生魚は大丈夫か心配したけれど、二人とも寿司は大好物とのことで、好きなネタを聞くと、夫婦声を揃えて「サーモン」という答えが返ってきて笑った。

「陳さんは、地元でも料理人をされてたんですか?」

気持ちゆっくり目に、はっきりと発音できるように気をつけながら、陳さんに話しかける。陳さんは、わたしが故意にくっきり発音しているのがわかったようで、「普通で大丈夫ですよ」と苦笑する。かえって失礼になってしまって、お詫びすることになった。

「いえ、修業したのは日本に来てからですから、ワタシは日本の中華料理を習いました」

日本の? 中華料理? はて? と首を傾げたわたしに、クリスが補足を入れてくれた。

「中華料理」と「中国料理」は明確ではないもののニュアンスが少し違っていて、主に「中国料理店」は、中国で食べられている料理を現地に近い形で提供していることが多いようだ。中国は広いので、地方ごとに料理の系統がぜんぜん違う。北京料理、広東料理、四川料理、なんかはわたしでも聞いたことがある。

対して、「中華料理」は、それら中国の料理をベースに、日本人向けにアレンジされた料理のことらしい。「洋食」と「西洋料理」が全然違うのと同じだろうか。「中華料理」には中国では見たことのないメニューも結構あるそうで、「中華丼」とか「天津丼」なんかはそもそもそんな料理自体が中国に存在せず、「焼き餃子」は、前日余った水餃子を焼いて食べるくらいで店で食べるようなものではなく、ご飯と一緒に食べることもない。「回鍋肉」は陳さんの故郷、四川地方の料理だけれど、日本のようにキャベツを甘じょっぱく炒めたものとは似ても似つかない激辛メニューらしい。もうカルチャーショックすぎて、わたしが中国の料理だと思って今まで食べてきた中華とはなんだったのか、と笑ってしまう。

　陳さんが料理人として修業を始めたのは十八歳の時で、日本に来てから「中華料理」を学んだのだという。でも、元々小さい頃から家の料理を手伝っていたので、料理自体は得意だったそうだ。だから、四川の家庭料理も作れないわけじゃないらしい。

「なら、どうして中国料理じゃなくて、中華料理のお店に？」

「あー、ワタシの故郷は、四川省なので、とても辛い料理が多いです。日本人にも辛いものが好きな人はいるけど、少ないから、お店は繁盛しないと聞きましたから」

「なるほど。辛いもの苦手な人も多いですしね」

「四川の料理は、辛い、の、レベルが違いますから」

　確かに、最近は激辛料理なんてのが流行っている気がするけれど、わたしは辛いものがまるでだめだ。まつりなんかは、味覚がおかしいんじゃないかと言うほど辛いものを平気な顔で食べるけれど、そんな人は日本においては極少数派でしかない。年配の人が多いこの辺りだと、なおさら難しいかもしれない。

「そういえば、事務所の向かいにお店を出したいとおっしゃってましたが」

「はい、そうです。あそこがいい」

「何かこだわりが？」

　クリスが、落ち着いた口調ながらも、陳さんにじっと目を向ける。陳さんは何度もうなずき、少し間を取って、一番適切な日本語を選んでいるようだった。

「約束が、あります」

「約束？」

「ワタシの、恩人とです」


陳さんの話は、少し長いものだった。


陳さんの故郷・四川省は、中国の内陸の方にある。大都市もあるけれど、陳さんは都市部から少し離れた田舎の出身だそうだ。実家は農業を営んでいて、家族は、お父さん、お母さん、そして妹が一人いる。けれど、陳さんがまだ中学生だった頃、四川地方で大きな地震があった。わたしはまだちっちゃかった頃の出来事であまり覚えていないけれど、日本でもニュースになったかなり大きな地震で、たくさんの人が亡くなったそうだ。陳さんのお母さんも、その日たまたま用事で街に出かけていて、建物の倒壊に巻き込まれ、犠牲になった。

「日本と違って、中国の建物は、地震に弱いです。特に、学校がひどかったですから、ワタシの通っていた学校も崩れて、何人も、友達が死にました」

当時、倒壊した建物が多かった中で、特に被害が大きかったのが学校だったそうだ。たくさんの犠牲者が出る中で、陳さんのクラスは奇跡的に一人も欠けることなく、全員が生き延びることができた。

「どうして、陳さんのクラスだけが？」

「地震が起きた時、ワタシのクラスは日本語の授業中でしたから、日本人の教師がいました。日本人は、ワタシたちと違って地震に慣れているから、とても冷静に指示をくれたので、ワタシのクラスは、パニックにならずに、学校が崩れる前に避難できました。ワタシにとっては、命の恩人です」

「そんなことが」

「ワタシは、中学と高校が寮でしたから、その先生を、優しいお父さんのように思っていました。一度、将来どうするのかを聞かれて、わたしはまだ卒業してからのことを決めていなかったので、料理が得意だから、料理人になると言いました。そしたら、先生は、日本の自分の家の近くの中華料理のお店がなくなってしまったから、ぜひ日本にお店を開いてね、と言いました」

陳さんのクラスを救った日本語教師は、勤務先の学校が倒壊してなくなってしまったので、地震後すぐ日本に帰国してしまったようだ。こんな話になるとは思わなかったので、わたしは思わずお寿司を食べる手を止めて、聞き入ってしまっていた。

「まさか、その約束を果たすためだけに日本に？」

「いえ、元々、ワタシは日本という国に興味がありましたけど、あの地震の時に、日本のレスキュー隊が、死んだ中国人に手を合わせているところを見て、とても感動しました。

日本語の先生は好きでしたけど、それまでは、日本人のことは、実はあまり好きじゃなかったですから、あの時に、国だけじゃなくて、日本人にもすごく興味を持ちました」

日本に興味を抱いた陳さんは、学校を卒業後に日本で料理人になることを決め、十八の時にはるばる日本へとやってきたのだという。

「ご家族に反対されなかったんですか？」

クリスの質問に、陳さんの顔がきゅっと歪んだように見えた。

「父は、反対は、しなかったです。ワタシが決めたことだから。それに――」

「それに？」

「ワタシのお母さんはいつも、もらった恩を、ちゃんとお返ししなさい、と言いましたから、ワタシはそうしたいと思いました」

はっとして、わたしはクリスに目を向けた。藤崎さんの話では、クリスもまた、高校生の時にお母さんと死別したようだ。陳さんの言葉は、クリスにとってどう聞こえたのだろう。言うべき言葉が見つからずに、わたしはぐっと喉を詰まらせた。クリスは、動揺を見せることなく、陳さんに笑顔を向けたままだ。

「いいお母さんですね。亡くなられたのは残念です」

「はい、とてもいいお母さんでした」

陳さんは嬉しそうに微笑んだけれど、それはたぶん、悲しさを堪えているだけなんだろう。不自然に話を切って、サーモンのお寿司を口に入れ、おいしい、と、大げさに驚いた顔をした。わたしもクリスも、それ以上は聞かずに、おいしいですよね、と話を合わせた。

「でも、なんであのお店がいいと思ったんですか？」

「はい、先生が日本に戻る前、わたしは先生に、なくなって残念と言っていたお店の名前を聞きました」

え、まさか、と、わたしは腰を浮かせる。

「え、嘘でしょ？　まさか、それが？」

「そうです。三幸菜館。日本に来てから、ずっと探していて」

「いやでも、何十年も前になくなったお店ですよ？　よく見つけられましたね」

「日本に来てから、SNSに書き込みをしましたら、昔、この辺りに住んでいたという人から、お店の写真があると連絡が来て、画像を送ってもらいました。急いで来たら、本当にあった。吃驚しました」

SNSすごいな、と、わたしは思わず感嘆のため息を漏らした。SNSで起きた奇跡、みたいな話はたまに聞くけれど、実際のその奇跡を目の当たりにしたのは初めてだ。

陳さんがスマホを取り出し、SNS経由で送ってもらったという画像を見せてくれた。初めにクリスが受け取って、「ほんとだ」と、つぶやいた。わたしに、「見る？」と聞いてきたので、見るよそりゃ、とばかり、スマホをクリスの手からもぎ取る。

「わ、ほんとだ。うまい、安い、盛りがいい、のあそこだ」

写真には日付が入っている。今から三十年前だ。写真の画質とか色合いが昔っぽいけれど、いつも事務所の窓から見えるあの光景とそこまで違いはなく、あ、確かにあそこだ、とすぐわかる。ただ、お店が開いているのとシャッターが閉まっているのとでは、やっぱり雰囲気が全然違うな、とも思った。何かの記念日かお祭りの日だったのか、お店には少し飾りつけがしてあるようだ。店前の歩行者天国にテーブルが出ていて、大きな蒸籠が置かれていた。肉まんか何かを路上で売っていたんだろうか。

ずきん、と、わたしの胸がうずいて、心臓が突然ばくばくばく、と鼓動を速める。最初は、わたしの頭が体の反応についていけなくて、突然なに？　と思ったのだけれど、その原因が陳さんのスマホの画像にあることはわかった。わたしは小刻みに震える指でそっとスマホの画面に触れ、人差し指と親指を開くように滑らせて画像を拡大する。元の写真のせいもあって、拡大すると画質が粗い。でも、お店の前の、大きな蒸籠の後ろにいる人物に、わたしは目が釘づけになった。

「あの、幸菜サン？」

陳さんが、少し困惑した顔でわたしを見る。たぶん、顔が引きつっているとか、唇が震えているとか、動揺が表情に出てしまっているのだろう。わたしは、ゆっくり首を捻って、クリスを見た。クリスは、静かにわたしの様子を見ていた。まるで、わたしがこういう反応をすることが、はじめからわかっていたかのように。

「ねえ、クリス」

「うん」

「この写真――」

わたしのおじいちゃんと、お父さんが写ってるんだけど。

4

おでこの上に眼鏡を引っかけてしかめっ面をしながら、おじいちゃんがわたしのスマホをじっと見る。そして、ああ、そうじゃな、と静かに息をひとつ吐いた。

「たぶん、狐祭りの時の写真じゃろうな、これは」

「狐祭り？」

「商店街のお祭りでな。稲荷神社の狛狐にあやかって、毎年祭りをやってたんよ。もうずいぶん前にやらなくなってしまったがねえ」

「まず、それはいいとして」

わたしは返してもらったスマホを置き、座椅子に座ったおじいちゃんに向き直った。

「なんでさ、昔お店をやってた、ってこと、わたしに隠してたわけ？　おじいちゃんも、お父さんも、みんなして」

「隠してたわけじゃあない」

「だってさ、何もなかったならまだしも、わたしがアドバイザーに応募したり、アシスタントやり出したりしたらさ、普通言うでしょ？　実は、あの商店街で店をやってたんだ、って。それを、しれっと無視して言わなかった理由がわからない。あ、隠されてたんだ、って思うじゃん」

陳さんの話を聞いてから、わたしは祖父母宅に戻るなり、「どういうこと！」とおじいちゃんに詰め寄った。最初は孫の剣幕（けんまく）におろおろした様子だったおじいちゃんも、陳さんに送ってもらった画像を突きつけると、なるほどな、と言うように、ため息をついた。

事務所の向かい側にあった中華料理店がおじいちゃんのお店で、お父さんもそこで働いていた。どういう事情があって閉店したかはわからないけれど、別に悪いことをしたわけでもないのに、わたしに言わなかった理由がわからない。わたしだけが家族から疎外（そがい）されてしまったように思えて、どうしても語気が荒くなってしまう。

「まあ、ちょっと落ち着いてくれ」

「落ちついてる！」

「迷ってたんよ、みんなでな。幸菜に話すべきかどうか」

「迷う？　どうして？」

「遅かれ早かれ、気づくことになるんじゃないかとは思っとったけど、気づかないならば気づかないままの方がいいんじゃないか、とも思ってなあ」

「だから、なんでよ」

「商店街の人たちに、申し訳ないことをしたもんでな」

「申し訳ない？」

「今、振興会の会長を福田さんがやっとるじゃろ？」

わたしの脳裏に、にこりともしない福田会長の顔が浮かぶ。

「うん」

「彼の前に振興会の会長をやっとったんがな、俺だ」

「は？」

「けど、二十年前にな、うちは店を閉めることにした。ちょうど、アーケードが出来上がった頃だ。商店街が厳しい状況の中、うちが真っ先に店を閉めた。振興会も投げ出す形になったし、随分迷惑をかけた。よく思ってない人もまだいるじゃろうな」

「そんな」

「でも、幸菜が店のことを知らなければ、あえて深くは聞かれんじゃろうし、幸菜の負い目にもならん方がいいじゃろ、と思ったんよ。知ってしまったら、とぼけていられるような性格じゃなかろうしな」

ぐっ、と、言葉が詰まる。責めたいわけじゃないけれど、責めたいような気持もあって、それはわたしを思ってのことだ、なんて言われたら、ますますこの気持ちをどこにぶつけていいのかわからなくなる。

おじいちゃんは、ちょっとまて、と言って席を立つと、コップを二つと、ドデカい日本酒の瓶を持って戻ってきた。「酒でも飲まんとしゃべれんじゃろ、お互いな」と言いつつ、二つのコップになみなみと日本酒を注いだ。このまま、かりかりしていてもしょうがないことは、わたしだってわかっている。ぐちゃぐちゃになった頭を一回リセットさせるために、わたしは注がれた日本酒をぐっと飲んだ。

「幸菜が酒を飲む歳とはなあ」

「そういう話をするタイミングじゃないでしょ」

「そうじゃな。すまんかった」

「ねえ、なんでお店をやめちゃったの？」

「俺がな、立ち仕事ができんようになったからだ。出前の最中、車にぶつかられて、あちこちやっちまってな。立ち続けることも無理じゃし、左腕がしびれて動かせんようになった。そうなったら鍋も振れん。料理人は引退せざるを得んかった」

「お父さんは？」

「そこでな、あいつに聞いたんよ。後継ぐか、店閉めるか、ってな。で、最終的には店を閉めることを選んだ」

「どうして？」

「正直、商店街に未来はないとみんな思っとったからの。時代に乗れんかった。工場移転で客も減ったし、仕入れ値はどんどん上がる。よかった頃の儲けはたぶんもう出せないじゃろうとな。生活が苦しくなるのが、目に見えていた」

稲荷町商店街が衰退していく過程は、わたしも調べたから知っている。二十年前、おじいちゃんがお店を閉店したのは、まさに急降下する下り坂の始まりの頃だ。

「本来ならな、振興会の会長が旗を振って、商店街がああなるのを食い止めるべきじゃった。でも、俺にはそれができんかったんよ。合わせる顔がない、ってのが正直な話での」

おじいちゃんの話はわかった。まだ呑み込めないところはあるけれど、呑み込まないとしかたない話なんだと思う。わたしは、おじいちゃんが「大丈夫か」と目を丸くするくらいぐいぐいとお酒を飲み、頭の中のもやもやを全部溶かし出そうと試みた。あんまりいい飲み方じゃないのは承知の上で、それでもわたしはお酒の力に頼らないとだめだと思った。

「あのお店はさ、おじいちゃんのものなの？」

「土地と建物ってことか？　まあ、そういうことになるな」

「売ったりとか貸したりとか、考えなかった？」

「いや。店を閉めてすぐに売りに出したんじゃが、買い手がつかんかったんよ。借りたいという人もおらんし、しかたがないからそのままになっとったな」

「ねえ、知ってる？　もうすぐさ、税金高くなっちゃうかもしれないって」

「ああ。知っとるよ。どうにかしようと思っとった」

「じゃあさ、協力して」

「協力？」

「復活させるの、あのお店を」

5

わたしの目の前で、「うまい、安い、盛りがいい」のシャッターががらがらと音を立てて開く。半分ほど開いたところで、中のガラス扉の鍵を開け、屈むようにして店内に入る。建物の構造は、よくいう「鰻の寝床」型で、外から見た間口はさほど広くないけれど、かなり奥行きがあって、店内は広々としている。

「電気は通してありますからね」

そう言いながら、不動産屋のおじさんがブレーカーを上げ、電灯をつけた。時代を感じる蛍光灯がはたはたと点滅して、やがて白い光を放つ。一部は間引かれているけれど、最低限の明かりは不動産屋さんが取り替えてくれていたようで、店内を見渡せるくらいの明るさにはなっていた。営業をやめてから二十年。時間が止まったままだった店に足を踏み入れたのは、不動産屋さん、陳さんご夫妻、そしてわたしとおじいちゃんの五名だった。クリスは、他の仕事で今日はいない。

わたしがおじいちゃんに「建物を陳さんに貸して欲しい」と頼んでからこうして中を見るまでには、少し準備期間が必要だった。さすがに、二十年前から使っていない建物だったので、電気の配線関連、建物の老朽化具合、雨漏りなんかのチェックが必要だったのだ。不動産屋さんの話では、建物は三十年前に一度改修されていて案外しっかりしているらしく、外見のボロさとは裏腹に、耐震補強工事とガスや水道の点検さえ行えば、まだ店舗として十分使えると太鼓判を押してくれた。

「わあ、スゴイ」

陳さんを喜ばせたのは、店内がほとんど当時のまま、お客さん用のテーブルや椅子まですべてきれいに残されていたことだ。厨房設備も、さすがに冷蔵庫のような大型電気機器はなかったけれど、コンロや調理台、流し台といったものがほぼそのまま残されている。店舗の状態としてはいわゆる居抜き物件というもので、二十年経って劣化・老朽化したものを取り換えて、レイアウトも変えずにできる限りあるものを利用すれば、市の補助金の範囲内でもかなり設備を整えられるし、開店までの工事期間も短縮できそうだ。

もちろん、内装や家具のセンスは相当古さを感じるのだけど、陳さんには自分の故郷である田舎町のごはん屋さんのような懐かしさがあるそうで、なんならこのまま使いたい、と興奮した様子だった。うまいことコーディネートすれば、レトロさがかえってオシャレに見えていい感じになるかもしれない。

壁に貼られたままのポスターとか、手書きのメニューの字。カウンターに置かれた黒い電話とか、昭和の時代にはなんてことなかったものたちかもしれないけれど、わたしには、それがなんだかたまらなく素敵なものに見えた。

「これ、二十年ずっと放置してたの？」

「まあ、そうじゃな。たまに見に来て、少し掃除することはあった」

おじいちゃんは、懐かしそうに調理台を手でなぞり、ここに油、ここに鍋、と、当時の様子をわたしに説明してくれた。もう少し若かったおじいちゃんと、今のわたしと同じくらいの年だったお父さんがここで毎日料理をしていたのだろうか。お父さんの作るごはんが、わたしやお母さんのごはんよりもずっとおいしくなる理由が、ようやくわかった。

「あの」

陳さんが、不動産屋さんの説明を聞き終えて、おじいちゃんのところにやってきた。ぺこりと頭を下げて、来てくださってありがとうございます、と、きれいな日本語でお礼を言った。

「ワタシの先生を、ご存じですか？　毎日ここに通っていたそうです」

陳さんが先生の名前を告(つ)げると、おじいちゃんは、ああ、と大きくうなずいた。

「もう二十五年以上前だと思うがね、よく来てくれた子じゃな。あの頃は学生さんでの。中国で教師なんかやっていたとは知らんかった。今は何しているかわからんけど、顔はよく覚えとるよ」

「ワタシの先生が、三幸菜館の料理はとてもおいしかったと言っていました。ワタシは、中国の料理の方が絶対おいしいと口答えしてしまいましたけれど、先生は笑って、料理は味だけじゃないから、と言いました」

「ずいぶん生意気(なまいき)なことを言ったもんじゃの、二人とも」

「昔は意味がわかりませんでしたけど、今は少しだけ、わかるようになりました。お店も、料理人も、街も、全部料理の一部と思います」

「そんなに難しく考えんでも、一生懸命やりゃいいんよ。うまいもんを食わせてやりたいと思えば、うまいもんが作れるようになるもんでの」

陳さんははにかむように微笑んで、劉さんに中国語で意味を伝える。劉さんも、おじいちゃんの言葉の意味がわかったようで、笑顔で何度もうなずいていた。

「あの、ワタシは、ここでおいしい料理を作りたいので、この建物を、ワタシのお店のために使わせてもらえませんか」

「見ての通り、この辺りは昔と違って人が来ないもんでな、ここで店をやるのはあまりおすすめできんね。苦労すると思うがなあ。もっと都会で店を出したほうが儲かるじゃろ」

「そうかも、しれないです。けれど、ワタシは、ここでお店を出すのが、ワタシの……、ええと、命運――、命運は――」

劉さんが、小声で陳さんに何か告げる。陳さんが、そうだった、と、わたしとおじいちゃんに笑顔を向けた。

「命運は、そう、運命。運命だと思いますから」

おじいちゃんが、一瞬きょとんとしたあとに、大げさじゃなあ、と大笑いした。

「でもまあ確かに、まさかうちの客が中国で先生をやって、その生徒さんに店を出したいと言われるとは思わんかったよ」

「ワタシも、幸菜サンのおじいさんが、先生の言っていたお店のオーナーとは思いませんでした」

劉さんが、中国語で何かしゃべる。陳さんが、はは、と笑って、わたしに視線を移した。

「妻が、幸菜サンが、あと一分事務所に戻ってくるのが遅かったら、諦めて帰っていたかもしれない、と言いました」

目を合わせて、わたしと劉さんが一緒に噴き出した。事務所前に人影を見つけて、脇腹を犠牲にしてでも走った甲斐があったということだろうか。

「まあ、運命というと大げさかもしれんけど、これも何かの縁じゃろうなあ」

好きに使ってくれ。おじいちゃんが手を差し出し、劉さんと握手を交わした。

6

ついこの間、大学三年生になったと思ったばかりなのに、いつの間にか夏になって、暑い、このクソ暑いの無理、と思っていたら、もうコートを着ないと寒くて震える季節になっている。世間はクリスマスムードで、大学ももうじき冬休みだ。後ろからわたしを追い立てる時間というやつは、ほんとに容赦がない。

陳さんのお店の開店準備は急ピッチで進み、賃貸契約や補助金の申請もクリスマスとわたしが手伝ってなんとかクリア。店舗の工事は、耐震補強や電気、空調、水回りといった内側部分が完了。内装工事もほぼ完了して、あとは外が終われば、いよいよ開店カウントダウンに入る。店内は、わたしのおじいちゃんのお店の名残を活かしつつ、少しモダンなインテリアなんかも入れて、レトロだけどかわいらしい空間に生まれ変わった。内装のデザインはもちろん藤崎さんで、インテリアのコーディネートまでまるっと引き受けてもらった。

席は、四人掛けのテーブル席が八席。壁際には、一人客用のカウンターテーブルが新しく作られた。一番奥には厨房があって、そこから、じゅわあ、という油の音や、鉄鍋を振る軽快な金属音が聞こえてくる。

今日は、陳さんのお店のメニューについてアドバイスするための試食会。わたしにとってみれば、タダでおいしいものが存分に食べられるという役得の極みのような日だ。お腹を極限まで空かせてきたわたしはクリスの隣に座り、まだちゃんと印刷する前の仮のメニュー表に目を通している。よくもまあこれだけのメニューを一人で作れるものだと感心するほどの品数で、前菜・おつまみ類から、炒め物、揚げ物、麺類、ご飯もの、デザートと、わたしが「中華」と聞いて想像できる料理は、大抵揃っている気がする。

わたしの向かい側には、ハジメさんが細い目をさらに糸の如く細めてにこにこしながら、両手を揉みあわせて料理の到着を待っている。ハジメさんの役割は、実際に料理を食べてみて、味や盛りつけ、素材などの改善点をアドバイスすることなのだけれど、仕事は仕事として、単純に食べるのが好きなのだろう。アラサーのぽっちゃり男子がお預けを食らっている大型犬のようにそわそわしているさまは、やたらわたしの母性をくすぐってくる。

厨房から中国語で声がかかると、すぐに劉さんが出来上がった料理を運んできた。元々同じ店で働いていただけあって、連携は完璧と言ってもいいほどスムーズだ。テーブルには次々とお皿が運ばれてきて、スペースがどんどん埋まっていく。

並べられた料理は、とにかく全部がどうしようもなく食欲をそそるやつだった。皮がパリッと焼かれた、一人前六個の焼き餃子と、さっぱりとした醤油味のスープに縁が赤みがかったチャーシューが載ったラーメン。、キャベツを甘じょっぱく炒めた「日本風」の回鍋肉と、色鮮やかなエビチリ。そして、シンプルだけれどパラっとしていて、脂っこくないチャーハン。中国で食べられているものとは全然味の違うものもあるのかもしれないけれど、わたしにとってはこれぞまさしく中華だ。メニューと照らし合わせると、こんなにリーズナブルな価格で出してもいいものだろうか、と、ちょっと心配になるくらいで、このご時世にワンコインメニューがごろごろ並んでいる。一品一品もかなりボリューミーで、男性でもお腹がパンパンになりそうだ。

「いかがですか」

一通り、試食用の料理を作り終えた陳さんが、半ばただ普通に食事をしているだけのわたしたちのところにやってきた。少し不安げな顔の陳さんに向かって、クリスもわたしもハジメさんも、「間違いない」と親指を立てた。間違いない。それに尽きる。どのメニューも、期待を裏切らない安定のおいしさだった。外で食事をする時は、食べたことのない料理との出会いにわくわくすることもあるけれど、反面、思い描いた味を裏切らないものを欲することもある。こういう雰囲気のお店では、わたしは安定を求めたくなる。

「エビチリはもう少しだけ辛味を抑えてもいいんじゃないかなあ。あ、あと、トマトと玉子の炒め物をメニューに加えてみてはどうですか？　中国だと、わりと定番ですよねえ」

「番茄炒蛋という料理ありますね。とても簡単ですから、メニューにも入れられます」

　ハジメさんは、ただ笑顔でばくばくと飯を食らっているように見えていたけれど、ちゃんと一つ一つすべて味を確かめていたようで、味つけの仕方から加えるべき材料、具材のバランスから盛りつけまで、丁寧にコメントしていた。陳さんは一言たりとも聞き漏らすまい、という表情でメモを取っている。

「でも、どれも間違いなくおいしいし、コスパで言ったら最高だと思うんですよねえ」

「コスパ？」

「コストパフォーマンス」

「あ、なるほど。ありがとうございます」

「だから、もう一歩、なんかこう、お店の代名詞というか、看板メニューになるようなものが一つあるといいんじゃないかなあ」

「看板メニュー、ですか」

「そう。基本の人気メニューは押さえていると思うので、何か一つ、このお店でしか食べられないものがあるといいんですよ」

「このお店でしか……」

　看板メニューか、と、わたしは少しでも役に立とうと考えてみるけれど、なかなかぱっとは思いつかない。『鮨けい』さんのサーモンみたいな、人を呼べる一品が必要だけれど、庶民の「間違いない」で勝負するお店だとまた勝手が違う。中途半端だと目立たないし、奇をてらい過ぎても敬遠されそうだ。もう一度、仮メニュー表をぺらぺらめくり、何かウリになりそうなメニューはないものか、と、わたしは目を走らせる。

「あ、あれ？」

「幸菜、どうしたの？」

「ええとその、見落としてたらごめんなさい。麻婆豆腐ってないんですかね？」

クリスとハジメさんが、え？ という表情で、わたしの手元のメニュー表を覗き込む。ページを行ったり来たりしたけれど、やはり麻婆豆腐がどこにもない。日本においては中華料理の大定番だし、メニューに加えないという選択肢(せんたくし)はないいんじゃないかと思うのに。

「その、麻婆豆腐は、やめておこうかと思っていますから」

クリスも、メニューを見て、本当だ、と首を傾げた。

「日本では麻婆豆腐は好きな中華料理のランキング上位に必ず入るような定番メニューですし、僕は出したほうがいいと思いますが」

「はい。知ってます。ワタシが働いていたお店でも、麻婆豆腐は〝三宝(サンパオ)〟と習いました」

「サンパオ？」

「日本人が、大好きな三つのメニューです。餃子、炒飯(チャーハン)、麻婆豆腐」

「そうですね。それに、陳さんは、四川省のご出身なわけですよね？」

「はい。そうです」

「麻婆豆腐は四川料理の代表格ですし、お店のウリにはうってつけだと思うんですが」

「はい、でも、ワタシの麻婆豆腐は、みなさんが好きな麻婆豆腐と違うので」

麻婆豆腐は陳さんの故郷である四川の料理で、もちろん麻婆豆腐をウリにしているお店もたくさんあるのだけれど、どちらかというと昔からある家庭料理のイメージなんだそうだ。日本で言えば、肉じゃがみたいなもんだろうか。そして、陳さんにとってはそれが、子どもの頃から慣れ親しんだお母さんの味であるらしい。

中国の料理と、「中華料理」は違う。陳さんもそれはわかっていて、日本人に受け入れられる「中華料理」を勉強してきた。でも唯一、麻婆豆腐だけは、どうしてもその味が受け入れられなかった。それが、亡くなったお母さんが一番得意だった料理で、陳さんはその味でずっと育ってきたからだった。

とはいえ、陳さんのお母さんの麻婆豆腐は日本人からすればかなりの激辛で、よほどの辛いもの好きじゃないと食べられない。前に勤めていたお店では日本人の味覚に合わせたピリ辛くらいの麻婆豆腐をメニューに入れて「四川麻婆豆腐」として出していたけれど、陳さんにとっては、それはもはや別物だとしか思えなかった。

例えば、わたしがどこか外国でお店を出すとして、味噌汁にお砂糖とかフルーツを入れたようなものが現地で大人気だったとする。わたしがそれを「味噌汁です」と言って出すのには、確かに結構な割り切りが必要かな、と思った。味噌汁という名前でありながらも、わたしがお父さんやお母さんに作ってもらったものとはまるで違う、食べ慣れないものなのだ。現地の人が喜んでくれるなら、と割り切れるかもしれないけれど、その料理にものすごく思い入れがあったら、どうしても割り切れないこともあるかもしれない。遠く離れて暮らす家族や、亡くなられたお母さんを思い出すものなら、なおさら。

「麻婆豆腐だけは、お母さんの味で出しましょう。それがいい」

ハジメさんが細い目をほのかに潤ませながら、そう言った。いつもの柔和な口調よりも、言葉に力がこもっている。陳さんも劉さんも、そしてわたしも、「えっ？」と顔を上げた。

「ああ、でも、日本人にはおいしくないと思いますし」

「もちろん、辛さの段階は作ってあげた方がいいと思うんですよねえ。でもそれ以上に、それだけの思い入れがあるメニューであれば、その味をちゃんと伝えたほうがいいと思うんですよ」

「味を、伝える？」

「ボクは、仕事柄、いろんなお店の方とお話しするんですけど、もちろんみなさんね、お客さんにおいしいものを食べて欲しい、と思ってる。でも、そう考えながらも、料理は、自分自身を表現するものだと思ってるんじゃないかなあ」

「自分を、表現する、ですか」

「メニューを見ればねえ、陳さんの、おいしいものをお腹いっぱい食べていって欲しい、って気持ちはよくわかりますからねえ。だから、ひとつくらい、自分のためのメニューを入れましょう。自分が本当に、たくさんの人に食べて欲しい、故郷の麻婆豆腐」

　おだやかでゆったりとしたハジメさんの言葉を聞きながら、陳さんは一粒、涙を零した。

劉さんが肩に手をそっと添えて、陳さんに寄り添おうとする。わたしには劉さんの言葉を聞いても理解できないけれど、表情だったり、動作だったり、そういうものを見れば気持ちはよくわかる。ただ、表現する手段が違うだけなんだ。陳さんが、麻婆豆腐を通してお母さんの存在を伝えることも、たぶんそういうことなんだと思った。

「でも、感情論抜きで見ても、麻婆豆腐はこのお店の看板メニューにうってつけだと思うんですよねえ。普通の中華の中に、一つだけとびぬけて本格的な麻婆豆腐があるなんて、面白いんじゃないかなあ。ボクはそういう、いい意味でトガったところがあるお店、大好きだから。なにより、陳さんのお母さんの麻婆豆腐を、ボクはぜひとも食べたい。いろいろ言ったけれど、これはもう、個人的なお願いかもしれない」

　確かに、と、わたしもうなずく。辛いものは苦手で、激辛と言われるとちょっと怖いけれど、陳さんがそんなにも大事にしている麻婆豆腐が、どんなものなのか知りたい、という気持ちはある。

「ありがとうございます。嬉しい。でも――」

「でも？」

「その、ずっと不思議だったんですが、日本人は、どうして餃子や炒飯、麻婆豆腐が好きなのでしょうか。中国には、もっと豪華な料理も、おいしい料理もたくさんありますのに、家庭料理とか、余りもので作るようなものを日本人は好きと言います」

確かに、とは思うけれど、わたしは餃子もチャーハンも麻婆豆腐も好きだ。頭の中に浮かぶ好きな「中華料理」は、やっぱりそういうものだった。あとはなんだろう。青椒肉絲とか、回鍋肉とか、焼売とか。全部、お父さんが作ってくれた料理だ。

「あ、そのー、わたし、それはわかる気がします」

「え?」

「たぶんですけど、日本人が好きな中国の料理って、家で作れるやつだと思うんですよね。ちっちゃい頃に、お母さんと一緒に餃子包んだとか、土曜のお昼にぱぱっとチャーハンが出てくるとか、夜に家族で麻婆豆腐食べるとか。うちはお母さんじゃなくて、お父さんが作ってくれたんですけど、そういう家で食べた頃の思い出が、おいしいって感情になるんじゃないかなって」

だから、陳さんと一緒ですよ、と言うと、陳さんはきゅっと表情を変えて、そうか、そうですか、と噛みしめるようにうなずいた。

「麻婆豆腐、出したいとは思うのですが」

「ボク、現地のものを輸入している業者さんを知っているので、もし必要な調味料があるなら、ご紹介しますよ」

さすがハジメさん、顔が広い、と思ったのも束の間、陳さんは浮かない顔で肩を落とし、何度か首を横に振った。

「一つだけ、どうしても手に入らないものがあります」

「手に入らないもの？」

「豆腐(ドオウフー)です」

7

「豆腐が違うって、どういうことだと思う？」

「いや、僕もちょっとわからないんだよな」

陳さんのところを出て別の仕事に行くハジメさんと別れ、わたしとクリスは向かい側の事務所に戻ってきた。正直、お腹はもうぱんぱんで眠いのだけれど、それ以上に、気になることが頭から離れていかない。

豆腐問題は、さすがのハジメさんも頭を抱えた。日持ちする調味料類なら現地から輸入もできるけれど、中国の豆腐はまず日本に入ってこない。その上、農家だった陳さんの家では、豆腐も大豆(だいず)をすりつぶすところからすべてお母さんが手作りしていて、豆腐の作り方までは陳さんも教わっていなかった。一体どういう豆腐だったのか、想像もつかない。

当然、陳さんもお店を出すなら麻婆豆腐を出すことは考えていたようだ。けれど、日本の豆腐で作ると、どうしても風味や食感がお母さんの麻婆豆腐に近づかなかった。たぶん、食べる側にしてみれば、日本の豆腐で作っても何も問題ないんだと思う。でも、陳さんはなかなか満足できず、いろいろな豆腐を買ってきて試してみたものの、やっぱり近い味のものには出会えなかった。結局は、出すのを諦める、という結論に至ってしまった。

お母さんの麻婆豆腐に使われていた豆腐は、日本で普通に食べられている豆腐とは食感が全然違うらしい。木綿豆腐ほど固くなくて、舌触りは滑らか。でも、絹ごし豆腐ほど崩れやすくもない。色はうっすら緑っぽくて、激辛麻婆豆腐の中にいても豆腐の甘みを感じるのだそうだ。

「そんな豆腐、ある？」

「色が緑なのは、枝豆を使った豆腐じゃないかなと思ったんだけど、スーパーに売ってるような豆腐なら陳さんも試してるだろうし、食感の違いも説明できないな」

「なんかさ、お母さんが作ってくれたごはんてやっぱり特別感があって美化しちゃうから、そのお豆腐も陳さんのなかでだけ、すごく特別なものになっちゃってたりしないかな」

「そういうこともあるかもしれない。だとしたら、永遠に納得できないだろうけど」

「でもさ、なんとかしてあげたいよね」

「そうだね」

「あー、ごめん。違った」

「違う？」

「単純にさ、食べたいよね、陳さんのお母さんの麻婆豆腐」

クリスは、力が抜けたようにふっと笑うと、そうなんだよね、とうなずいた。

「僕も、食べてみたい」

「なんとかできないかな」

「たぶん、中国と日本じゃ、豆腐も材料とか作り方がちょっと違うんだろうね」

「無理なのかな。あのハジメさんでも見当がつかないって言うし」

いや、と、クリスは立ち上がり、脱いだばかりの上着を羽織った。表情は変わらないけれど、さすがにいつも一緒にいるせいか、クリスの感情がわたしにも理解できるようになってきた。わたしも立ち上がって、上着を羽織る。外は、もうかなり冷えて、冷たい風が吹いている。

「諺があるでしょ。餅は餅屋」

「うそ、そんなのあるの？　初耳」

「もっと本を読むといいよ」

「すいません。どういう意味？」

「何かする時は、専門家に任せるのが一番だ、っていう意味」

「専門家？」

「そう」

　豆腐は豆腐屋だ、と言って、クリスは事務所の扉を開いた。わたしも、置いていかれないようにその後に続く。

8

目の前の薄いガラスの引き戸がぴしゃりと閉められてから、もう二時間が経った。日もとっぷりと暮れて、ゾンビロードはゾンビロードたる静けさの中に落ちていた。通りには、今日も誰もいない。

「幸菜は、帰っていいんだよ」

「いやだって、そういうわけにもいかないでしょ」

「だって、寒いしさ」

「寒い。いや寒いよ、ほんとに寒い。けど、なんか帰れないよ」

本格的な冬の到来まではまだ少しあるけれど、今日は冷たい小雨の降る、最悪の日だった。コートを着込んでいても、風が吹くと寒さが骨身に染みる。豆腐店の軒先に屋根があるおかげで直接雨に打たれているわけじゃないけれど、強い風に乗って雨粒が横殴りに吹きつけてくるので、足元がじっとりと濡れて、冷えが腰に来る。

でも、クリスが「豆腐は豆腐屋」と言った時に、少し覚悟はしていた。

目の前で閉じられている扉には、『福田とうふ店』という文字がプリントされている。内側はカーテンが引かれていて見えないが、もう営業は終わって、真っ暗なのはわかる。

わたしたちは、陳さんのお母さんの豆腐について聞くために、稲荷町商店街唯一のお豆腐屋さんにやってきた。そう、あの、振興会会長・福田豊さんのお店だ。

おじいちゃんに聞いた話では、『福田とうふ店』が創業したのは、四十年前。福田会長は二代目だ。稲荷町商店街のイベントであった「狐祭り」は、福田さんやうちのおじいちゃんたちが集まって企画したお祭りらしい。『福田とうふ店』は、狐祭りの日に「きつね」という揚げたての油揚げを販売し、それが大ヒット商品になった。祭りの日は、稲荷神社での盆踊りと、「きつね」を歩きながら食べるのが地域の人たちの定番だったそうだ。

わたしの中で、豆腐は完全に「スーパーで買うもの」というイメージで、昔ながらのお豆腐屋さんを見るのは新鮮だ。こぢんまりとしていて、飾り気のない店構え。店先にはガラスケースが並べてあって、販売は店内ではなく、店先でやるようだ。建物の中は豆腐を作るスペースなんだろう。ガラスケースには、「きぬ」「もめん」といった定番の他に、「厚揚げ」「がんもどき」といった加工品も並ぶようだけれど、今は空っぽだ。

わたしたちが福田とうふ店にやって来た時は、もうお店は閉店の準備をしているところだった。お豆腐屋さんは、朝早くにお店を開けて、夕方に閉めるところが多い。朝食や夕食の準備のために買いに来る近所の人に合わせて営業しているからだろう。店のドアを閉めようとしている会長に声をかけ、豆腐について教えて欲しい、とお願いしたのだけれど、まったくもって相手にされなかった。わたしは、「餅は餅屋」は知らなかったけれど、「取りつく島もない」という言葉なら知っている。会長はまさにそんな感じだった。

ろくに話も聞いてもらえないまま、乱暴に閉じられたガラス戸の前で、わたしたちは会長がもう一度出てくるのをじっと待っている。クリスもわたしも、一度出直そうか、とは言わなかった。ここで引いてしまえば、毎日毎日同じように無視されて、陳さんのお店が開店するまでに間に合わない。それに、商店街をなんとかするためには、福田会長の協力が絶対に必要なんだと痛感している。やっぱり、わたしたちが会長と手を取り合っていかなければ、商店街全体も前を向けない。

わたしは大したことはしてこなかったとはいえ、クリスの隣にずっといたことで、気づいたことがある。商店街に人が来なくなってしまった理由はいろいろあるのかもしれない。過疎化とか、生活スタイルの変化とか。それで何が起こったのかというと、人と人とのつながりが、どんどん切れていってしまったんだ。お店と、お客さん。親と子供。ご近所さん同士。正直言って、わたしは大勢の人と付き合うのは面倒、というタイプで、「みんなでなんかしようぜ！」というノリは苦手なのだけど、それでも、一人で生きているわけじゃない。まつりがいなかったら、わたしはこの街に来なかった。商店街に来なかったら、クリスと話すこともなかった。そういう一つ一つのつながりが切れていたら、わたしの人生には、きっと何も起こらなかった。

つながりが濃かろうが薄かろうが、わたしは誰かとつながっている。

クリスがやろうとしていることは、切れてしまったつながりを、再びつないでいくことなんだと思った。過去と、現在。遠く離れた人の距離とか、気持ちを。それはたぶん、お金儲けとか、仕事というだけではなかなかできないことかもしれない。

陳さんと、福田会長をつなぐことができたら、陳さんと、陳さんのお母さんがまた麻婆豆腐という料理を通してつながるかもしれない。そうしたつながりで出来たものが、お客さんという新しいつながりを生む。おいしいと思った人がまた誰かを連れてきてお店が繁盛すれば、商店街でお店をやりたい、という人も少しずつ集まってくる。そうして、つながりがどんどん広がっていけば、いつかは商店街に人が溢れるようになるかもしれない。

ただ、それが簡単じゃないってことは、今まさに痛感している。寒くて心が折れそうだ。

「ごめんね」

「なにが？」

「こんなことに付き合ってもらっちゃってさ」

「いいよそんなの。何をいまさら」

「でも、寒いでしょ」

「いやほんと、寒いよ。凍えそう」

「出て来てくれるかな、会長」

「早く出て来てくれないと死んじゃう」

「下手したら、明日の早朝だよ」

「無理だ。無理じゃない？　さすがに無理じゃないかなそれは」

クリスが、小刻みに足踏みをするわたしを見て、噴き出した。帰っていいよ、と呆れたように言うけれど、わたしにも意地がある。クリスが残っているのに、寒いから一人で帰るね、じゃあね、なんて言えないではないか。

「クリスはさ、どうして?」

「ん?」

「どうして、ここまでするの?」

「さあ、どうしてかな」

「陳さんと同じ理由?」

クリスがちらりと横目でわたしを見る。わたしは、「お母さん」という言葉だけ伝えた。陳さんが亡きお母さんの麻婆豆腐を大切にしているように、クリスもまた、亡くなったお母さんと住んでいたこの場所に、強い思い入れがあるのかもしれない。

「聞いたの?」

「うん。藤崎さんから。ごめん」

「隠してるわけじゃないから、別にいいよ」

クリスは、閉ざされた『福田とうふ店』の扉を見つめているけれど、その目にはもっと違う何かが映っているように見えた。クリスと、クリスのお母さんがどういう関係性であったかは知らない。でも、きっと大事な家族だったんだろう、ということは想像できる。

「僕が十八の時に、母が亡くなったんだけど」

「うん」

「最期(さいご)の言葉は、Given,Get,Give だった」

「ええと、ごめん、どういう意味なんだろ」

「与えられること、手に入れること、与えること」

「なるほど」

「それが、生きる幸せ、って」

わたしは、冷えた体にじわりとしみ込んでくるその言葉を、ゆっくりと受け止めた。普段、あまり意識しないけれど、ほんとにそうだな、と思う。

「あ、それでかあ」

「それ？」

「スリーハピネス」

初めて会った時にもらった名刺に書かれていた、クリスの会社の社名。そこには、そんな思いが込められていたのか、とはっとした。

「よく覚えてたね」

「そりゃ覚えてるよ。人生で初めてもらった名刺だもん」

「僕に、その三つの幸せの最初の一つを教えてくれたのは、幸菜、君のお父さんだよ」

「え？　うちの？」

「前に、言ってたでしょ。この商店街に、借りがあるって」

「言ってた」

「昔、この辺りに住んでたんだ。僕が小学校に上がる前。母は、近くのフィリピンパブで働いてた。あんまりお金がなかったから、僕はいつもお腹を空かせてた」

「そうだったんだ」

「ある日、夜にお腹が空いて目が覚めて、母も家にいなくて、一人で飛び出して来ちゃったんだ、夜の商店街に。二十年前は、まだ今ほど寂しい商店街じゃなかったから、お店も開いてたし、人も歩いてた。どうしても何か食べたくて、我慢できなくて、僕は通りすがりの人が持っていたお弁当を盗んだ」

「それは――」

「でも、あっという間に捕まってさ。人のものを盗んではいけない、って教わっていたのに、僕は自分のために人から奪おうとした。やっちゃいけないことだった」

「まだ、小さい子供だったわけだし、しかたがない、とは思うよ」

「そこに通りかかったのが、幸菜のお父さんだった。僕が盗もうとしたお弁当を弁償してくれて、あのお店に連れて行って、ごはんを食べさせてくれたんだ」

あ、と、わたしは思わず声を上げる。

うまい、安い、盛りがいい。

三幸菜館。

「人から親切にしてもらったのは、それが初めてだった。ごはんが食べられて嬉しくて、でも、盗みをしようとした自分が悲しくて、ごはんを食べながら泣いたよ。でも、そのごはんを食べさせてもらえていなかったら、僕は幸せを感じることもなく、今とは違う人間になっていたかもしれない。世界を憎んでいたかもしれないし、自分の人生を呪っていたかもしれない」

「大げさ——、じゃ、ないんだよね。きっと、クリス的には」

「本当は、幸菜のお父さんに直接お返しがしたかった。でも、後から知ったことだけど、僕がごはんを食べさせてもらった日が、あのお店の閉店した日だったんだ」

「だから？」

「そう。僕は、この商店街というより、幸菜のお父さんのお店に借りがある。あの日、幸せを与えてもらったおかげで、僕は自分の力で生きることができている。今度は、僕が誰かに与える番なんだ」

言葉は悪いかもしれないけれど、そんなことで？　とわたしは思った。まだ幼かった頃に、たった一度、親切にしてもらったことがこんなにも人の人生を変えるのだろうか。藤崎さんが言っていた意味がわかった気がする。クリスは、結構繊細だから。

「その、わかってたの？　わたしのこと」

「幸菜が自分からは何も言わなかったから確証はなかったけれど、御名掛、なんてあんまりいないからね。もしかしたらというか、たぶんそうなんだろう、って思った」

「命運」

「なんて？」

「陳さんが言ってたんだ。中国語で、運命、だって」

「そっか」

「そういうの、あると思った？」

「運命？」

「都合のいい偶然、でもいいけど」

「どうだろうね。あんまり、そういうのは信じないタイプだったけど、二次審査の会場で、幸菜の名前を聞いた時にわからなくなった。こんなことがあるのか、って」

「運命的だと思わない？」

「今は、ちょっと思うかな」

ちょっとか、とわたしは笑った。わたしみたいな平凡な人間に、運命なんて言葉は重たいし、大げさに感じる。でも、世界というものはすべてがきちきちの理詰めで出来てるわけじゃないらしい。現に、いくつもの偶然が重なったから、わたしは寒空の中、ガタガタ震えながら豆腐屋さんの前なんかに立っている。

「運命って言うとなんかあれだし、やっぱり、都合のいい偶然、ってことにしよう」

「そうだね。まるで、下手な脚本家が書いたシナリオみたいな」

「ねえ、そう言えばさ」

「うん？」

「うちのお父さん、何を作ったの？」

「ああ、それはすごくよく覚えてる。おいしかったから」

「当ててみようか」

「わかる？」

「焼き餃子と、チャーハンと、麻婆豆腐」

　クリスが珍しく声を出して笑いながら、正解、と言う。そうでしょうとも、と、わたしは得意げに胸を張った。中華料理屋の三種の神器は、わたしのお父さんの得意料理だ。

　突然、目の前がふわっと明るくなって、驚いて前を見た。『福田とうふ店』の一階部分に明かりがついたのだ。クリスと顔を見合わせて、姿勢を整える。カーテンが開いて、わずかながら、ガラス扉が開いた。わたしの腰が引けるほどのいかめしい顔。福田会長だ。

「さっきから、人の店の前で、何をべちゃべちゃしゃべってるんだ」

「すみません、うるさかったでしょうか」

「なんなんだ、君たちは。いい加減にしてくれ」

「どうしても、ご協力いただきたくて」

　うっすらと笑みを浮かべた、いつものクリス。わたしはアシスタントとしての責務を果たすべく、頭を下げて、お願いします、と精いっぱいの声を出す。指先や足の先はもう、冷えて感覚がない。半分くらいは、もう寒いからなんとか勘弁（かんべん）してください、という魂（たましい）の叫（さけ）びになった。

福田会長は不機嫌そうにため息をつくと、店の入口の扉をいっぱいに開いた。

「もう、さっさと入ってくれ」

9

ああ、これはとても近いです！　と、陳さんが興奮した様子でわたしたちに目を向けた。陳さんの前には、うっすらとした緑色の豆腐がいくつか並べられている。

福田会長は、クリスの説得に陥落し、陳さんの豆腐の試作に協力してくれることになった。どちらかというと、協力させた、と言った方が正しい。店の前に若者二人がずっと立っている光景は、周囲の人たちから見れば異様だっただろうし、狭いコミュニティの中ではあらぬ噂も立ちかねない。もし、アドバイザーが一般企業の社員や市の職員だったら、こんな無茶はできなかっただろう。時には常識外れの無茶もできるというところが、クリスの強みでもあるかもしれない。

陳さんのお店のオープンが迫って来た頃、福田会長がようやく試作品をいくつか持って来てくれた。そのうちの一種類に、陳さんは反応した。見た目には、大きな違いはないように見えるけれど、陳さんにはわかるようだ。

「なるほどな、やっぱりこれか」

わたしとクリスも、緑色の豆腐を試食させてもらう。スプーンを入れた時点ですでに感触が違うことに驚く。見た目は絹ごしのようになめらかなのに、崩れるほどの柔らかさではなくて、結構しっかりとした固さがある。口に入れると、つるんとしながらも独特の食感があって、確かに、普通に売られている絹ごしとも木綿とも違う。

「これ、何が違うんですか？」

「まず、凝固剤(ぎょうこざい)が違う」

「凝固剤？」

「豆乳を固めるためのもんだ。普通の豆腐は塩化マグネシウムを使う。つまり、にがりだな。聞いたことはあるだろ」

「あ、にがりは知ってます」

「けどな、にがりってのは打つのが難しいんだ。固まるスピードが速いし、量を間違えるとうまくいかない。失礼だが、家庭で素人(しろうと)が安定して食感を出すのはやや難しい。なら、おそらく、すまし粉を使ったんだろうと思ったんだ」

「すまし粉？」

すまし粉とは、成分で言うと硫酸(りゅうさん)カルシウムという物質だ。名前を聞くと恐ろしい薬品のようだけれど、要は石膏(せっこう)のことらしい。にがりは豆乳に含ませるとすぐに固まり始めるけれど、硫酸カルシウムは固まるスピードが遅いので扱いやすく、固まる時に水分を多く含むので、にがりで作った木綿豆腐よりも、食感がなめらかになる。

「石膏って、食べても大丈夫なんですかね」

「大丈夫だ。京都の豆腐にはよく使われてる。にがりは海水から採るもんだが、彼の故郷は内陸で海がないから、にがりよりも身近にあるのかもしれんな」

もう一つ、驚いたのは豆腐の甘みだった。普通に食べる豆腐よりも、明らかに甘みが強い気がする。いわゆる、「豆の甘さ」を強く感じるのだ。

「この甘いのは、何か入れてるんですか？」

「大豆が違う。これは、青大豆を使ってる」

一般の豆腐で使われる大豆は、緑色の枝豆が成熟して色が変わったものだけれど、青大豆というのは、成熟しても色が緑色のまま変わらない種類の大豆なのだそうだ。普通の大豆よりも脂肪分が少なくて糖分が多いから、甘みの強い豆腐になる。青大豆は普通の大豆よりも病気に弱く、収穫するのも手間がかかるそうで、日本では栽培する農家が少ない。国産の青大豆は稀少らしく、あまり一般には青大豆の豆腐は出回らない。

ただ、青大豆のうんちくよりも、わたし的には枝豆と大豆が同じもの、という方が驚愕の事実だった。え、枝豆って大豆なの？　とすっとぼけたことを言って、福田会長に豆腐の如く白い目で見られることになった。

「あの、この豆腐を、ワタシのお店のために作ってもらうことはできますか？」

「まあいいが、その代わり、普通の豆腐よりだいぶ高くつくぞ。採算取れるのか？」

陳さんは少し困った顔をしたものの、やや緊張した面持ちで「がんばります」と答えた。

「本気で取引する気があるなら、一度うちの店に来るといい」

「はい、必ず行きます。是非おねがいします」

陳さんと劉さんが並んで頭を下げると、福田会長はわたしとクリスに向かって、これでいいんだろ、と、眉間にしわを寄せながらつぶやいた。

「じゃあ、私はこの辺で」

「あの、会長」

豆腐を置いて帰ろうとする福田会長を、クリスが引き留める。

「なんだ、まだ何かあるのか」

「よかったら、食べていきませんか。陳さんの麻婆豆腐」

「なんだって？」

「こじゃれた料理じゃないですから」

「それはそうだが」

「お店の豆腐がどう使われるのか、試食して頂いた方がいいと思うんですよ。改良点も見えると思いますし」

ね？　と、クリスが陳さんに振ると、陳さんは慌てて「是非食べていってください」と、また頭を下げた。劉さんが素早くテーブル席の椅子を引き、ドウゾ、と、福田会長を座らせた。やや強引ではあったけれど、見事なファインプレーである。

「みなさん、辛さはどうしますか」

わたしが「ひ、控(ひか)えめで」と言おうとしたのに、クリスが「やっぱり、ここは本場の辛さで」などと勝手に決めてしまい、引くに引けなくなってしまった。福田会長も、いつもの強面(こわもて)が影を潜(ひそ)め、明らかに不安そうだ。もしかしたら辛いものが苦手なのかもしれない。

「ああ、わかりました。でも、とても辛いですから」

陳さんが悪魔のような一言を残し、厨房に入る。すぐに、何かを刻むリズミカルな包丁の音や、油がぱちぱちとはじける音、中華鍋を振る、がこんがこん、という音が聞こえてきた。心なしか店内の空気が辛くなってきた。花粉症でもないのに目や鼻がむずむずする。最後に、コンロの火力がフルマックスになった、ごお、という炎の音が聞こえて、陳さんの麻婆豆腐は完成した。

テーブルに運ばれてきた麻婆豆腐は、魔界の扉を開けてしまったかのようなヴィジュアルだった。四角くきれいに切られた豆腐は、赤いのを通り越してどす黒く見える油の海の中に沈んでいる。その上には、明らかに辛いものと思われる粉がふんだんにかけられていて、覗き込むだけで目がやられる。刻んだ青ネギが彩(いろど)りとして散らされているものの、もはや慰(なぐさ)めにもなっていない。

「麻婆豆腐には、三つの幸せがあると、お母さんに教わりました」

「三つ？」

「まずは、麻味(マーウェイ)。しびれる、びりびりした辛さです。中国の花椒(ファジャオ)という山椒(さんしょう)をたくさん使います。油は、花椒の辛さと香りを移した花椒油を使いますね。次は、辣味(ラーウェイ)。唐辛子(とうがらし)の燃えるような辛さ。熟成した四川の豆板醤(トウバンジャン)と唐辛子が大事ですから、朝天辣椒(チヤオテイエンラージヤオ)など、いくつかの唐辛子を使います。とても辛い」

もう、麻(マー)も辣(ラー)も逃げ場がない。どっちにしろ危ないやつではないか。これじゃ、「幸」じゃなくて、ただの「辛」だ。からくてつらい。

「麻婆豆腐は、麻辣(マーラー)が大事と言いますが、ワタシのお母さんは、もう一つ大事と言いました。それが、甜味(テイエンウエイ)。甘い味のことです」

「甘さ？　激辛なのに？」

「人生は、しびれること、辛いことが多いですが、ほんの少し甘いことがあると、辛いことも幸せになります。麻婆豆腐も、そういうものです。だから、ほんの少し、甘いものを加えます。お母さんが使っていたのは、杏子果醤(シンツークオジヤン)、杏(あんず)のジャムですね」

どうぞ、召し上がって下さい、と、陳さんがわたしたちを促す。大きめのお皿に盛られた麻婆豆腐をそれぞれ取り分ける。まず先に口に入れたのは、クリスだ。

「お、辛い。辛いけど、陳さんの言う通り、辛さの奥に甘みも感じますね。豆腐の甘みも大事だというのがわかりますよ。とてもおいしいです」

百点の食レポをする余裕があるくらい、クリスは涼(すず)しい顔で二口目にいく。あれ、言うほど辛くないのかな、と思いながら、わたしはおそるおそる、レンゲ半分くらいの量を口に入れた。

「ばっ！」

口に入れた瞬間、舌先が猛烈にしびれて、わけがわからなくなる。その後に、舌の裏から口全体が、一気に燃え上がるように熱くなった。熱いとか辛いじゃなくて、もはや痛い。いやこんなん無理、無理無理無理、絶対無理。クリスもアレか、まつりと同じで舌がバカになっている種族の人か、などと思い始めた時に、ふわっとした豆腐の甘みと豆の香り、そして辛さの奥にある旨味（うまみ）に到達した。あー、もう。辛いけど、辛いのに、なんかおいしいのが悔しい。わたしは情緒（じょうちょ）がおかしくなりながら、二口目をすくい取る。これだけ舌を痛めつけられながらも、二口目を食べたくなるのだから不思議だ。

「ねえ、お母さんの味、と呼ぶには、パンチ効（き）きすぎだと思うんですけど、これ。陳さん、ほんとに四川省の人は、こんな辛いものを子供の頃から食べるんですか？」

「そうですね。もちろん、赤ちゃんには辛いものは食べさせないですけれど、自分でごはんが食べられるくらいの年になったら、辛いものを食べ始めます。十歳くらいになったら、もうこれくらい当たり前」

どんだけ修羅（しゅら）の国なのか、と、わたしは首を横に振る。髪（かみ）の生（は）え際（ぎわ）のあたりからじわじわ汗が噴き出してくるのがわかるし、鼻の奥から滝のように鼻水が溢れ出してくる。涙もこぼれそうで、メイクが落ちてしまうのではないかという危機を感じる。

「その、ワタシの麻婆豆腐はいかがですか、会長さん」

無言でもこもこ食べていた福田会長に目を遣（や）って、わたしはぎょっとした。まだ二口くらいしか食べていないのに、尋常（じんじょう）じゃないほどの汗をかいている。汗の玉が顔をつたってぼたぼたたれているような状況で、目も充血して真っ赤になっている。

「まあ、悪クないな」

会長さんの声がひっくり返ってしまったのを聞いて、わたしは思い切り噴き出した。鼻水が飛び出そうになって、慌てて紙ナプキンを取って押さえる。わたしが肩を震わせて笑っていると、つられて陳さんも笑ってしまい、いつの間にか全員が声を出して笑っていた。福田会長はなんとか笑いを堪えているようだけれど、そのやせ我慢っぷりがまたわたしのツボに入って、笑いが止まらない。口の中も痛いけれど、腹筋も痛い。

「すみません、白いご飯て頂けたりしますか？」

クリスがそう言うと、劉さんが「アリマス！」と、すぐに厨房へ取りに行く。熱々激辛の麻婆豆腐。これは白いご飯が無限に食べられそうだ。わたしは慌てて手を上げながら、「わたしも欲しいです！」と厨房の劉さんにお願いする。汗だくの福田会長が、いかめしい顔で「俺にも」と手を上げたので、またわたしの腹筋が崩壊して悲鳴を上げた。

一億円の男（4）

目の前に並べられたごはんは、どれもおいしそうだった。香ばしく焼かれた餃子と、こんもりと丸い形に盛られたチャーハン。そして、おそらく辛さはさほどでもない麻婆豆腐。すぐにでも食べたかったけれど、僕はどうしていいかわからず、途方に暮れていた。お腹はあいかわらずぐうぐうと鳴っていて、口の中は唾でいっぱいになっているのに。

「いいんだぞ、食べて」

見たことのない男の人が少し離れたところに座って、僕を見ている。僕が連れてこられたのはお店のようなところだったけれど、薄暗くて、他に人はいなかった。

「残り物で悪いけどな」

男の人が僕の近くにやってきて、頭に手をぽん、とのせた。そして、もう一度、いいんだぞ、食え、と言った。僕はようやくお箸を手に取って、餃子を一つ、口の中に入れた。おいしいとか、温かいとか、そういうのはもうよくわからなかった。僕はたぶん、目の前にごはんがあって、それを食べていいのだということがたまらなく嬉しかったんだと思う。

僕は夢中で食べた。ただただ、食べ物を口に詰め込んだ。

その後、警察からママのお店に連絡がいったようで、僕がお腹いっぱいになった頃、ママが慌てて迎えに来た。ママは泣いていた。悲しかったのかと思ったけれど、そうじゃなかったのかもしれない。何度も、僕にごはんをくれた男の人にお礼を言っていた。

翌日、僕とママはお礼を言いにもう一度お店を訪れたものの、お店のシャッターは閉まっていて、閉店した、という張り紙が残されていた。結局、何もお返しできないまま、穴に落ちていきそうな僕を拾い上げてくれたお店は、この世界から消えてしまった。

ママは、僕が十八になった時に亡くなった。年齢を考えれば、若すぎたと思う。でも、ママは最期まで穏やかだった。嫌なこともあったけれど、たくさんの出会いにも恵まれた。幸せな人生だったと振り返りながら、ママは、「Given,Get,Give」という言葉を僕に残し、旅立った。あの日以来、その言葉は僕とママの合言葉だったから。

僕は、まだ自分が幸せだとは思えていない。ママの死はまだ受け入れられない。自分が生きている意味も、よくわからない。たくさんの人から、いろいろなものをもらいながら成長して、今はようやく自分の身の回りのことくらいは自分一人でなんとかできるようになった。たぶん、今までに受け取ったものを誰かに返して、新しい幸せの輪を作り上げた時に、僕はようやく幸せというものが理解できるのかもしれない。

今日も、商店街は静かだ。それでも、僕が大人になってから初めてこの場所に立った時よりは、少しだけ人がつながるようになった。僕に幸せをくれたまま消えてしまったお店は、先日、新しく生まれ変わって営業を始めた。外観もメニューも大きく変わったけれど、変わらなかったものもある。例えば、お店の名前だ。

砕けたガラスのように飛び散ってしまったように見えるこの場所も、一つ一つつなぎ直していけば、また息を吹き返すはずだ。時間というのは残酷で、絶えず僕たちを後ろから追い立てる。過ぎ去ってしまったものを元に戻すことはできないけれど、ほどけてしまった糸を結び直すことはできる。

いつかまた僕のように、この場所で生まれ変わる人がいるかもしれない。

そうなったらいい。

この願いを、彼女なら、「夢」というだろうか。

遠くから、また時間に追いかけられた彼女が走ってくる。必死だけど、あんまり足は速くないようだ。もし彼女とここで出会っていなかったら、僕はどれだけのことができていただろうか。夢という言葉を、口にできていただろうか。

「ごめん！　遅刻した！」

乱れた前髪を直し、肩で息をしながら、彼女が、ごめん、と手を合わせる。運命？　いや、そんなに大げさなものじゃない。これはたぶん、都合のいい偶然とかそういうものだ。

――遅かったね。

僕は彼女にくるりと背を向け、まっすぐに道を歩き出す。後ろから、パタパタと僕を追う足音が、聞こえてくる。

稲荷町グルメロード

1

時間が経つのは、本当にあっという間だ。相変わらず、わたしは後ろから迫ってくる時間から逃げるように、せわしなく走り続けている。二十歳の頃から携わっている「稲荷町グルメロード・プロジェクト」も、四年という月日を経て、ようやく実を結ぶ時を迎えた。店舗稼働率は目標を大きく上回り、近々、まだ数店舗が出店の予定だ。来年からは、順次、お店のファサードの改装が始まる。商店街全体に統一性を持たせて、一つのアミューズメントパークにしてしまうのだ。

商店街には、飲食店を中心に誘致が行われた。八百屋さんとか魚屋さんとか、近隣住民の方々の生活基盤となっていた商店街とは、また少し違う形なのかもしれない。でも、街にはお店が増えるごとに人が集まってきて、日々新しいつながりが生まれている。クリスが成し遂げた四年間の成果は、「シャッター商店街の奇跡」として、驚きをもって世間に受け止められた。若者にアドバイザーを任せるという大胆な地域振興策を推し進めた若木戸市長は一躍時の人となり、クリスもまた、全国から引く手あまたの「地域再生アドバイザー」というポジションを確立した。

四年間の集大成として、今日は稲荷町商店街、いや、「稲荷町グルメロード」のお店が総出で参加する大規模イベントが開かれている。アーケードはきらびやかに飾りつけられ、歩行者天国の路上には各店が趣向を凝らした食べ歩きグルメが並ぶ。「ゾンビロード」と言われた面影はもうどこにもない。アーケードの下は、老若男女多くの人が集まって、歩くのに苦労するくらいだ。

リニューアルして商店街のコミュニケーションスペースとなった元呉服屋の事務所には、クリスが一人で佇んでいた。感慨深げに人々の往来を眺めながら、遠い目をしている。いろいろあったこと、一つ一つを思い出しているのかもしれない。わたしは、そっとクリスの隣に立った。四年という月日を経て、わたしとクリスの間の距離はこれ以上ないほど近づいていた。

——ねえ、クリス。

——運命って、信じる？

クリスが、何か答えたように見えるけれど、なんだか、水の中に潜ったように声が聞こえない。え？　なんて？　なんて言った？　とわたしはクリスに耳を近づけようとするのだけれど、なぜかぐいぐいと引っ張られるように距離が遠ざかっていく。え、なにこれ。

「おい、いいのか、時間」

突如、頭の上から声が降ってきて、わたしは混乱した。誰？　お父さんの声？　お父さんがどうしてここに？　お父さん？

お父さん？

がばっと起きて、枕元のスマホを手に取る。本来起きるべき時間を三十分も過ぎていた。自分の部屋にお父さんが勝手に入っているのはどういうことだ、とは思ったが、今はそれどころじゃなかった。なんださっきのドラマみたいな展開は。うん、そっか。あれは夢だな夢。わたしは、めちゃくちゃリアルな夢を見ていたんだ。なんだ、夢か。そうだよね。

夢を見てる場合じゃないじゃん！

どこからが夢で、どこからが現実なのかという線引きがあいまいなまま、わたしはベッドから転げ落ちるようにしてようやく起きた。部屋が寒くて、あががが、と変な声が出る。先日年を越したと思ったばかりなのに、冬休みが明け、後期のテスト期間をなんとか乗り越え、わたしはまたあおば市に舞い戻って、クリスのアシスタントに復帰するところだ。一瞬、クリスとの出会いから今までが全部夢だったのか、などと思ったけれど、そこはまごうことなき現実だった。つまり、寝坊も思いっきり現実である。

「なんで起こしてくれなかったん！」

「外から何度も呼んだけど、幸菜（ゆきな）が起きなかったんだ」

「お、お母さんは？」

「今日は友達と映画を観に行ってる」

「もう、ヤバい、どうしよう」

「車の準備は出来てるから、早く支度（したく）するといい」

わたしはばさばさの髪の毛をさらにばさばさとかきむしり、部屋の中を無駄（むだ）に行ったり来たりする。お風呂に入る時間はないから、着替えて、寝ぐせだけなんとかして、はしたないけどメイクは車の中でするしかない。普段なら金曜の夜にあおば市に向かうのだけれど、昨日の夜、テストの打ち上げと称して久しぶりにまつりと飲みに行ったのがよくなかった。土曜の朝一で行けば間に合うでしょ、と考えたのだけれど、見事に酔っぱらって、スマホのアラームを無意識のうちに止めてしまっていたようだ。それもこれも、わたしに日本酒なんていう素敵なものを教えてしまった、クリスのせいだ。

わたしが乗ろうとしていた新幹線にはもう間に合わない。次の新幹線を逃すと、完全なる大遅刻が確定してしまう。わたしは部屋着を投げるように脱（ぬ）ぎ捨て、クローゼットをかき混ぜるように着ていく服を引っ張り出す。

とるものもとりあえず準備して、玄関の外に飛び出した。もうじき二月。東京とはいえ、さすがに寒くて震える。家の前にお父さんのタクシーがスタンバイしていて、わたしが出てくるタイミングで、後部ドアが自動的に開く。

でもわたしは後部座席には乗らずに、助手席側のドアを開けた。助手席に置かれていた書類やクリップボードを足元に追いやって、シートベルトを締める。お父さんは少し困惑したような顔をしたけれど、無言で後部座席を閉め、滑るように発進させた。

わたしはさっそくメイク道具を取り出し、パウダーをはたいたり、ビューラーをがしがししてまつげを反り上げたり、小忙しく準備をする。お父さんはその間、前を向いて静かに運転していた。

「ねえ、あのさ」

「どうした」

「わたしのせい?」

「何が」

「お店、やめたの」

お父さんはちらりとわたしを見ると、またすぐに前を向く。わたしも顔面を作り終え、化粧道具をしまいながら、前を向くことにした。

「誰のせい、とかそういうことじゃない」

「でも、わたしが生まれるから、やめたんじゃないの? わたしがいなかったら、お店、続けてた?」

「前に言ったろう。店をやるかどうかは、二の次だった。家族が幸せになるのが一番大事だったからな」

「今、幸せかな、お父さんは」

「なんでそう思う？」

「家で料理してるときが、一番楽しそうに見えたから」

「そんなことないだろう」

「そんなことあるよ。だからさ、昔から、お店やればいいのにって思ってた。もし、わたしがアドバイザーになってたくさんお金が入ってきたらさ、そのお金で、お父さんとお店できないかな、なんて思って」

明確にそこまで考えたわけじゃないけれど、アドバイザーに応募するとき、わたしはたぶんぼんやりとそんなことを考えた。今思えば、いきなりそんな思い切ったことできないよね、とは思うけれど、心のどこかで、お店の厨房に立って得意の料理をお客さんに振舞うお父さんの姿を想像していたし、ホテルのバイト経験を活かして、注文を取ったり料理を運んだりする自分の姿も思い描いていた。夢、と言うと大げさだけれど、そんなことになったらいいのにな、くらいの。

いつも、夜通し仕事をして朝に疲れた顔で帰ってくるお父さんの姿は、幸せそうには見えなかった。わたしだって、家族に幸せになってほしい。クリスのお母さんの言うように、わたしも三つの幸せを感じたい。Given,Get,Give。わたしはもらってばっかりだ。

「いいんだよ、幸菜がそんなことを考えなくても」

「いやそうだけどさ」

「娘がそんなことを思ってくれるだけで、俺は十分幸せだ」

「また、そういうこと言ってさ。ほんとはお店、やめたくなかったんじゃないの？」

「大丈夫だ。もちろん、子どもの頃からあそこで育ったから、思い入れはあるさ。でも、あの店があったことは、幸菜、と名前を呼ぶたびに思い出すからな」

「わたし？」

あ、と、思わず少し腰を浮かせて、お父さんの横顔を見る。

三〝幸菜〟館。

そっか、わたしの名前は、そういう。

「よくよく考えると、自分の名前の由来が中華屋さんってどうなん、て思うんだけど」

「まあ、そう言うな。いい名前だろう」

タクシーが、東京駅八重洲(やえす)口のタクシー降車場に滑り込む。なんとか一本後の新幹線には乗れそうだ。それでも、遅刻だけど。わたしは荷物を引っ摑(つか)んで、車から降りる。

「行ってきます」

急いでドアを閉めたから聞こえなかったけど、お父さんはたぶん、いってらっしゃい、と言ったと思う。

2

バスを駆け下り、信号が変わった瞬間に、横断歩道を渡る。今日は、午前十一時にはここについていなければならなかったのに、もう二十分遅刻だ。中途半端に古いセンスのアーチ看板をくぐり、B街区のアーケードに入る。B街区の中ほど、新しくオープンした中華料理店『三幸菜館』と、ガラス張りのアドバイザー事務所の間。相変わらず人影のない歩行者天国の中央ど真ん中に、コーヒーのテイクアウトカップを持ったクリスが立っているのが見えた。もうちょっとかなり心肺機能が限界に来ているけれど、わたしは思うようにスピードの出ない脚を必死に動かして、駆け寄る。

「ごめん！　遅刻した！」

真冬なのにじわっと汗ばんだおでこに張りつく前髪を直し、息を整えながら、最大限の謝罪の意志を示すべく、手を合わせて許しを請う。

「遅かったね」

あの夜と一緒だ、と、わたしはなんだか嬉しくなった。あの時クリスは、運命的だと思わない？　と言ったけれど、きっとそんなに大げさなものじゃなかった。たまたまがちょっと重なって、不思議とこんなことになっただけ。都合のいい偶然、くらいのものだ。

それが、わたしの人生を少し変えた。それは確かだけれど。

わたしの息の上がりっぷりなどお構いなしに、クリスが先に歩き出す。わたしはばくばくする胸を押さえながら、小走りで隣に並んだ。キンと冷えた空気が、頬っぺたに刺さる。

「みんな、怒ってるかな」

「大丈夫だよ。さっきちょっと見てきた」

今日は、かつて企画されていたという「狐祭り」が開催されなくなってから実に二十年ぶりの商店街イベントを開催する。発案者は、何を隠そうわたしである。少し前からクリスとは話をしていて、少しずつ商店街の中で賛同者を集めていた。『稲荷町若梅』のヒサシさんや『トゥッティ・フラテッリ』のみどりさん、そして新しく商店街の一員となった『三幸菜館』の陳さん、劉さんら、若手が中心となって実行委員会を立ち上げ、イベントを企画した。『花むら』の大七さん、美寿々さん、『鮨けい』の圭司さんと真澄さんも協力してくれて、今日、ようやく開催にこぎつけたのだ。

わたしは三月からいよいよエントリー解禁で就活が本格化するし、クリスのアシスタントをするのもたぶん二月で最後になるだろう。元を辿れば、就活のためにやり始めたことで、今はクリスの誘いに乗って、やってよかったと思っている。なんとなく、まだまだおぼろげではあるけれど、わたしにもやりたいことが見えた気がするのだ。

どういう企業に採用してもらえるかはわからない。

でもわたしは、人と人とをつなぐ仕事がしたいな、と思っている。

「あ！」

　噴水広場に差しかかると、驚きの光景が目の前にあった。あの涸れてゴミだらけだった噴水から水が噴き出し、きれいになった池にはなみなみと水が溜まっていたのだ。正直、冬の噴水は寒々しいことこの上ないけれど、噴水のさわさわとした音が静かな商店街に響いて、なんとも心地いい。

　噴水の近くには、福田会長と振興会の人たちが集まっていた。振興会がこうして集まって活動するのも、なんと十年ぶりのことだそうだ。

「福田会長！」

「あ、ああ」

「噴水、動いたんですね」

「なんとかな」

「ありがとうございます！　やっぱり、水が出てるといいですね」

「整備するのに、だいぶ金がかかったからな。無駄金にならないようにしてくれ」

　クリスが噴水に指をつけて、うわ冷たい！　などと珍しくはしゃいでいる。

「会長さんも皆さんも、よかったらあとで会場に顔を出してください」

「まあ、あとで覗きにはいくさ」

「よかったら、食べていってくださいね。今日のために、みなさん特別メニューを考えて下さったので」

福田会長は少し顔を引きつらせて、「あの麻婆豆腐はもういい」と首を振った。わたしは爆笑しながら、A街区へと進む。A街区は、あちこちに飾りや立て看板が置かれていて、数は少ないけれど、店頭で温かい飲み物やフランクフルトとか焼き鳥を売るお店もちらほらある。

「お客さん、来てくれてるかな」

「どうだろう」

「やめて。来てるって言って。言い切って」

いつかは、今朝の夢みたいに、この商店街全体をイベント会場にしてお客さんがごった返すくらいになったらいいけれど、第一歩はまず規模的にはこぢんまりとしたものだ。メイン会場は竹熊稲荷神社の境内で、協賛してくれたお店がテントを出し、イベント用のオリジナルメニューを振舞うことになっている。『鮨けい』さんはキツネにあやかって稲荷ずしを出してくれるし、陳さんはあの激辛麻婆豆腐のさらに二倍の辛さの超激辛麻婆豆腐という地獄のようなメニューを用意した。辛さで倒れる人が出ないか、今から心配だ。

その他にも、『稲荷町若梅』さんがお汁粉を、『花邑酒店』さんが樽酒を無料で提供してくれる。会場入口では、『カルペ・ディエム』のマスターが、寒い中来てくれたお客さんにホットコーヒーを配ってくれる。目標来場者数は、百五十人。開場は十二時から。年末から今まで、近隣へのビラ配りなど出来る範囲で告知はしてきたけれど、今日も歩行者天国はいつものように人通りが少ない。お客さんが一人もいなかったらどうしよう、という不安にさいなまれて、自然と歩くスピードが落ちてしまう。

A街区の端に稲荷神社の鳥居が見えてきたところで、わたしは立ち止まった。そして、思わずこぼれそうになる涙を、唇を嚙んでぐっとこらえた。クリスがわたしの横で同じように立ち止まり、わたしの肩にぽん、と手を置いた。そこから、冷えた体にじわじわと熱が伝わってくる。

神社の鳥居の前には、行列ができていた。若いカップルもいるし、子ども連れもいる。年配の人も。六十人くらいの人が、イベントのスタートを待ってくれていた。泣いている場合じゃない。はやいとこ準備に参加しなければ。

「さ、行こう」

クリスに促されて、わたしはまた歩き出した。会場に入ろうとすると、ヒサシさんが、おせえよ！　と、笑いながらパイプ椅子を抱えて走り去っていった。会場中央には、手作り感満載の看板が立てられていて、今日のイベント名が妙に誇らしげに描かれている。

――第一回・稲荷町グルメロード。

ハルキ文庫

ゆ 7-1

稲荷町グルメロード

著者 行成 薫

2021年4月18日第一刷発行

発行者 角川春樹

発行所 株式会社角川春樹事務所
〒102-0074 東京都千代田区九段南2-1-30 イタリア文化会館

電話 03(3263)5247(編集)
03(3263)5881(営業)

印刷・製本 中央精版印刷株式会社

フォーマット・デザイン 芦澤泰偉
表紙イラストレーション 門坂 流

ISBN978-4-7584-4403-3 C0193 ©2021 Yukinari Kaoru Printed in Japan
http://www.kadokawaharuki.co.jp/[営業]
fanmail@kadokawaharuki.co.jp[編集]　ご意見・ご感想をお寄せください。